月莫/著

古玩情缘

五枚金花钿

当代世界出版社

图书在版编目（CIP）数据

古玩情缘：五枚金花钿 / 月莫著 . —北京：当代世界出版社，2014.10
ISBN 978-7-5090-0915-4

Ⅰ . ①古… Ⅱ . ①月… Ⅲ . ①长篇小说－中国－当代 Ⅳ . ① I247.5

中国版本图书馆 CIP 数据核字 (2014) 第 221016 号

书　　名：古玩情缘：五枚金花钿
出版发行：当代世界出版社
地　　址：北京市复兴路 4 号 （100860）
网　　址：http://www.worldpress.com.cn
编务电话：（010）83908456
发行电话：（010）83908409
　　　　　（010）83908377
　　　　　（010）83908455
　　　　　（010）83908423（邮购）
　　　　　（010）83908410（传真）
经　　销：全国新华书店
印　　刷：北京市玖仁伟业印刷有限公司
开　　本：710 毫米 ×1000 毫米　1/16
印　　张：16.5
字　　数：260 千字
版　　次：2015 年 1 月第 1 版
印　　次：2015 年 1 月第 1 次
书　　号：978-7-5090-0915-4
定　　价：32.00 元

目 录

第一章　鬼市来客

听说金陵城东郊外的老城区里有个鬼市。

据说在里面卖东西的有可能是鬼，买东西的也有可能是鬼。

无雪无雨的日子，鬼市逢四开市，从晚上 12 点到早上 4 点。这 4 个小时内，长长的街道会莫名地笼罩上一层淡淡的白雾。即便是月光明亮的夜晚，即使旁处都是月朗星稀，这条长长的街市也依旧阴森恐怖。

但在白天的时候，鬼市不叫鬼市，叫聚宝街，是个古玩市场。不过里面卖的东西，是真是假就不好说了。这年代哪儿有那么多古董，大部分都是仿的，逛聚宝街的人也不可能都是行家。

而正因为古董本身比较神秘，鬼市又是夜场，一来二去的传着传着就失了真，越传越古怪离奇起来。

但是聚宝街的这些商铺，很多都是经营了几十年的，好东西一定是有些的。那些平日里不敢拿出来的，那些来历说不清楚的，在鬼市上统统有希望寻个好买主。

这一天照旧是鬼市开市的日子，而且还是个阴森的天气。鬼市冷冷清清，两旁的路灯散着昏暗的光，照得街道雾气袅袅。不知哪一家还开着音响，咿咿呀呀地唱着婉转小曲，声音虽然不大，但是却格外应景。

12 点刚过，一辆墨绿色的卡宴从远处疾驰而来，停在街头的停车场上。车门拉开走下一个颀长的身影，在原地站了片刻，然后毅然地往里走去。

在鬼市靠后的街道转角处，有一家并不起眼的小店，小店里坐着一个年轻男人。他叫林默然，五官清秀，有些清瘦，穿着一件泛白的水洗 T 恤，坐在一张老板椅上架着腿，一副闲散的样子。

古董店是个三年不开张、开张吃三年的行业，所以这几天店里都没什么生意，林默然也不是很着急。即使他需要很多的钱，但是钱这东西毕竟不是心急就会从天上掉下来的。

就像是已经离开 10 年的父亲。即使林默然一直相信他还活在这世上的某一个角落，但是这些年过去了，一次又一次的寻找，只换来一次又一次的无功而返。

林默然生活在单亲家庭，从记忆起便和父亲相依为命。父亲是个温柔的男人，高高大大的，话不多，从小便地给他灌输古玩的知识、手把手教他鉴宝的方法。考大学的那一年林默然 18 岁，拿了录取通知书兴冲冲地回到家，谁知道等待他的却是人去楼空。

那一天正是林默然的生日，桌上一个小小的蛋糕，一张小小的纸条。纸条上写着 3 个字：我爱你。

林默然一眼便能认出那是父亲的字迹。

只是除此以外再无其他。

林默然默默撕了通知书，关门睡了 3 天，之后照常营业。他将父亲留下的字条叠好，买了个能装相片的项链，仔细地装好挂在脖子上。

每当晚上辗转反侧时，他将手放在项链上便能感觉到一阵一阵的悲伤，铺天盖地的黑暗压下来让人不能呼吸。可这黑暗中却又隐约的有些温柔，如微风一般轻轻吹过，在黑暗中透出一丝光亮。

林默然的梦中，似乎总有不同的画面闪过。或者是延绵的雪山冰川，或者是繁华的都市街道，或者是茂密的雨林植被……而最多的是一片荒寂的农田，摇曳的树影婆娑，漫天飘着纸钱。阴沉浓重的夜色里，两三点鬼火飘浮在荒地上。一个人背对着他坐在一座坟茔前，那坟只是一堆黄土，而黄土的表面上慢慢地渗出血来。

林默然无数次在梦里挣扎着扑过去，想要到正面看清那人到底是谁，不过每一次都在他即将看到那个人的正脸时一身冷汗地醒来。他觉得那个人就是他的父亲，但是那感觉却又完全不一样。

于是他开始旅行，开始寻找梦中见到的景色。他相信父亲一定没有死，而是在世界的某一个地方。守着一个关于他、关于母亲、关于他所不知道的过去发生的故事。

今晚似乎又是个百无聊赖的夜晚。林默然看了几页书，渐渐地有些困意。他将书盖在脸上，正打着哈欠准备打个盹，门外传来一阵清脆的风铃声。

小店的大门口挂着一串兽骨风铃，一旦有人推开店门，风铃便会发出声音来。

林默然抬起头，看见一个西装笔挺的男人推门走了进来。

做古董生意的人，别的能力差些无所谓，但是眼睛一定要毒。不但要会看东西，还要会看人。

有些人是来买东西的，有些人是来卖东西的，有些人是来偷东西的，还有些人是来抓文物贩子的。

林默然只一眼便看出，眼前这个男人不是古玩行里常来常往的。虽然英俊挺拔一表人才，但是他推开门的那一刹那，脸上有一丝迟疑。

那些常年在聚宝街转悠、想在鬼市里捞点儿好东西的买家，那些总有各种渠道、鬼鬼祟祟兜售好东西的卖家，别说林默然大部分都认识，便是不认识，内行人也不会是这种神情。

这多半是听了什么传闻来看热闹的路人甲吧。林默然做生意的心下去一大半，不过想着人既然进来了，也还是要招待的，便抬头瞭了一眼，有些不那么热络地问道："想看点什么？"

进古玩店不像进超市，很少有你要什么店里正好有什么的情况。而且大部分逛古玩市场的人，也都没有那么明确的目标，基本上都是随便看看。

那男人回头看了一眼门外，又在店里四下看了一圈，有些不太信任地问道："你是这里的老板？"

林默然咧了咧嘴说："小店，还请不起伙计。"

这个小店总共也就 20 平方，下面是门面，上面自己住。虽然林默然接手也有五六年了，却还没做过什么足以让他大富大贵的生意。

或许是觉得林默然的态度有些敷衍，那男人皱起了眉，有些不太满意的样子。然后，走到柜台面前站定，隔着柜台犹豫了一下问道："你所有的货都在这里？"

林默然笑了。

他看见了一个外行，一个有钱的外行。虽然林默然没看见鬼市门口的车，但是他看见了男人身上的衣服、裤子和手腕上的江诗丹顿，这一身衣服穿得很合身，手表戴得很有气质。看多了古董的眼睛看人也一样准，这绝对是个有钱的主。

林默然似乎看见自己存折上的存款又多了几个零。

古玩这一行坑蒙拐骗的事情太多了，林默然虽然自认为是个老实本分的人，但也不会拒绝有钱自天上来。

"买假不退"在收藏界已经是约定俗成的规矩，所谓富贵在天，买定离手，这里从来没有三包的说法。任由卖家吹得天花乱坠，鉴定真伪也是买家自己的事情。要是因为看走眼花大钱买了假货，只要交了钱出了门，也没有找回来的理由。

林默然觉得今晚似乎是个为拉近贫富差距做点儿贡献的好机会。

"自然不可能都在这里。"林默然道，"这位先生怎么称呼？有什么想要的，我帮您介绍介绍。"

很多人来鬼市都是有目的而来。古玩收藏除了是个赚钱的职业，也是个烧钱的爱好。古董自然只是个统称，里面各门各类分得详细，比如纸质字画类、丝织品、陶瓷类、铜器、玉器、金银器，一言不尽。

"我姓唐。"男人表情严肃，从西装口袋里拿出一张名片放在桌上，"你是林默然林老板吧，有人介绍我来的。"

这回轮到林默然皱起眉头了，有人介绍？他可不是什么大红大紫的主，能有什么人介绍。

接过男人的名片，上面印着：唐泽，宝林珠宝公司，总经理。

果然是个有钱人。林默然更加的疑惑，这珠宝虽然不属于古董，但是古董里绝对有珠宝，所以但凡是搞古玩的对这一行多少都有些了解。何况唐家在本地是个大家族，刚才林默然还没想起来，再一看名片不由地一拍脑袋，就说这人这么面熟，肯定是上过本地的那些小杂志和报纸的。

不过唐泽不是宝林如今的当家人，他不过是个还没有继承父业的富二代，应该是在宝林公司中任职。像这样的大家族，一般都不止一个继承者。据那些八卦消息称，唐家这一代有3个公子，明争暗斗，闹得那叫一个精彩。

唐泽不管林默然的疑惑不解，确定了对方身份后，从随身带的包里，拿出一本小册子，摊在桌上，指着上面道："我要找这样一套金器。"

"金器？"林默然觉得今晚真是个充满变数的夜晚，不说别的，他在这聚宝街好几年了，找字画珍玉的数不胜数，但是找金器的却还是第一次碰到。

众所周知，因有限的存世数量、流通数量和政策限制，金银器成为古玩市场中比较缺失的一块。又所谓金银有价玉无价，乱世黄金盛世古董。虽然金银属于贵金属，本身价格昂贵，但是和那些名家字画比起来，却并不那么吸引人，因此，爱好收藏金器的人也是少之又少。虽然林默然这店里琳琅满目地摆了不少东西，但是金银器却是寥寥无几，而且也都是寻常的货色。

唐泽这册子上的可绝不是一般的金器，林默然只看了一眼便被吸引住了。这册子是一张大图纸折叠起来的，打开来有半张桌子大小，上面画着5件金饰品。

"这是一组五色宝石金花钿，"唐泽道："一共5枚，合起来是一套。"

林默然点了点头。虽然他学历不高，但是从小耳濡目染，又在聚宝街摸爬滚打了这些年，对于大部分的古玩，一眼便能看出真假，再精细些的就要更仔细或者用上一些鉴别方法。当然他还有人所不知的鉴定方法，不过不到万不得已不能使用，因为伤身伤神。

这图纸很明显是从旁的名册上拓印下来的，并没有什么价值，但是却非常清晰完整地还原了所有的信息。

这是几件做工非常精致的金器，看风格和花纹应该制作于公元684—755年间。这是唐朝金银器发展的第3个时期，这时初唐已经过去，社会开始繁荣。从武则天统治时起，到唐玄宗开元期间盛唐初现，统治阶级奢侈成风，生活极为腐化，因而地方官供奉金银器亦逐渐形成风气。

"看这些金器的工艺花纹是唐朝的。"林默然道。

"不错，"唐泽道："这5枚金花钿是唐朝的，而且是当年唐玄宗送给他的妃子杨玉环的礼物。"

林默然揉了揉额头，觉得要么是唐泽还没睡醒，要么是自己还没睡醒。即便是在聚宝街混了这些年的自己，也还不敢这么吹。

唐朝是中国古代的盛世，国富民强，他们的穿着打扮典雅高贵、气度雍容，历来为后人所模仿。唐朝的首饰，自然也是做工精良，达到了一个工艺和奢华的巅峰。

虽然说市面上唐朝的金器流传很少，价格也没有统一的尺度标准。但2008年香港苏富比春季拍卖会上，一件五曲折枝簇花纹金大银盖碗的拍卖价格，达到人民币1600多万。

也就是说，一件做工精良的唐朝金饰，价格可能是非常昂贵的。如果是一套当然更加可观，再如果这一套可以被确定是被某个名人戴过的，比如唐泽所说的杨贵妃，那毫不谦虚地说肯定是无价之宝。

但现实是即便你可以从工艺上证明这是唐朝的金器，也可以从款式上证明这5件是一套，但是你怎么证明这些是杨玉环用过的，能从上面验出她的DNA吗？

林默然这一瞬觉得这个唐泽是来寻开心的吧，就算你在聚宝街中心堆上一堆金砖，也没人能吃下这笔生意。没有金刚钻揽不了瓷器活儿，这天大地大的，去哪里给你找杨贵妃戴过的首饰，还指明了要这一套。

没生意做就是没钱赚，林默然打了个哈欠道："不好意思，唐先生，你再问问别家吧。这单子太大我做不了。"

听他这么说了之后，唐泽并没有露出失望的神情，而是一副一切都在意料之中的表情。

唐泽淡定地道："林老板不妨多考虑一下，替我找这5件金饰。不管能不能找到，这半年时间里，除了一切相关费用报销外，每个月我再给你10万辛苦费。如果能找到，每件给你100万手续费。饰品本身的价格，该是多少就是多少，按着行情另外再算。你该赚的差价一分也不会少。"

唐泽从包里拿出如一捆红色砖头似的现金。10万元崭新的人民币码得整整齐齐，沉甸甸地放在柜台上。"这是第一个月的酬劳，也可以做押金，签了合同，就是你的。"

林默然的眼睛直了。他不是没见过钱，但是必须承认有时候现金比支票上的那一串数字要带给人更大的视觉冲击力。比起面前放着一张几个零的支票，红彤彤的一叠人民币更叫人心跳加速。

林默然的收入，若是某个月碰上了一两个大主顾，成了一两笔单子，几万是有的。可若是淡季，只能卖点小玩意儿，一个月一两千也不是没有过。何况总是要出门，店要关门不说，出门在外花费也多，零零散散到现在也没能存下几个钱。可如今唐泽一开口就是稳妥的60万进账，相当于他两三年的收入了。万一人品爆发真的能找到一两件呢。

林默然这样一个从来没开过大单的小店里突然来了个土豪，在什么也没见到，什么承诺也没有的情况下，直接砸了60万出来，这60万直接把他砸得晕晕乎乎的，再没说出第二个"不"字来。

有钱能使鬼推磨。林默然觉得自己也是个穷鬼，即使是不可能完成的任务，看在钱的份儿上也可以考虑。

想到这里，林默然不由地道："唐先生，恕我直言，这笔收入对我来说相当可观，我也很有心想要，但是你要求的事情，确实很难。我可以给你找，但是能否找到你想要的，这我不敢保证。而且很有可能半年下来一件也没找到，或者找到的都不是真品。"

古玩仿制品数不胜数，如果把天下古玩都聚起来，10件里也未必能出一件真货。有时候一件货和另一件货的区别，不过是你能看出来的假和你看不出来的假。

而且金器在古玩中，相对来说又是比较容易仿冒的一类。如果唐泽真的想出大价钱凑齐这一套饰品，马上要面对的只怕不是找到找不到的问题，而是如何鉴别这铺天盖地的仿制品的问题。

要知道，这一套首饰或许是独一无二，或许并非仅此一套。如果说，唐泽要找的这套金饰，真的是杨贵妃曾经用过的，除非他自己有特别的鉴别方法，不然的话，这世界上能分出真伪的人，就只剩下自己一个了。

林家几代做的都是古玩的生意，自然有些家传秘法。但是因为这些秘法操作起来太过惹眼，所以林默然从来也没用过，他坚信应该没有人知道。

林默然努力让自己从待机状态中出来，伸手按在那一叠钱上，潇洒地哗啦啦拨弄了一下，然后以一副无所谓的态度道："唐先生，你的条件我很满意，只要你回答我一个问题，这件事情我就接了。"

唐泽点了点头，等着他问。

"那个介绍人到底是谁？"林默然道："唐先生是有实力的人，想要找人做事，相信能找到更有本事的人，但是却偏偏找到了我。我不敢妄自菲薄，却也知道自己不是业内精英。"

鬼市12点开门，唐泽进店的时间不过12点多几分，可见不是货比三家反复甄选的，而是来了之后便直奔自己店里的。虽然自己出生于聚宝街，但毕竟年纪有限，经验也有限，而古玩行里多的是手眼通天的老行家，自己无论如何也排不上名次。

林默然的问题在唐泽的预料之中，不过他还是慎重地想了想才道："我不太方便告诉你这个人是谁，说了你可能也不信。但是这件事情怎么做你也吃不了亏，真金白银我没有可占你便宜的地方。"

林默然没有要到想要的答案，但是无言以对。

是啊，自己没钱没权手里没好东西，要是个姑娘还怕被骗色，可他还是个男人。真的是无论怎么想，也没有可以让人占便宜的地方，除了……

林默然坚信没有人知道他的家传秘法，因为自从学会后，他还从来没有机会使用过。

沉默片刻，唐泽没有再解释的意思。

林默然心中一个隐约的念头，这世上知道自己鉴宝方法的只有一个人，就是传给他技术的失踪已久的父亲。如果唐泽是冲这个来的，那会不会和自己的父亲有过接触？

如果这么问，肯定是什么也问不出来的。等到合同签了，跟唐泽熟悉了，再问自然容易些。

看着桌上的钱，林默然突然觉得心情不错，伸手从抽屉里掏出一张自己的名片递了过去。

第二章 完美的赝品

唐泽是个做事很有效率的人，留下定金，收了收条，给林默然留了个公司地址，让他第二天上午9点去公司，协商细节。鬼市虽然很有特色，但是深夜12点实在不是谈事情的好时间。

既然收了钱，林默然一大早起床，正儿八经地穿上唯一的一套西装，打上领带，皮鞋擦得锃亮，将自己收拾妥当之后，锁了店门，招手打车。

唐泽的办公室在宝林公司总部，市中心繁华地带的紫金大厦。78层的大厦高耸入云，威武雄壮，豪华奢侈。

穿着短裙的前台小姑娘笑眯眯地接待了林默然，并且在请示过之后，一路送他到唐泽办公室前。珠宝公司的安保要稍微严一点儿，特别是商品部门，到处都是黄金钻石，少了点儿东西都损失巨大。

林默然进去的时候，唐泽正在办公室里等他。宽大的办公室有一整面是巨大的落地玻璃，阳光无遮挡地照进来，让站在窗边的男人看起来比昨夜多了几分硬朗。

"林老板。"唐泽向林默然点了点头，从窗边走过来，从桌上拿起一个文件夹递给林默然，"这是合同，你看一下，要是没有问题就可以签字了。"

林默然笑了笑说："叫我名字就可以了，林默然。"

还林老板，这马上不就要成打工的了吗？付钱的才是老板啊，收钱的都是伙计。

唐泽也笑了笑。也许是环境使然，今天阳光明亮，比起昨晚在鬼市里阴森黑暗的环境，两个人第二次见面，似乎感觉要舒服一些。

林默然接过协议，大致地扫了一眼，对唐泽的印象又好了几分，至少这是个做事很爽快的人。合同只有薄薄的一张纸，非常简单明了。除了昨晚他说过的话白纸黑字一字不差地写在上面，半点儿多余的条件都没有。

这要是再有疑问就是自己矫情了。林默然当下爽快地签了字，伸出手去和唐泽握了握道："合作愉快。"然后又十分诚恳地道："既然收了钱，我自然会尽力完成任务。不过唐总要的这几样东西难度太大，所以，我没有什么把握。"

唐泽挥了挥手道："不要紧，我有线索。"

"嗯？"林默然好奇地看着唐泽，见他走到一旁的保险柜边，郑重其事地拿出钥匙打开，再转动三组密码，哗啦啦的一阵响，啪的一声柜门打开，从里面拿出一个手镯般大小的木盒来。

"不瞒你说，我找这组金花钿已经有几年了。"唐泽道："开始的时候没有头绪，买过赝品，也为了一些虚假消息跑空了很多趟，不过一直没有放弃。我家 3 个兄弟，大哥、二哥协助我爸爸运作公司，我就负责找这套金花钿。"

林默然的嘴角抽了抽，心想这家的分工还真是诡异，唐三兄你是亲生的吗？哥哥们都瓜分老子的公司去了，你却兢兢业业地找一组不知道在天涯海角的金饰。

即便这是家传古物价值连城又怎么样？按理说找到了也不能卖，何况找到了也不是你一个人的，再何况找不找得到还是个问题。

不过这种豪门财产纷争，林默然只能在肚子里八卦一下，他自认和唐泽还没熟到可以任意发评论的地步。

唐泽也不知道是天生乐天粗神经还是城府太深，抑或是其中还有林默然无法得知的内情，他对这一点似乎并不在意。他将木盒放在桌上示意林默然打开看，然后起身倒了两杯茶。

虽然是宝林集团的唐总爷，不过唐泽身上并没有那些纨绔子弟高高在上的嚣张气焰。林默然对此十分满意，钱虽然令人欢喜，但也不能赚得太憋屈。

唐泽将一杯茶放在林默然手边，自己走回桌后坐下，示意林默然可以随意看。"这是前阵子我收到的，你看一下。"

盒子打开，里面放着一枚金花钿。那金花钿的图案是数朵枝蔓相连盛放的菊花。从花饰表面留存的痕迹看，花饰上原镶有桃心形的宝石，只不过时间久远已经脱落了，但这并不妨碍看的人想象当时金玉镶嵌美轮美奂的情景。

林默然将金花钿凑在眼光下看了看，眯着眼道："这是仿的。"

"哦，为什么一看就说是仿的？"唐泽颇感兴趣地问道："这枚金花钿和我要找的那一组中的一枚，几乎是一模一样。"

唐泽又拿着那张图纸过来，果然在 5 枚金花钿中，最大的一片就是锦盒中的样子。

林默然指点了一下锦盒说："很显然，仿制金花钿的人是个工艺上的老手，但却是个古董行的新手。"

"唔。"唐泽不置可否，"具体说说。"

林默然坐正了身子，想来雇主给了钱也总是要验验货的。虽然说是有人介绍，但是唐泽对自己并没有了解，再相信介绍人，也想知道自己是不是真有本事。

表现专业素养的时候到了，为了对得起唐泽的工钱，林默然正色道："黄金饰品的含金量不同，呈现的颜色也不同。所谓'七青八黄九五赤，黄白带灰对半金'，含金量 95% 的为赤黄色，含金量 80% 的为正黄色，含金量 70% 的为青黄色，含金量 50% 的为黄白略灰。而古代金器的成色除了早期较高之外，其余的为了提高硬度，便于錾刻、加工，均在 80% 左右。"

"而这个……"林默然从锦盒中将仿制品拿出来，"这枚金花钿的外形和你要找的几乎一模一样，但是它的成色不对，它的含金量太高了。以为金越纯就越值钱，这是个新手才会犯的错。"

唐泽的脸上浮现出笑容来。林默然说话的时候，非常专业、非常自信，让人感觉他一定是对的无需怀疑。而这样的人正是他现在需要的。

林默然接着说道："我觉得仿制这枚金花钿的人，应该是个制作金饰的老艺人，所以在工艺方面他做得非常到位，非常完美。只要给他一张图纸，或者让他看一眼正品，他就可以做出一模一样的东西来。但是因为他不是研究古物的，所以不会对成色这样细微的差别留意。"

95% 和 80% 说起来差别不小，但是拿在手里感觉却并不是那么明显。所谓会者不难，难者不会。对林默然来说，这是一眼就能看出来的错处，但若不是在古董行里泡出来的行家，却未必能看得出来。

"看来找你确实是对的。"唐泽脸上的笑意加深了一点儿，接过那枚金花钿，在手里不在意地把玩，"这金花钿确实是从一个老艺人的店里买来的，他说，是家里传下来的东西，但是显然这是假话。"

林默然心里明白也非常理解，唐泽肯定已经找人鉴定过了，也能非常肯定这是假货。让自己再看一遍，不过是考校考校他罢了。

林默然静静地等着唐泽继续说下去。他找这套金饰找了那么多年，无疑任何一个线索都不会放过，如今这老艺人拿出来的虽然是一件赝品，但是却是一个和真品高度相似的赝品。他这个造型怎么来的？追根究底下去或许会有真品的消息也未可知。

唐泽却突然换了话题问道："你的古董店，可以离开人吗？"

林默然愣了一下问道："怎么了？"

"出差。"唐泽淡定地吐出一个林默然感觉意外的词，"和我一起去一趟舟山，那附近有一个观和渔村，这枚金花钿就是从那里的一家金铺中买来的。我想亲自去看一看，还会不会有别的线索。这金花钿一套 5 枚，按理说不会流散的太远。"

林默然既然收了钱，自然做好了为人做事的准备。自己那个小店本来生意也不是多好，现在又是淡季，有时候几天都没人进来。不过没想到一来就要往外跑，所以稍微迟疑了一下随即道："我这边没问题，随时可以出发。"

"那就好。"唐泽道："你先回去准备一下，明天一早我去接你。时间方面我也不能肯定需要多久。你有驾照吗？会不会晕车晕船？"

倒是没看出这个男人还挺细心，想的还挺多的，林默然回道："没车有驾照，不晕车不晕船不晕机，唐总尽管放心吧。"

唐泽满意地点点头，似乎想起什么，转身从抽屉里拿出一个文件袋说："这是我们要去那个渔村的资料，你可以先看一下略作了解。"

"好的。"林默然接过文件袋，低头看了一眼。

文件袋是透明的，透过文件袋能看见最上面的一张照片。

这是一张被放大的照片，照片上是条古老的街道。可以看出这是个还算富裕、却比较偏僻的地方。虽然街道给人一种古老的感觉，但是两旁的房子都是自家新盖的两层或三层的楼房。门口大多停着三轮车或者摩托车，偶尔也有一两辆小汽车。

临街的人家有不少开店的，照片的清晰度很高，能看见几家日杂店和旅馆的名字，而照片正中是一家金铺，叫做富贵金铺。这金铺的门头已经破败了，招牌像落了一层厚厚的灰，有年头的样子。看样子唐泽手里的这枚金花钿，就是从这个店中买来的。

林默然的视线定在了这张照片上，手不易察觉地抖了一下。他打开文件袋，将里面的东西全部抽出来看。

看来照片是专业人员拍的，除了这张老街的照片，还有几张金铺的特写。再下面是几张在海边拍的渔村的风景，有靠在岸边的小船，有晒着的渔网，有海边交错的礁石……

这感觉非常非常地像……他昨天晚上又做了一个关于父亲的梦。在梦中他到了一个完全陌生的地方，那地方便有这样一条古老的街道，还有斑驳的码头，海浪冲上沙滩，鼻子甚至能闻到一种特有的海水咸涩的味道。他看见父亲低着头走在街道上，走在海岸边，一闪而过，怎么追也追不上。

渔村都是相似的，却也各有不同。林默然一时之间，分辨不出这到底是相似还是相同。

"怎么？"唐泽对林默然的态度感到有些奇怪，不由地问道："这地方你去过？"

"不，没去过。"林默然摇了摇头说："但是刚才突然看见照片的时候觉得有些眼熟。"

"哦。"唐泽道："估计你到过别的渔村，其实很多地方都是差不多的。比如，城市一眼望去都是高楼大厦。渔村一眼望去便都是渔船和渔网。"

"应该是的。"林默然强迫自己镇定下来，然后道："我挺喜欢旅游的，这些年去了不少地方，可能是在哪个海边看到过相似的景色，刚才乍一看才觉得那么眼熟。"

这是绝对说得通的解释，唐泽虽然觉得林默然此时的状态突然有些异样，但是并没想太多，顶多想到他曾经是不是在某个海边遇到过特别的事情，所以乍一看见才会如此失态。随后唐泽让林默然将资料拿回去慢慢看，顺便收拾好东西，把店安排一下，明早出发。

如果说本来林默然还有心情和唐泽闲聊几句的话，在看到这几张照片之后，便彻底没了心思。

以前，林默然也追寻过梦中的场景，但是那很难。仅凭借着回忆梦中的几个模糊的镜头去寻找一个确切的地方，几乎是件大海捞针的事情，可如今却看见了希望。他从来不曾离那个梦境那么近。

本来他还觉得今天才签了合同明天就出发实在是有些仓促，可如今却是恨不得马上就走，一时也不想耽搁。但是马上就走显然是不合适的，林默然按捺了一下急切的心情，带着唐泽给的一袋资料回到了自己的古董小店。

回到店里，他急忙将资料一页一页地铺在桌上，细细地查看。可惜除了那几张在梦境中见到的街道和海滩外，他再没看出有什么异样。随着时间推移，梦境会越来越浅，梦境中的图像也越来越模糊，终于消失不见。若不是照片放在桌上，真真切切地告诉他这地方确实是存在的，他以为梦中的一切都是幻觉。

看着照片呆坐了半晌，林默然轻轻叹了口气，摸了摸胸口装着纸条的吊坠站起身来。

他找了这么多年，也没有想过放弃，如今终于离目标更近一步了，那还有什么失望的理由呢。

他打起精神收拾了些东西。也不知道这一趟什么时候能回来，古董店虽小，却也还是有些生意要交代的。林默然将客人定下的东西包装起来，写了册子放在隔壁店里，又一个个电话通知。店里的东西虽然没有很值钱的，可也是自己吃饭的家伙，长时间无人照料，有很多要装盒才好保存。林默然动作虽然熟练利落，可等一切忙完也到晚上了。

林默然以为自己一定会为了心中的谜团而辗转反侧，难以入睡，谁知道闭上了眼睛便一夜好眠，直到第二天一早7点半被闹钟的铃声吵醒。

和唐泽约的时间是8点，林默然一个大男人，早上起来没有什么可折腾的，洗脸刷牙拎了简单的包裹，大门一锁便能出门。

出了门，街上有 5 块钱一套的煎饼，他想了想买了两个。吃一个七分饱，吃两个稍微撑，林默然决定和唐泽客气一下，如果他不吃自己也不会浪费。

林默然从小就是草根阶级，没接触过上流社会，不知道那些钱多得用不掉的公子哥过的是什么样的生活。是不是像电影里那样，吃早饭也要开瓶拉菲漱口。但是他看唐泽似乎没有什么架子的样子，总不好在什么都不了解的情况下就先将人定了位。

林默然站在街边，把自己那份煎饼啃得差不多的时候，一辆墨绿色的卡宴从远处疾驰而来停在了他面前。

唐泽隔着副驾驶探头过来招呼他："上车。"

林默然唔了一声，将剩下的一小块塞进嘴里，然后对着唐泽一举袋子问："吃早饭了吗？"

估计唐泽很久没遇见用一袋几块钱的早点来讨好他的员工了，稍微愣了一下，索性下了车坐上副驾驶，拿过林默然手里的煎饼，咬一口之后满意地点点头含糊道："你先开，累了换我。"

林默然开始还为自己那有点儿囧的邀请行为捏了把汗，见唐泽十分自然地接受了，这才松了口气。他是自由职业者，又是做生意的，有时候难免随兴一些，要是碰上个中规中矩的老板，那可就别扭了。

一路无话，两人偶尔就金饰和观和渔村交换一下观点，然后便是找路。

从金陵去舟山走高速大约 5 个小时，非节非假的日子一路畅通无比。但是下了高速之后就比较麻烦了。观和渔村不是旅游景点，比较偏僻，唐泽在路上买的舟山地图上有这个地方，但即便是看着地图、开着导航，两人也走错了几次路，直到下午 3 点，才在一条岔道上看见一块破旧的牌子。

牌子是木制的，斑驳破旧，牌子上用红漆规规整整地刷着几个大字："观和渔村欢迎您"。

第三章 老金匠

今天的天气不好，从金陵出来的时候天色就有些阴沉，如今更是黑云压顶，感觉倾盆暴雨会随时从天而降。

观和渔村里大部分是渔民，靠打鱼为生。这样的天气，海上风大浪大，是不能做事的。渔民们往往将船停进码头，或者织补渔网、修修工具，或者三三两两凑在一起打个麻将、推个牌九，休息一天。

资料上显示，观和渔村有条老街，建国前便是个街市。周边五里八乡的村子逢五赶圩，便都聚在这老街上以物易物，换些自己需要的东西。

现如今经济交通发达了，赶圩的习俗渐渐淡了，但这条老街却还是保留了下来。长长的一条青石板路，两边两排门面，摆着日杂用品、衣服鞋帽、渔网渔具应有尽有。真是麻雀虽小，五脏俱全。

富贵金铺，就在老街的中间，经历了风雨飘摇，虽然破旧却别有一番沧桑韵味。

林默然和唐泽将车停在街头便往金店走去。这条街说是长街，不过是在古代商业建筑都不发达的情况下，如今看来一眼便能看见尽头，规模并不算大。

林默然的视力很好，远远地便看见街中心一家和照片上一模一样的招牌，虽然破旧，但是"富贵金铺"那4个字却还是很好辨认。

店门是开着的，店里隐约地还能看见人影晃动，而且绝不止是一个人。

林默然有些意外，回头对唐泽道："看来这家金店的生意还不错，店里客人不少呢。"

这不是大城市商业街，在这样人均消费极其有限的地方，做奢侈品的生意，按着林默然的想法，几天能做一笔生意就已经很不错了。

唐泽正在路边的小店里买水，闻言探了下头，还没等表示赞同，便听正在找钱的杂货铺老板接了一句："好什么呀。"

"怎么？"林默然奇问道："生意好，难道不是件好事？"

杂货铺老板一边将零钱递给唐泽一边道："那哪儿是生意好啊，哎……"

这一句叹得很是有些感慨，听得两人却来了兴致，追问道："怎么？店里的那些人不是买东西的吗？"

虽然这些年渔村改革开放了，村民对外界的了解也多了，有时候也有些爱猎奇的游客会特意来体会海钓的乐趣，但是终究是个比较偏僻的地方，常来常往的人大多都是相识的，村民们对外人始终有一些警觉心的。

杂货铺老板虽然自己接了一句话，但是听着两人多问，迟疑了一下道："看着两位不是本地人吧。来玩儿的？"

唐泽的卡宴就停在离小店不远的路边，很是显眼。杂货铺老板虽然不认识这具体是个什么牌子的车，但是看着便觉得一定是辆值钱的车。

一般到他们这儿来玩的外地人无外乎两种。一种是没钱闲得慌，到处乱转的所谓驴友。一种是有钱撑着了的，大城市待得烦躁了，平常的景点去的多了，便想法方法地往一些偏僻的地方走。

唐泽在杂货铺老板眼里，无疑属于后一种人。

唐泽笑了笑说："我就是来找富贵金店的，我有个朋友是摄影师，他喜欢到处走，拍些原生态的风景。前阵子来了观和渔村，觉得这个金店很有旧时的味道，就多拍了几张。"

杂货铺老板听得一头雾水。"所以呢？"他上下打量了两人一眼，觉得两人看着显然不是摄影师，连个相机也没有啊。

唐泽道："他拍摄金店的时候，也拍了几张店里面的摆设。我喜欢收集工艺精巧的金器，见了之后觉得金铺老板手艺很好，就和朋友一起来看看。"

喜欢收集金器，这果然是有钱人的爱好。不像是寻常人家，买个金镯子金链子什么的也是件大事。

杂货铺老板羡慕了一下，然后眉飞色舞地说道："小兄弟，那你可真来对了，你别看咱们这地方偏僻，但是有两样东西可是旁的地方比不上的。一是咱们这海港里的鱼特别的好，二是这富贵金店的老王。老王的这个手艺，就是大城市里的设计师艺术家都未必比得上。那都是多少年祖传下来的技术了，做的东西那叫一个考究，那叫一个精致。谁见了都说喜欢，要不是这人念旧不愿意到外面去发展，现在生意指不定有多红火呢。"

几乎所有人都会觉得自己家乡的东西好，这原本没什么可说的。可是小店老板接着把富贵金铺好一通夸，就让人有些不明白了。

林默然两人一边听着，一边注意着金铺，只见那里面的人似乎是办完事儿了，推开门鱼贯而出。

一起出来的有 4 个人，虽然离得远，但还是能看出来都是 20 岁左右的小青年。在这个初春还有些寒意的时候，他们已经穿上了短袖，胳膊上似乎还有文身。

看样子这都是些小混混。

"这是怎么了？"林默然不由地问道："这个王老板，惹上黑社会了？"

唐泽给的一些资料，大多是关于金器本身的。关于这个金铺老板的资料并不太多，只知道这人姓王叫王坤。

王坤老伴儿早逝，有两个儿子。大儿子在外做生意颇有所成。小儿子身体不好，守在父亲身边。总的来说，这是个比较简单的家庭，似乎没有值得探究的地方。

杂货铺老板道："老王一辈子兢兢业业、勤勤恳恳的，什么都好，就这两个儿子不好。大儿子有本事、有能耐，听说在外面生意做的很大，也赚钱，但是没良心，几年也不回来看一眼，想要钱更是一分都没有。小儿子倒是孝顺，可是从小身体不好，先天性心脏病，要常年吃药，还要动手术。最近听说又严重了，估计手术不能拖了。刚才那几个都是当地的小混混，我估计啊，他是借了高利贷了。这病就是富贵病，要好吃好喝地养着。老王这金铺一年才能赚几个钱，要供家里吃喝和儿子的药费，哪里还有钱付手术费。"

原来如此，唐泽和林默然对视了一眼。显然，两人对于王坤的遭遇，虽然同情但是又很不厚道地觉得天助我也。

当有求于人的时候，如果对方有困难，而这困难又恰好是自己能帮的，那么无疑便多了谈判的筹码。若是对方要啥有啥，光凭心情决定是否和你交易，难度可就大了。

真没想到这一来，他们就得到了一个如此好的消息。金铺缺钱，而唐泽正好不缺。

如果王坤手上有真品的话，再舍不得，可用来给儿子治病救命，应该也是愿意出手的吧。

杂货铺老板叹了一声，看看唐泽停在街边的车意味深长地道："小伙子，救人一命胜造七级浮屠，看你也不像是个缺钱的，要是正好有看上的东西，能帮就帮一把呗。"

唐泽笑了笑说："我可不正是来帮他的。"

只要王坤手里有这么一枚真的金花钿，或者他知道关于金花钿的消息，他儿子手术的费用就可以解决了。

又闲聊了几句，看着那几个小混混走远了，两人跟杂货铺老板告辞，往金铺走去。

远远地看不出来，走进去一看却是吓了一跳，这金铺像是刚刚被人打劫了一般，十分凌乱。

桌子四脚朝天，几把椅子东一把西一把地散落着，柜台上的玻璃碎了一地，让人都没有下脚的地方。柜台里空空荡荡的什么也没有。

这是间十八九平方的铺子，靠墙一排两节柜台，中间一张圆桌四把椅子供客人等待休息，再往边上是一个工作台，工作台边是楼梯。这里临街的店一般都是这样的格局，一楼门面，二楼居住，都是自家盖的房子。

屋子中间金铺老板正扫着一地的碎玻璃，听着有人进来的脚步声，无奈地说道："我说了 3 天以后一定把钱给你们，怎么又……"

似乎是感觉到不对劲，他转过身来，看并不是高利贷公司的人去而复返，愣了一下。

王坤是个半百之人。这是个相当微妙的年龄。在以前 50 岁算是老人了，无论体力精神都到了尾声。可现在人的身体好了，寿命长了，50 岁只能算是中年，连退休年龄都没到。这个年纪的人有经验、有资历，正是社会的中流砥柱，看上去也大多是神采奕奕的。但若不是林默然看过资料，知道王坤的岁数，他根本看不出来这是个50多岁的中年人。王坤显得很老，可能是生活带给了他太多的苦难和操劳，所以岁月在他的脸上和身上留下了更多痕迹，看上去像是六七十岁的老人。

愣了愣之后，林默然退后一步，看了眼店门口的招牌问道："这是富贵金铺吧？"

"是富贵金铺。"王坤将玻璃碎片往边儿上扫了扫道："两位是来买东西的？"

"是啊。"林默然道："我朋友前阵子来渔村旅游，说老板这金铺里的东西都很别致，所以我们特意来看看。"

王坤"哦"了一声，倒是并不怎么吃惊。他以为林默然两人是来捡漏的。

"捡漏"是古玩界的一个行话，"捡"这个字用得很形象，指用很便宜的价格买到很值钱的东西，像捡东西一样。不过捡漏只能碰运气，完全没有捷径。

捡漏很是流行了一段时间，特别是解放初期那会儿，可是个特别有前途的事情。就跟是买彩票似的，一走运就能成百万富翁。那时的人对文物没什么概念，管的也不严。那些名山大川有着龙脉的地方大多有古墓，山脚下的村子里，家家户户都有些河里飘来的、山里捡来的坛坛罐罐，即便是穷得揭不开锅的人家，指不定喂猫的盘子就是个某朝的真品。有许多专门倒卖古玩的人就一家一户地去看，看上了差不多了东西，给个两块三块的便能拿走。反正放着也是喂猫，换几块钱也是半个月一个月的口粮。买的卖的皆大欢喜。

但随着这事情宣传得多了，人也变得谨慎了。但凡是你稍微注意点儿的东西，便会往值钱上想，宁可放家里也不会便宜处理。所以现在想捡着好货，那真不是件容易的事了。

王坤祖上几代都是金匠，虽然从没有涉及古玩，但是对这一行的运作多少也有些了解。不过他现在并没有心情应付林默然和唐泽，而是有些不耐烦地道："两位，店里出了点儿事，最近不做生意了，两位请回吧。"

柜台里空空荡荡的，店里一片狼藉，确实不像是做生意的样子。

可林默然和唐泽是有备而来的，自然不会被王坤这一句不做生意就打发走了。唐泽四下看看道："老板，你是不是遇到了什么麻烦？"

"没有没有，什么麻烦也没有。"王坤挥挥手，似乎是想要赶人了，"你们走吧，都说了不做生意了，你看我店里什么也没有了。"

林默然和唐泽对视了一眼，就算是柜台被黑社会砸了，柜面上的东西被抢走了一些，也不至于把他家给抄了吧。而且这个时候儿子急需巨额手术费用，高利贷逼债上门，难道不应该是王坤最需要钱的时候吗，怎么可能对上门的客人这样的态度呢？

"我们可是来送钱的。"林默然状似玩笑地道："老板，您不能对客人这个态度吧。"

"你们是来看唐代五色金花钿的？"王坤看了林默然一眼。

看来这段时间他将消息散了出去，倒是也来了不少买主，所以有人上门第一个想到的便是这个。

那金花钿不是已经被唐泽买去了吗？林默然心中疑惑了一下，随即想到虽然东西最后是落在了唐泽手里，可不一定是唐泽出面买的，王坤自然也不认识唐泽，或者……他心中隐约地升起一个模糊的念头。

林默然也不多说，顺着王坤的话含糊地应着："金花钿自然是想看的，不过如果老板手里有旁的东西，我们也有兴趣。"

"你们来晚了一步。"王坤见两人是听了消息来买金花钿的，态度倒是好了一些，一边将歪倒的桌椅扶起来一边道："金花钿前两天已经卖出去了。"

听王坤这么说，唐泽也微微地皱起了眉头。他买到那仿制的金花钿，可不是前两天的事情。听到消息是一个多月前的事情，派人接洽购买，按着付款日期算也有半个月了，跟他说的时间不符啊。

难道说王坤手上除了卖给自己的这一枚还有其他的。或者说，王坤在仿制金花钿的时候不止仿造了一枚。这种可能倒是挺大，虽然如今古董的价格节节攀升，但是金器是一个比较冷门的类别。金器的价格也没有一个市场公认的范围，几万到几十万都有，全凭买卖双方自己谈。

而王坤手里的金花钿很难卖上价格。第一，金花钿虽然做工精细，但是体积小，当然古董不能一概而论地说越大越值钱，但是大的肯定比小的要更容易卖上价。第二，金花钿一般都是三五枚成套，很少有单独一枚的，单独一枚，从某方面来说，就是残品。就像是孤本古籍，残本和全套的价格那可不是按件数算的。全套的比起只有个上册或者下册，价格有时候会按几何基数上升。一本卖100万，上下册全了说不定就能卖到1000万。

林默然听唐泽说过，他从王坤那里买下的那枚金花钿用了10万。他开价30万，唐泽还价到10万。可能是因为王坤当时急着用钱，也可能是虽然他坚称这是真品，但是心里到底是虚的，也可能他对古董不了解，怕被懂行的人戳穿，所以也没有坚持。

在这个物价飞涨的社会里，10万说多不多，说少不少。对王坤来说解一时燃眉之急是可以的，但是彻底解决事情又不够了。如果一般手术三五万就够了，王坤的儿子得的是心脏病，如果要做器官置换，二三十万是基本的手术费用，寻找器官后期保养，可不是一枚仿制金花钿能够解决的。王坤若是被逼到了这个份儿上，又对自己仿制的技术比较有信心，那么他做出三五件来卖给不同的买主，也没什么奇怪的。甚至于可以稍加改动，自己编出一套来。

林默然叹道："那真是太可惜了，不过王老板，咱们那么远来了，就这么回去也挺失望的。那金花钿就算是已经出手，能有个照片什么的给我们看一眼吗？或者你还有类似的金饰，我们也都有兴趣。"

"这……"王坤犹豫了一下，随即摇摇头说："什么都没有了，你们还是回去吧。如果实在是不行，给我留个电话，我要是有了好东西再联系你们。"

王坤的态度有些让人生疑，唐泽还待再说什么，林默然向他使了个眼色道："既然如此，那我们就先走了，今天打扰王老板了。"

林默然从兜里掏出一张名片递给王坤，便拉着唐泽往外走，走到店门口的时随意说道："听说这地方最适合海钓，咱们既然出来了，住下玩两天吧。"

唐泽觉得一头雾水。赶了一天的路好容易到了这里，连个金花钿的影子都没见到就这么走了，还去海钓？不过唐泽倒也没多说什么，向王坤点了点头便随着林默然出了门。

唐泽本想着到了车上以后，向林默然好好问上一问。可两人刚走到店门口，便听到金铺里传来一声巨响，像是什么东西从高处砸在地上的声音。楼层之间的隔层是木头的，不隔音。林默然只是无意地往后看了一眼，见王坤一个激灵，转身便往楼上跑。

第四章 恰到好处的援手

据唐泽调查的情况，王坤是和小儿子相依为命的。这里一楼是店面，二楼是住处，可别是他儿子出了什么状况。

两人虽然有心想要跟上去看看，但是因和王坤不熟，正在门口犹豫，就见王坤抱着儿子冲了下来。一见他们两人没走，简直像看见了救星一般。

王坤手里半拖半抱着的年轻人，看起来也就是20来岁，很瘦弱，脸色很差，枯黄中还微微有些泛紫。此时已经昏迷了，想来刚才那一声就是他摔倒的声音。

王坤这时候已经没了主意，不管他此时看见谁，都会本能地寻求帮助。渔村偏僻，只有一个卫生院，看看感冒发烧这样的小病还行，大病是看不了的，至少要去最近的县城。

此时唐泽和林默然正想办法和王坤套近乎，见他如此不等他开口便先迎上去问："这是怎么了？"

"我儿子有心脏病，突然发作了。"王坤急切地说了一句，还没待他再说，唐泽已经接道："赶紧去医院，我们的车就在外面。"

渔村虽然平日里生活物资不缺，但是一旦有了急事，不方便就显出来了。这里交通不便，没有出租，没有公交，120救护车一来一回就得两个小时，如果再不认识路，那就更久。平时王坤带儿子去医院总要借邻居的车，或者搭渔村送鱼的货车。这样，就要迎合别人的时间，不是时时刻刻都能走的。

但是救命的事情往往是不能等的，他刚才看见儿子昏迷便心急火燎，一听唐泽自愿帮忙，感激得简直都不知道该说什么了。

唐泽摆摆手表示不用多说，这个时候别说是他们急需接触的王坤，即便是任何一个陌生人在路上拦下车，只要是真的需要帮助，他也不会置之不理。

其实这个世界上的人，大多是善良的，力所能及伸出援手的事情，大多数人都会做的。即使不是人人都有能力做慈善家，也不妨碍人人都可以成为一个好人。

唐泽快步走到车边，将后座椅调了一下，方便病人躺下。按照王坤指的路，开足马力驶向宿平县城。

3个人一路无话。这时候唐泽专心开车，王坤的一颗心都在儿子身上，林默然即使有一肚子疑问也都咽了下去，只是安慰了他几句。

偏僻的地方坏处是难找到车，好处就是不会堵车，还没有红绿灯。唐泽一路狂飙，一个多小时的路程，硬是压缩了半个小时。期间，林默然还给120打了电话，按照医生的嘱咐做了最简单的急救。因为提前打过电话，所以当唐泽的车在医院门口停住的时候，已经有急救的护士等在那里，第一时间将人推进了急诊室。

看着儿子被推进了急诊室，王坤腿一软，要不是身边的林默然反应快拉了他一把，他差点儿摔倒。

看着他，林默然心中泛起了淡淡的酸楚，他想到了自己的父亲。虽然他从来就没有见过母亲，但是在他人生的前18年里，父亲却给了他所有的亲情、教导和爱护。有时严厉，有时温馨，他从来没有单亲家庭孩子的自卑和缺憾。

他记事时父亲还不到30岁，高大帅气，自然让不少人动了念想，其中也不乏年轻漂亮的女孩子愿意放下身段做后妈。可林默然从来没有担心过家里会多个女人，因为他看见父亲每天晚上都会在母亲的照片前，温和地说一说今天发生的事情，说一说儿子的成长。即便母亲早逝，可永远是父亲的最爱。这份爱随着时间的流逝越来越浓，从不曾改变。

所以，当林默然18岁那年发现父亲不辞而别时，他甚至想会不会母亲还没死，而是因为不得已的理由离开了。现在自己成年了，所以父亲也可以抽身去找寻自己的妻子了。也许有一天，他们会手挽手地出现在自己面前。

林默然这些年假装淡定的心，在面对一个疲惫而悲痛的父亲时，不由得抽痛了一下。他扶着王坤在急救室外的长凳上坐下，给他倒了杯水。虽然此时任何安慰都是苍白无力的，可林默然还是忍不住问道："王老板，你儿子这是什么病？很严重吗？"

王坤喝了口水，捂了眼睛叹了一声。

从儿子出生到现在，22年来他没有一日不是担惊受怕的，没有一日是安稳的。半夜敲开邻居的门，央求着送医院的事情都已经记不清有多少次了，病危通知书也不知道签了多少张。儿子每进一次抢救室，他便也水里火里地煎熬一遍。

沉默了半晌，不知是对热心援手的两人心存感激，还是一个人承受了这么多年，想要找人诉说一下，王坤缓缓地答道："是先天性的心脏畸形。正常人的心脏有4个心腔，小峰只有3个，而且单心室的功能严重低下。他能活到现在已经是个奇迹了，但是也已经到了极限，常规治疗已经不起作用了，现在只是在拖时间而已。"

"这么严重。"林默然皱了皱眉，却听唐泽道："那只能做心脏移植了。我有个朋友就是非常严重的心脏病，做了心脏移植，现在和正常人一样，现在心脏移植技术已经比较成熟了，风险也不算太大。"王坤苦笑了一声说："如果是唯一的希望，风险大也要做，总好过于等死。可是心脏移植哪里是那么容易的事情，要一大笔钱啊……"顿了顿王坤又道："而且可以供移植的心脏也不是说有就有的，要慢慢等着配型。这个过程完全要看运气，运气好的会很快，但其实每年都有不少人因为等不到合适配型的器官而去世。而小峰再也等不起了，医生说他最多还能撑两个月。"

面对一个其实已经绝望了，但是还没有放弃的父亲，林默然也不知道该说什么。倒是唐泽似乎想起了什么，说道："因为我朋友的缘故，所以对这方面我也有些了解，好像外国有一种临时人造心脏，是专门供你儿子这种在短时间面临死亡风险的病人。植入这种心脏最好的情况可以让病人多活一两年，争取更多等待器官配型的时间。"

隔行如隔山，林默然倒是没有听说过。但是王坤听了之后，却并没有说什么，只是叹了口气，点了点头，然后就将脑袋顶在膝盖上不再说话。

见此，林默然不由地道："王老板，你要是有难处不妨说出来，看看我们能不能帮上忙？"

"真的不用麻烦你们了。"王坤无力地答道："小峰每次住院，没有十天半个月是出不了院的，我也已经习惯了。今天已经太感谢了，怎么好再占用你们的时间。"

"既然如此，那我们就先走了。"唐泽道："如果有需要帮助的，给我们打电话好了。谁家不碰上件为难的事情，既然碰上了，能帮忙的地方我们一定帮忙。"

说完，唐泽站起身向林默然使了个眼色，两人一起转身离开了医院。待出了院门上了车，林默然这才问道："怎么就这么放弃了？王坤现在有难，岂不正是拉近关系的时候？我想，买主一定在赶来的路上，应该只是交了定金，而且这定金估计也没多少，要不然他也不会连高利贷的钱也没还清，只能承诺过几天就给。只要货还在他手上，你要是真想要，那就不是问题。定金这东西本就不是百分百的承诺。"

这世上除了有种钱叫定金，还有种钱叫违约金。在交易没有完全完成之前，若是反悔不想卖了，翻倍退还定金就是了。

"不过，"林默然沉吟道："只是不知道他手里到底有没有真的金花钿，还是另一枚假的。"

"应该是真的。"唐泽发动了车缓缓地往外开去，"我刚才说到他儿子可以置换临时人工心脏时，你注意到他表情没有？他不太在意，或者说，是心里有数。"

"确实。"林默然想了想，"他的反应有点儿太过平淡了，不管是谁，如果在自己儿子得了重病的情况下，再冷静也应该有点儿病急乱投医的感觉，而且至少会对一切有希望的东西表示出急切的兴趣。他连多问一句都没有。"

"只有一种可能。"唐泽道："他心里有数。但你知道这种人造心脏要多少钱吗？"

"多少？"林默然身体一向都好，对这些还真不了解，"换个真心脏要几十万，这个假的难道能比真的还贵不成？"

"何止是贵，一个人造心脏需要25万。"唐泽顿了顿说："不是人民币，是美元，而且国内的技术目前还无法进行手术，必须去美国，就是说，这不仅仅是钱的问题，还有其他事情。单凭王坤一个一辈子住在渔村，美元都未必认得的金匠，想自己带儿子去美国做心脏置换手术，这基本不可能。"

车子驶出医院时，天色已经有些暗了，和小渔村不同，县城虽然不及大城市，却也处处闪烁着霓虹灯火。

"150 万的心脏费用，加上住院费，来回的路费，王坤在那边的食宿，还要还之前的高利贷，后期的手术费、药费……"林默然摸摸下巴说："有钱的傻子很多，但是能花这么大手笔买这小子金花钿的，还真少见。"

如果王坤手里的是一枚和卖给唐泽同样的赝品的话，是不可能卖出这样高的价格来的。林默然估算了一下，刚才列出来的那些费用，没有 500 万打不下来。而这么一个小小的金花钿又是单枚，即便是真的，都不值这个钱，更何况是假的。

这世上收藏爱好者很多，喜欢古董的有钱人更多，但是再有钱的人，钱也不是大浪打来的，在买一件几百万的东西之前，一定会让行家专家鉴定一下。而王坤做的那件赝品经不起推敲，但凡对古玩鉴赏懂的稍微深一点儿的人，都能一眼看出来。所以当时林默然才会断定，这个仿制赝品的人是个工艺上的老手，古董里的新手。

说到这里，林默然看向唐泽问道："唐总，我还没问，对这样东西你有心理价位吗？"

如果这枚金花钿是真的，又有了两个以上的买家，那么不出意外的话，就要看谁出价高了。这是王坤不懂行，要不然的话，找一家拍卖行可以使利益最大化。

因为林默然没有想到会这么快就接近真品，所以也一直没有想起来问唐泽这个问题，但现在问题已经摆在眼前就不能回避了。

这世上有许多钱不能解决的问题，也有许多钱可以解决的问题。现在这个问题在林默然看来，就是钱可以解决的，而且是只有钱可以解决。王坤现在急需钱，而那枚金花钿是他唯一的筹码，是他儿子最后的希望，谁能给高价，他自然会给谁。

唐泽的手指在方向盘上敲了敲，考虑了一下，决定还是给林默然透个底。

"只要能确保是真品，价格好说，几百万上千万或者再多我都可以接受。其实我也不知道为什么，说实话我觉得这东西没有那么值钱，但是我父亲对这几枚金花钿特别执着，我觉得如果有需要，倾家荡产他也在所不惜。"

当然，倾家荡产林默然只能理解为一种夸张的修辞手法。由此可见唐泽父亲对此的重视，但这种超乎寻常的热爱和执着，肯定已经不仅仅是对古玩本身的兴趣爱好了，应该还有着什么更深层的原因。或许这套唐代金花钿，对唐父有特殊的意义，而这意义还不足为外人道，甚至连自己的亲生儿子也难以言说。

不过有了唐泽这话，林默然心里也有了底气。鉴宝是个技术活，可买古董没有捷径，再有本事也只能压压价不被宰而已，没钱空手套白狼，那就是坑蒙拐骗了。

虽然没下雨，但是此时天色已经暗了，再回渔村去也没有意义，两人在县城找了家宾馆住下。县城这些年发展也不错，虽然不比城市，不过四星级的宾馆也能抵上外面三星级的标准。

靠山吃山，靠海吃海，靠渔村自然是吃海鲜。唐泽是个大方的老板，林默然也不客气，两人点了一桌海鲜吃了个痛快。

晚上回到房里，讨论的话题自然还是离不开王坤手中的金花钿，有还是没有，是真是假，卖给了谁，卖了多少钱。前面的两个问题，他们觉得大致能猜出个八九不离十。后面的两个问题，就无从猜测了。

虽然不可猜测却可以查。唐泽的人脉大多在金陵。但是关系圈、人脉网是个非常复杂的东西，"六度空间"的理论说，你和任何一个陌生人之间所间隔的人不会超过6个。也就是说，最多通过6个人你就能够认识任何一个陌生人。唐泽想了想，打算从买家下手，看看这个大手笔的买家究竟是谁。

林默然的关系自然不可能比唐泽广，但是在一行说一行，在旁的事情上他比不了唐泽，古玩这一行就不好说了。

两人各自打起了电话，看看有没有人知道王坤近日出售唐代金花钿的情况。这几百万的东西，不可能是在路边摆个摊子，或者有人无意中看一眼说买就买了的。

唐泽派人四处找金花钿不是一天两天了，那时候王坤应该已经很缺钱了，但也只是给了一枚假的，拿了 10 万块钱。可见，这事情要么是在唐泽派人找金花钿之前，要么那买家是有备而来，才能劝得王坤松口。

打了几个电话之后，还是林默然先找到了线索。

林默然并不认识本地人，但是毕竟在古玩行里从小混到大，还是有些脸熟的，特别是他父亲在没有失踪之前，和一些古玩界的老前辈也有走动。关系多亲厚说不上，却也相熟。大忙不能指望，小忙却是可以帮的。

林默然的父亲林霍虽然无门无派，但是家传的鉴宝本事自有一套，这些年从未走眼。即便如今，当年的有些事情在业内说起来，也还让人津津乐道。

林默然是他唯一的儿子，也必然是手艺的传承者。虽然现在看不出有什么本事，但是他还年轻，假以时日或许能有一番成就也未可知。

无论在什么年代，无论在什么行业，虽然潜规则不可避免，但是真本事到哪里都是被认可的。特别是技术含量非常高的行业，比如古玩。

于是在不损害自身利益的情况下，谁都愿意对林默然施以援手，毕竟谁没个求人的时候，利益本就是互通的。

林默然找的人叫盛国强，一个 60 多岁的老头。他年轻的时候是北京故宫博物院的研究员，捧了半辈子的铁饭碗，40 多岁时突然心血来潮下了海，回老家杭州在西湖边上开了家文玩店。买卖古玩的同时，顺带着给人掌眼做鉴定，结果古玩没卖出个名堂，因为眼力准、底子厚，鉴宝识真假的名头越来越响。

可能是因为心中有事，林霍不太爱与人交往，盛国强是他难得来往的朋友之一。杭州和金陵离的不远，金陵的古玩市场发展的那几年，他就总爱往这边跑，想能淘点儿好东西。那时候林默然还小，每年都要见几回这个住西湖边的盛伯伯。

老人家睡得早，林默然也是看时间是 8 点多，才打了过去。那边盛国强已经洗漱躺在床上翻书催眠了，看是他的号码，接了电话便先笑了一声说："小林啊。"

"是我，盛伯伯。"林默然客气地道："您睡下了吗，我有些事找您，有没有打扰您休息。"

"没有没有。"盛国强在那边中气很足地道："我还没有睡，虽然我是老人家不像你们年轻人那么能熬夜，但是也没有那么老嘛。"

林默然笑了笑，跟盛国强寒暄了几句，那边主动提了出来，"这么晚给我打电话，是不是遇上麻烦了，有什么你盛伯伯能帮上忙的尽管说，不要客气。"

盛国强那时候和林霍处得好，后来林霍就这么失踪了，留下个半大不大的孩子，他也很是唏嘘了一阵，甚至想让林默然去杭州跟他一起生活。

老头子倒是有儿有女，可都去了国外，一年也回不来一次。家里就他跟老伴两人孤零零的，想想多个干儿子也是挺好的，家里热闹，再者，他经济条件也不错，养得起。林默然那时候是个斯斯文文的萌正太，又懂礼又懂事，上了年纪的人看了都喜欢。

可惜林默然是个有主意的孩子，人家的家再好，也不如自家自在。何况又不是什么亲戚，即便人家好心，也不能照单全收。于是，便婉拒了他的好意，在聚宝街一个人过了下去。

因为这事盛国强心里一直憋着不太痛快，总觉得朋友一场，在人家有难处时自己没能帮上一点儿忙，实在是说不过去。这些年憋着劲儿地想拉林默然一把，让他千万别见外，有事情一定要跟自己开口。

见盛国强不客气，林默然直接说道："盛伯伯，我想请您帮我打听一下，最近有没有人在舟山附近买了一枚唐代的五色宝石金花钿。"

"五色宝石金花钿？你开始倒腾金饰了？"盛国强皱皱眉头，"那东西可是个冷门。"

"是有个朋友想要。"林默然忙道："我们现在舟山这边的一个渔村，倒是打听到有个金匠手里有，但是他说已经出手了，我们问不出来买家是谁。想着，这几百万的买卖必然要有人鉴证中介。您在业内的消息广，能不能给问问，买家是什么人？要是方便的话，最好能接洽一下。如果这买卖成了，佣金一定不会少了您的。"

那边听林默然说完松了一口气，"大半夜给我打电话，还以为你遇到什么急事儿了呢，原来是这个，这有什么，明天一早我就给你打听去。不是你盛伯伯吹牛，旁的地方不敢说，这一片地头上，但凡是超过百万的东西，没有伯伯打听不出来的。佣金什么的再别跟我提，我还能要你的钱！"

虽然盛国强这话说得颇有些吹牛的口气，但是既然他敢这么说，底气就是足的。

林默然也松了口气，又叮嘱几句注意身体之类的话便挂了电话。

第五章 不合理事件

虽然盛国强只是答应了下来，目前还没有任何线索，但是林默然丝毫不怀疑他在业内的消息灵通程度。而林默然的笃定，也在相当程度上影响了唐泽，两人又聊了一会儿，觉得还是很有希望的。

第二天起来，两人无事，在街上转了一圈后，提了点儿营养品去医院看王坤。

虽然这个时候他们献殷勤有些功利，但毕竟他们的目的也不是见不得人，就算是有所图也是光明正大。王坤即便不领情，也不应该厌烦才是。

医院里王峰的病情已经稳定了，住进了病房，说是病情稳定，其实大家心里都明白，他现在只是在熬时间而已。如果不能得到根治，比如换心脏，那么就只能熬一天是一天，而且最多也不过是再熬两个月，这期间，还有可能随时结束生命。

林默然和唐泽在前台问了王峰的病房便找了过去，远远地便看见王坤站在走廊上看着窗外。

医院建在一个小山头上，虽然医疗条件一般，但环境倒是很好。走廊的一边是一排病房，另一边是花园苗圃。许多可以走动的病人，在天气好的时候，都会在院子里散步聊天。

此时，王坤正站在走廊上，面无表情地盯着院子里的一棵树，好像那棵树马上要大变活人一般。待到林默然走过去，轻轻喊了一声，王坤才惊醒

过来，转头一看是林默然和唐泽，表情顿时变得十分奇怪，有点儿惊讶又有点儿惊喜，惊喜中却又带着些矛盾和纠结，直看得唐泽皱了皱眉。"王老板，你儿子……没事吧，我们来看看他。"

"没事没事。"王坤立即恢复过来，边领着两人往病房里走边客气着，"昨天的事情都不知道该怎么谢谢你们，今天又让你们破费，这怎么过意得去。"

病房是双人病房，现在另一边的床位是空的，只住了王峰一个。他的身体现在已经很虚弱了，虽然昨天抢救了回来，不过现在也没什么精神，正闭着眼睛休息。听见有人来，只是睁了睁眼，对他们笑了笑。

王峰只是听王坤说起，昨晚上多亏了两个好心人送他们过来，其他的也就不知道了。这个小伙子从小身体不好，和外人接触的也不多，倒是相当的单纯。

虽然在来的时候，两人还想着能不能从王坤嘴里再套些消息，但是看到人家儿子这个样子了，怕是跟他们谈什么的心情都没有。因此也就没有多坐，安慰了两句便起身告辞，让他好好休息。

王峰虽然跟他们只是说了几句话，却也是很疲惫了，便闭上了眼睛。王坤起身一直将两人送到了走廊。面对这种绝症，面对绝望的父亲，两人没打算再多说什么。倒是王坤的态度有些奇怪。林默然虽然没经过大起大落，不能说人生经历很丰富，但是毕竟在聚宝街那样龙蛇混杂的地方待了那些年，又是做生意的，旁的可以不会，但是揣测人心的能力多少要有一些。

"王老板，你是不是有什么事情要说？"林默然看着王坤欲言又止的样子不由地问道："可有什么需要我们帮忙的地方？"

王坤紧皱着眉头，沉默半晌，终于长长地叹了口气。

唐泽觉得他这一口气，几乎要将这一生的不顺心都叹出来一样，不由地道："王老板，你要是有什么事情可以直说，也许我们能帮得上忙。"

王坤现在最头痛的无非是钱，这个忙唐泽他们确实可以帮得上。但这就引申出另一个问题，为什么要帮。

但有所求便万事好商量。

见王坤面有难色，几个人一直站在走廊上说话也不妥，林默然便提议去花园里坐坐。今天的天色不太好，虽然不冷却也没有太阳，小花园里空空荡荡的，一个人也没有。

王坤点点头，跟着两人后面往外走。一出了医院大楼的门，便从口袋里摸出包烟来，估计不是什么好烟也不好意思让林默然他们，自己点了烟深深地吸了一口。

3个人找了个小亭子坐下，林默然他们也不催促，等着王坤自己说。他们是昨天才见面的，顶多是萍水相逢，连一个熟字也谈不上。热情和好心都得适可而止，否则的话可能会有反效果。

王坤抽完了一支烟，终于下定了决心，叹了口气道："昨天你们来我店里也看见了，那是当地的一家信贷公司做的。说是信贷公司，其实就是个放高利贷的，下面一帮打手流氓。哎！前一阵子小峰突然发病，我一时缺钱，实在是没法子，找他们借了10万块钱。中间我还了一次5万，利滚利的现如今还有8万，应该昨天还的。"

借高利贷就是个饮鸩止渴的事情，但存在即是合理，人在逼不得已的情况下，也是要借的。至于借了怎么还，能不能还，根本无法考虑太多。

王坤又抽出支烟来点上说："本来我已经和他们说好了宽限3天，但是不知道为什么，昨晚上他们突然反悔了，逼着马上要钱，不然的话就烧了我的店，还说要给我点儿颜色瞧瞧。你们还年轻，可能还没这个感觉，人到了我这个年纪，自己无所谓了，最重要的就是孩子。小峰又是现在这个状况，一切顺利这个病都未必治得好，这要是再出点儿状况，那就真的是没有希望了。"

林默然点点头表示赞同，心情对病人的康复也是件很重要的事情。虽然说起来像是奇迹一般，但是世界上这样的例子不少。如果病人保持愉悦的心情和开朗的情绪，顽强一点儿勇敢一点儿，绝症也有不药而愈的希望。但小峰若是知道了自己父亲被高利贷逼得走投无路，怕是没有被病魔压倒，先被自己的情绪压倒了。

"这事情说起来让两位笑话。"王坤的烟拿在手上也不抽，由着烟雾飘散，"可我实在是没有办法了。这些年为了给小峰看病，能借的亲戚朋友都借遍了，家里值钱的东西也卖完了。8万块钱对你们来说可能不多，但对我来说，却是不少了，现在我实在是凑不上了。"

"这有什么可笑话的。"唐泽正色道："王老板，坦白地说，如果你被高利贷追债是因为吃喝嫖赌，那肯定不会有人同情，但是为了给儿子治病就值得同情了。但是这很反常，高利贷是求财而不是求命，没有理由那么急着追债，连一点儿筹款的余地都不给。何况你是本地人，还有房子在那里，又带着儿子，也不可能会为了这几万块钱偷偷地逃走，他们为什么要那么急？"

林默然想了想问："王老板，你本来答应高利贷 3 天后还钱，是因为 3 天后有钱进账，还是为了拖延时间随口说的？"

王坤犹豫了一下说："不瞒你们说，买金花钿的人 3 天后会过来，到时候我就会有一大笔钱进账，高利贷的钱也就不成问题了。"

能到处问着买古董的人，除非是帮人寻摸的，要不然绝对是有钱人。至少能拿出来百八十万，要不然看见了好东西也拿不下来。

这么贵的东西多付 10 万元定金，也是应该的事情。

林默然笑了笑，假装随意地将话题带过去说："对了，到底这买金花钿的是什么人，能不能跟我们说说，我在古玩行里也混了十几年了，说不定是熟人。要是熟人可以给你说说做个担保，让他多付点儿定金不就行了。"

可没想到王坤面露难色地说："不是我不说，只是买家再三叮嘱，不想让别人知道。我虽然不懂业里的规矩，可已经答应别人了，说了总不好。"

又得求人借钱，又不能如人所愿。王坤此时为难得紧，脸色苦的能滴出水来。

顿了顿，王坤将剩下的半截烟在脚下狠狠地碾了碾，似乎下了很大的决心道："唐先生，我知道这话说得不合适，但我实在没办法了。虽然昨天咱们才认识，但我知道你们是好人，要不然也不能那么热心地帮忙。你能不能再帮我一次，先借给我 8 万块钱，等 3 天以后那边的钱到账了，我还你 10 万，15 万也行。"

"我又不是高利贷。"唐泽先笑了一下，随即正色道："王老板，8 万块钱我有，这个数对我来说也不多，借 8 万还 10 万就不必提了，我不赚这个亏心钱。但我的钱也不是天上掉下来的，也不能敞着洒。"

王坤连忙点头，再家大业大钱也是钱，就算是纨绔子弟一掷千金，也得有个名头。为博美人一笑也就罢了，借给一个素不相识，甚至不知道是不是骗子的人，确实是有些敞着洒了。但王坤觉得唐泽这话并不是完全拒绝，似

038

乎还有希望。

果然，唐泽接着道："谁都有困难的时候，何况是人命关天的事情，帮这点儿忙不算什么。但咱们昨天刚认识，今天就借钱，总得有个说法。"

想了想，王坤眼前一亮忙道："我还有房子，就是开店的那个两层楼。那房子虽然破了点儿，但也不止 8 万块。只是因为那是自己盖的没房产证，所以变不了现，信贷公司不愿意要，我可以抵押给你……"

唐泽摆了摆手说："那倒是不必，这个时候拿你的房子，岂不是落井下石。王老板，你看这样如何，其实我这趟就是听到了金花钿的消息才来的，但是迟了一步被别人买了，这也没办法，总有个先来后到。但是，是不是有这件东西在，是不是真的有买家，都是你说的，咱们也没法证实。如果那金花钿在你手上，你拿出来给我看看，我只要知道你身上有这么个真东西也就放心了。万一那东西是假的，或者根本没有，那就……"唐泽做了个抱歉的动作说："王老板，不是我不相信你，只是我们毕竟以前也不认识，空口说白话总是让人觉得没有保障。"

唐泽的话说得合情合理，谁也反驳不了。林默然点了点头说："只是看一看，应该不会让王老板为难吧，就当是我们千里迢迢前来开开眼界也好。"

之前卖过一枚仿制品，这王老板可算是有前科的人，林默然也觉得先验下货是有必要的。即使他们推断王坤手里有真东西，但是一切只是猜测。对唐泽来说，即使丢了 8 万块钱也不碍事，但要是连东西都没看见未免不值。

看得出来，唐泽开出的条件很让王坤动心，这毕竟是个非常合理的条件，而且不会给他带来一点儿的损失。现在这个社会就算是再人心不古，王坤也不觉得他们俩能做出见了以后眼睛放光抢了就跑的事情。

很多收藏者都有这样的想法，得不到能摸一摸也是好的，不能摸看一看也是好的。王坤倒是很能理解。

想了想王坤道："行，不过金花钿我没随身带着，在家里放着呢。我去问一下医生，看看小峰的情况，要是不碍事的话，我带你们回去一趟。正好我也要回去拿点儿洗漱用品。"

唐泽点了点头，和王坤说好在医院门口等。

当下，王坤去找负责的医生，林默然和唐泽往外走去取车，一路走着林默然始终皱着眉头，快到了医院门口的时候缓缓地道："我总觉得这事情有问题。"

"嗯？"唐泽转头看一眼林默然问："怎么了？"

"高利贷逼债的事情。"林默然道："虽然刚才我只是想把话题引向那个神秘的买主，但是细想想真的很奇怪。你是贵公子不缺钱，肯定没接触过高利贷，不过我在聚宝街，这样的事情见得多。信贷公司虽然利息高，但一般是讲信用的。这边答应了3天，对方又没有逃跑的迹象，结果不到半天就来逼债，这不合理。"

但凡是不合理的事情，背后总是会有一个你所不知也想不到，但是绝对合理的解释。

被林默然这么一说，唐泽也觉得有些奇怪。不过两人又商量商量，也没想出个所以然，说话间王坤已经急急忙忙从医院里面出来了。王坤在，两人也不好再继续刚才的话题，便不再说话。

一路往观和渔村开，半路上又有信贷公司催账的电话打了进来，那边的声音极大，连坐在前排的林默然和唐泽也可以听见电话那头极为火爆的声音。

王坤心里急得很，生怕慢了一点儿，那帮要钱不要命的人真的会到医院去找自己儿子的麻烦。王峰现在那身体，好吃好喝好养着也时日无多，可不能再经受一点儿风吹雨打了。

卡宴在崎岖的道路上毫无压力，当驶进渔村的时候，不过是一个小时以后的事情。渔村偏僻没有那么严格的交通管制，王坤便让唐泽直接将车开到房门口去，那边街上的路不好走，能快一点儿是一点儿。王坤急，唐泽虽然没他急，但是想着能见到金花钿了，也不由有些心急起来。他找这件东西找了这么久，还是第一次感觉近在咫尺。车子直接驶上了老街，远远地能看见富贵金铺了。林默然"咦"了一声，从车窗探出头去。

"怎么了？"王坤现在处于高度紧张的状态，一点儿风吹草动都让他不安。

"门口停了一辆宝马。"林默然道："是不是有人来找你？"

这会儿快到中饭时间，街上没什么人，但是唐泽还是将速度放慢了。林默然努力辨认着。"是浙A的号码，杭州的车，应该不是高利贷吧，老板是不是你朋友……"

林默然话还没说完，却见王坤突然激动起来，就想拉开车门要往下跳，同时嘴里说着："快，快。"

事情发生得太突然了，大家一点儿准备都没有。唐泽赶紧踩了刹车，王坤跳下车全力往金店跑去，跑到门口时顿了顿，拿起墙角常年放着以防不时之需的木棍，拉开店门冲了进去。

林默然看得清楚，店门竟然没锁，王坤一拉就开了，再仔细一看，一把明显被暴力破坏的锁丢在地上，难不成是店里进坏人了。难怪王坤一下子慌了，金花钿在店里放着，那可是儿子救命的东西，要是丢了去哪里再寻几百万来。

只是这是法治社会，而且还是大白天，竟然有人敢这么明目张胆地入室抢劫。还大咧咧地把车停在受害者的家门口，连号牌也不遮挡一下，这未免太嚣张了吧。

林默然和唐泽都愣了一下，也急忙跳下了车跟了进去。特别是唐泽，他好容易找到了一个线索，金花钿近在眼前了，这要是又失之交臂，那太可惜了。

两人只不过比王坤慢了两步进屋，进了屋却不见人，只听到有声音传来。这声音似乎是从地下传来的，林默然发现楼梯后面有一扇门，门半掩着，可以看见里面是通往下一层的楼梯。

渔村里的房子基本上都是在自家的宅基地上盖的房，两三层不等。一般人家都会盖个地下室放点儿杂物，王坤家里很显然也有这么一层。

此时，从半掩着门的地下室里，传来王坤有些模糊的吼声。唐泽生怕来人凶猛，王坤一个人应付不了，正急忙要往下走，却被林默然拦住了。林默然"嘘"了一声，示意他听。

里面的声音很大，隐约听见王坤怒极的声音："你又想干什么？家里已经什么都没有了。"

紧接着传来的是个中年男子的声音，一点儿也没有擅闯民宅被发现的惊慌和尴尬，而是丝毫也不输气势地和王坤对吼："老东西你别想蒙我，我知道你要把它卖了，还知道卖多少钱，东西在哪里，快交出来……"

随即轰隆的一阵响，是东西被掀翻在地的声音，两人忙推开门往下去。

听王坤和来人说话的内容，他们应该是认识的，但是关系并不好，而且

这人，是冲着什么东西来的。王坤有什么值钱的东西值得窥伺呢？应该只有那枚唐朝金花钿了吧。

林默然和唐泽两人对王坤的私人恩怨不感兴趣，但是对那枚五色宝石金花钿非常感兴趣，可不想在眼皮子底下被抢走了。

地下室里灯光明亮，照着一地的狼藉，看来这人已经进来一阵子了，但是还没找到东西。

这样重要的东西，王坤自然会找一个绝对稳妥的地方藏起来。就算是熟人，只要没露了底，想在那么大的一个家里找那么小的一件东西也不容易。

虽然想到了是熟人作案，可是两人下到地下室之后，和那人打了个照面，还是愣了一下。

古玩情缘 **五枚金花钿**

第六章　家贼难防

那人的嘴巴、鼻子长得和王坤很像，只是眉眼有些刻薄，特别是现在脸上一副凶恶的表情，更是显得阴冷，即使戴着眼镜，也遮不住眼中的凶光。

"你们是什么人？"那人一抬眼看见林默然和唐泽，不耐烦地问道："到我家来干什么？"

他是来找宝贝的，在他看来现在跟王坤接触的人，自然都是打宝贝主意的，自然都是敌人。

不待林默然说话，王坤便怒道："这也不是你家，我没你这个儿子。他们是什么人？他们是恩人。昨天小峰发病，幸亏他们帮忙送去医院，还垫了药费。你呢？你做哥哥的，除了从家里偷钱偷东西，你做过什么？"

王坤身上是一穷二白了，昨天王峰住院还是唐泽给办的住院手续，交了3千保证金。不过这是小钱，他也没放在心上。

果然是儿子，两人恍然都不说话，所谓清官难断家务事。虽然二人吵成这样，但他们之间到底有什么矛盾谁也不知道。再者说了，儿子再不好那也是儿子，老子再看儿子不顺眼，也未必愿意听别人说一句不好。林默然觉得他们和王坤还没熟悉到这份儿上。

"什么叫偷东西？"那人一点儿也不示弱，"你是我老子，你的东西就是我的东西，你的钱就是我的钱。老二那个病已经没救了，你还往里面砸钱，还不如把钱都给我……"

林默然觉得，但凡是个人也不能在弟弟重病抢救的时候说出这样的话来，就算有些病确实是在砸钱，但是即使心里这么想，嘴上也是万万不能说出来的。这样说要么是没良心，要么是缺心眼儿。

王坤被他儿子的话气得愣住了，突然伸手拿起地上的椅子往他身上没头没脑地砸过去。"我砸死你这个白眼狼，我砸死你，再给你偿命……"

王坤是气极了，这几下子可一点儿没手软。别看他年纪不轻，但是力气可不小，他儿子一把抓住椅子对抗了一下，竟然没抵过父亲的力气。

此时林默然和唐泽赶忙上前劝架，一边拉住王坤一边劝道："好了好了，父子俩有什么问题不好说，可别真打出事来……"

王坤怒气未平，估计他儿子觉得今天是捞不到什么东西了，又怕他爸真动起手来吃亏，嘴里骂骂咧咧地出去了。一会儿楼上传来椅子被踢倒在地的声音，然后汽车发动的声音响起并渐渐远去。再看王坤的脸色，那是一种透着绝望的愤怒。

林默然叹了口气，将翻倒的椅子摆好，拍拍王坤的肩膀说："小峰还在医院呢，你要是气倒了，他可真没依靠了。"

王坤颓然地坐在椅子上，一声长叹，刚才的怒火都化作了深深的叹息。唐泽拍了拍他的肩，也不知道该说什么。家事国事天下事，事事都揪心啊。

王坤坐了一会儿，心情终于平复了下来，看着两人苦笑了一下说："哎，真是家门不幸啊。"

"年轻不懂事吧。"林默然也不知怎么冒出这么一句，一副过来人的样子劝王坤，"再怎么也是自己儿子，父子再大的仇也没记恨的。"

"我这个儿子不一样啊。"王坤叹了一声，一边起了身向墙角走去，从地上捡起一把锤子，在一个角落里敲打起来。

林默然和唐泽不说话，估计那是王坤藏金花钿的地方，便在一边等着。没等一会儿，林默然身上的手机突然响了起来。地下室很安静，手机铃声吓了大家一跳。林默然掏出来一看，对唐泽点了点头，走上楼去接电话。

电话是盛国强打来的，既然他这么快打来电话，可见是有发现的。林默然难得求他帮忙，这老头儿也是憋着劲儿地显本事呢，要是办不成可是面上无光。

等林默然从楼上下来的时候，王坤和唐泽已经围在了一张桌子边，桌子上放着一个黑色的木盒。木盒是打开的，里面垫着红绒，上面放着一枚金花钿。除了颜色和唐泽的那枚不同之外，大小、厚薄、花纹，甚至是宝石脱落留下的凹槽都是一模一样的。

看来王坤打造出来的仿制品，就是按着这个样子来的。只是因为他本身对古物并不了解，一来觉得黄金越纯越值钱，二来可能时间紧迫，纯金自然更容易做，所以对金子的成色并没有太多计较。

单看假的给人的感觉也并不假，但是看了假的再看真的，也不知道是心理作用还是真的有那么一回事，更有那么一种历史沧桑的厚重感。

唐泽虽然找五色宝石金花钿有几年了，大大小小的仿制品见过不少，哪怕是闭着眼睛，也能想象出金花钿的样子。但他毕竟不是专业人员，也就是个外行看看热闹而已，分辨是真是假，还是要看林默然。

王坤虽然开始不明白两人的关系，但是现在也明白了，等林默然一下来便道："林先生，你看，这就是金花钿，绝对是真的，唐朝的。据说，这是唐玄宗送给杨贵妃的呢。"

林默然只觉得眼皮跳了跳，这说辞他耳熟啊。当时唐泽找来时，说要找的不就是这样的一组金花钿吗？只是当时他就觉得很离奇。不过唐泽是金主，虽然林默然觉得他的话非常玄，但是也不好当面质疑。可是此时听着王坤这么说，林默然实在是忍不住，便故作随意地笑道："唐玄宗送给杨贵妃的？王老板，你这是摆摊唱戏呢？"

"这是真的。"没想到王坤较起真儿来，"我不骗你们，这东西真的是唐玄宗送给杨贵妃的，我不是随口说说的。"

"好好。"林默然见王坤有点儿激动安抚道："但这说法，总得有个证据吧？王老板，我不是说不相信你，可你总得拿出点儿让我相信的理由来。比如这东西，要是你家传的，家里有个什么跟唐玄宗或者杨贵妃有关的族谱啊，古信啊之类的。"

空口说白话就是说出一朵花来，那也没有用啊。从地上捡根木屑就说是乾隆用过的牙签，那毕竟只是个笑话。

说到证据，王老板却卡住了，支支吾吾了几句，似乎是有话要说的，但是又不知道该怎么说，犹豫了片刻还是道："都是听家里的老人说的，哪儿有什么证据。不过就算不能证明这是杨贵妃用过的，但林先生既然是行家，一定能看出来，唐朝的东西总是真的吧，是货真价实的古董，也是值钱的。"

王坤不是做古董生意的，连做个仿制品也有那么明显的错误。对这个五色宝石金花钿，估计他自己也不太明白，但是却非常肯定这是件值钱的东西，这很奇怪。而且看他的神色中犹豫里还有些慌张。

林默然心里咯噔了一下。他虽然年纪不大，但在聚宝街摸爬滚打了这些年，见多了各色各样的人，这表情他再熟悉不过了。特别是在鬼市上，有这么一种人，他们怀里揣着好东西，但是眼神闪烁。你问他来路，一时一个说法。虽然咬死了是好东西，但是底气却不那么足。一般来说，这东西基本来路不正。林默然敏锐地觉得此时的王坤就有点儿这种感觉。

这东西如果真是传家宝那没什么。若是上一辈捡漏来的，抑或是用了不光彩的手段，时日长了，只要不是自己经手的也就没什么了。除非王坤这人有特别强的正义感，对于父辈甚至祖父辈的一些行为也同样地感到耻辱。

林默然皱了皱眉，觉得似乎有些不妥，不过这只是直觉和经验而已，平白的质疑说出来也不能叫人信服。

唐泽转头看林默然，他是出钱的，林默然是出力的，用人不疑，疑人不用，这个时候，自然是要相信专业的眼光。

林默然静下心来，将金花钿细细地看了一回，对王坤道："我们出去说两句。"

唐泽点了点头。王坤虽然急也不好说什么，现在是他有求于人，唐泽没有一口回绝已是万幸。虽然他相信这东西必然是真的，可终究也没请人鉴定过。

出了房门，唐泽有些失望地问道："怎么了，东西有问题？"

"东西是真的。"林默然道："但是我刚才看王坤的神色，这东西的来历怕是有问题。"

听林默然这么说，唐泽不由地皱起了眉问道："你指的来历有问题……偷的还是抢的？"

来历有问题这是个大麻烦，几乎和质量有问题是一样的。

如果是从旁人手上巧取豪夺来的也就罢了，大不了多经过几道手续。但如果是从古墓中盗来或文物馆偷来的就麻烦了，到时候即便是有钱，也未必能有办法入手。

林默然沉吟了一下说："这个不好说，希望他是从私人手上得来的。不过我觉得问题应该不大，而且应该已经过了很多年了。其实古董这东西虽然原本是有主的，但是因为时间太过久远，在历史长河里辗转了那么些年，除非你是杀人越货得到的，否则在谁手里便是谁的。买定离手，真假不赔，要不然低进高出，捡漏就不叫捡漏就叫诈骗了。"

林默然只能给出一个鉴定的结果，但是如何决定还是看唐泽。

不待唐泽说话，林默然又道："对了，还有一个好消息。"

"刚才的电话？"唐泽精神一振，"是不是你朋友那边打听到了什么消息？"

林默然点点头说："那边打听出来，最近是有人在出售一枚唐代五色宝石金花钿，已经出手了。因为中间人风评不好，所以这件事情知道的人并不多。"

"中间人是谁？"唐泽问道，"认识吗？"

林默然压低了声音道："盛伯伯说，认识是认识，但是不熟。这是个舟山本地人，姓薛叫薛文斌，因为在家里排行第二，大家都管他叫薛二。他虽然明面上是做古董生意的，但是似乎也和人合伙开了家信贷公司，其实就是放高利贷的，和黑社会也有勾结。你也知道古董这个行业挺复杂的，而且一度很混乱，虽然近年来越来越规范了，但也鱼龙混杂，特别像盛伯伯这种正规地方出来的，更不愿意和那种人结交。"

君子爱财，取之有道。古董虽然多有低进高出的事情，但都在你情我愿的基础上。像盛伯伯这种人，那种落井下石、乘人之危的事情是不屑做的。

这世上有很多放高利贷的，但是在同一个地方，同样认识王坤，同样参与了这件事情，就让人不得不产生怀疑了。

做古董又放高利贷的薛二，和借钱给王坤的高利贷，是不是同一个人。如果是，那他在明知道王坤这几日就有大笔钱进账的情况下，为什么会突然逼债。

正说着，地下室里电话铃声又响了起来。王坤接了电话，似乎是高利贷

047

那边又来催了。

　　林默然看了眼地下室道："还有件事，盛伯伯还打听到，这样风格的金花钿不止这一枚。"

　　唐泽眼前一亮问道："不止一枚？"

　　"嗯。"林默然道："据说，在好几年前也有过这样一枚同样风格的金花钿，也是由薛二做中间人出手的。卖家是谁不太清楚，买家似乎是同一个人，而且是个外国人。"

　　说这话的时候，林默然的面色也有些沉重。古玩行有条不成文的规定：国宝不出门。不是必须执行不可，但是你若不这么做就会受到大家的谴责。

　　在中国境内，你怎么买怎么卖，谁收藏都不要紧，反正都是在这块土地上辗转来往。但是，卖给外国人就不一样了。特别像是盛国强这样正统出身的，就更是在意这一点。说起过往那些灰暗的历史，他就咬牙切齿，说起那些被抢走的好东西，更是恨不得自己能早生百十年，一件件都抢回来。

　　"因为怕我们着急，所以就先打电话来告诉一声。"林默然道："具体的情况还要再打听。盛伯伯问我这边，如果你有这个意向，看看能不能从中联系一下，把东西拦下来。"

　　反正卖家缺钱，谁的钱都是钱。在盛国强看来，要是林默然有朋友也中意了这枚金花钿，那是再好不过了，肥水不流外人田，卖给自己人强于卖给外国人。

　　唐泽点了点头说："如果东西是真的，三五百万我自然是要的。若是能将另一枚也找来，那就更好了。"

　　真是踏破铁鞋无觅处，得来全不费工夫。唐泽寻了金花钿许久无果，这一下子竟然找到了两枚，不由得有些喜上眉梢。

　　"那我们先将王坤稳下来。"林默然道："等那边的情况，再看下一步该如何。"

　　其实他们还有一个办法，就是趁王坤现在缺钱来个霸王硬上弓。反正东西在这里，逼着他撕毁那边的合同转卖给他们。但是这样会很麻烦。

　　第一，为了防止一物二卖，违约金高得惊人，而这个钱王坤是付不出的，唐泽要截胡就必须付出这个大的代价。

第二，此时他们拿着钱逼王坤转手，可是件不光彩的事。虽然唐泽很想要这东西，但这样的事情也是做不出来的，他宁可等那边买家到了再做交涉。

唐泽应了好，两人商议妥当便回到了地下室。

虽然林默然和唐泽在外面商量也不过是 10 分钟的事情，但是对王坤来说，却像是等了一个世纪。特别是那边打来电话之后，只觉得每一秒钟都是那么漫长。

看着两人从楼梯下来，王坤努力稳住自己的声音道："唐先生，林先生，你们看……"

看着王坤一脸的焦急和期望，唐泽道："东西看过了没问题。不过我身上没这么多现金，要去取。或者，你看支票……"

再是有钱的人，除非是有特别需要，否则也不会在身上带着那么多现金。特别是像唐泽这样的年轻人，消费都习惯刷卡。

"街上有邮政储蓄。"王坤急忙接了一句，随后顿了顿，"但是街上的邮政储蓄小，也没自动取款机，而且银行取 5 万以上需要提前 3 天预约。刚才他们又打电话来说，今天 5 点之前必须还钱。他们已经守在医院了，要是 5 点钟看不到钱，就把我儿子带走。"

现在不是有没有钱的问题，而是有没有时间的问题。如果高利贷能等上3 天，那王坤甚至都不用找唐泽拿钱了。

不过这个问题好解决，唐泽拿出车钥匙财大气粗地说："走，去县城。柜台取 4.9 万，自动取款机可以取两万，我身上万八千还是有的。"

王坤听了之后，长长地松了口气。一分钱尚且能难倒英雄汉，何况是8 万。若是今天唐泽不帮这个忙，他真的不知道该怎么办才好了。

和唐泽确定了借款事宜之后，王坤连忙给高利贷打电话，告诉他们钱已经借到了，不过还要去取。让他们再等两个小时，5 点前一定送到医院去，要是快的话，都不需要到 5 点。现在才 2 点多，回到县城取钱去医院，如无意外，最多也就是两个小时的事情。

不知道那边应了什么，王坤挂了电话，抹抹脸上的汗道："唐先生，这次真的多谢你了。"

唐泽摆摆手表示不用放在心上。虽然他算是个富二代，却是个性格挺正的富二代。坏毛病自然是有一些，但是人品是好的，心也是好的，做不出那些巧取豪夺的事情。

见如此林默然道："王老板，你把东西收一收，我们上去等你。"

这可是王坤如今唯一的指望了，虽然他们不可能做出乘王坤不在来偷这样的事情，但总是要避嫌。不能看着别人藏东西。

却不料王坤摆了摆手道："东西不能放家里了，旁人不会来偷来抢，我那大儿子却是防不住。哎，真是有句老话说得好啊，千防万防，家贼难防。我怎么会生了这么个东西，连弟弟救命的钱也不放过。"

说着，王坤将东西收进盒里，放进了贴身的口袋。好在这东西不大，盒子也不过手镯盒的大小。虽然揣在身上鼓起来一块，不过倒也不奇怪。

收拾好了东西3人便一起往上走，林默然接着刚才的话随意道："可能他也是有特别需要钱的地方呢，这年代做什么都不容易，生意做大了更是难。你大儿子虽然跟兄弟感情不亲厚，但是能白手起家，一个人把生意做大，也是个有本事的人。"

"他哪儿是白手起家，有什么本事啊。"王坤似乎很不愿意提起自己的这个儿子，说起来直摇头叹气，"没良心有本事有什么用。这人啊，若是骨子里坏了，越有本事就越糟糕。"

王坤虽然没什么文化，但是这句话说得非常有水平，没本事的人再坏也是小打小闹，有本事的人坏了，危害性反而更大。两人听了都点头。不过都是单身未婚人士，对于怎么管教儿子这方面一点儿经验也没有，也给不出好的建议。

车子一路往外走，天色又阴沉下来。这几天的天气都不好，不是阴有小雨，就是暴雨伴着大风。

虽然王坤急着去医院还债，生怕去的迟了那边等不及去病房骚扰自己的儿子。但是时间还宽裕，而且雨也越来越大，车速也快不起来。

唐泽的车虽然不错，但是再不错也还是车不是坦克。开始开得还很顺畅，但是过了20分钟之后，却也觉得有些麻烦了。

雨太大了，像是从天上倒下来一般。狂风四起，吹得雨水打在玻璃上发出巨响。观和渔村外出的路并不宽，两旁都是树木，不时地有断枝落下，砸在车顶上和车前的玻璃上。路面上已经积起了水，根本看不到路上的坑。隆隆的雷声，像是在耳边炸开一样，瞬间变得昏暗的天色中，有些恐怖的感觉。

王坤从车窗往外看了看，一片迷茫，什么也看不见，不由地道："唐先生，雨太大了还有雷，我们找个地方等一等吧。"

虽然他心急，但也知道这种天开车是件很危险的事情。人家是好心帮忙的，也知道他心急，所以没停车，自己若是太坚持倒是不知趣了。何况他是本地人也有经验，这种暴雨虽然来势汹汹，但是不会持续太长时间，一般半个小时也就能停。

雨刮在车的前玻璃上飞速地扫来扫去，即便是最快的频率，也挡不住雨水倾泻的速度。唐泽又勉强往前开了一点儿，实在是什么也看不清，只得在路边开着大灯打着双闪停了下来。

虽然医院里是人命关天的事情，但是车里这 3 条也是人命呢，不是玩笑的事情。

车子停下，众人松了口气，静静地等着雨停。

第七章 纨绔与混混

王坤也不知道在想什么，盯着雨幕一动不动，半晌习惯性地从兜里摸出烟来放在嘴边，想想这是在封闭的车里，没有点火只是在嘴里咬着。

和王坤想的一样，大约过了半个小时，雨势渐渐小了，雷声也停了下来。也能听见远处汽车的声音了，想来也是和他们一样躲雨的路人，感觉雨小了可以重新上路了。

唐泽看了看手表，还不到 3 点，就算是路况不好开慢一点儿，也是来得及的。

"雨小了，我们走吧。"唐泽转脸跟两人说了句，低头系上安全带。

说话间对面的车也闪着大灯过来了，不知道是不是也有急事，即使是在这样的路况下，他们开得也不慢。那车看来也刚刚经受了狂风暴雨和泥泞的洗礼，车子像在泥塘里打过滚一般，灰蒙蒙的连车牌也看不清。

唐泽见前面那车来势汹汹，路又难走，索性并不急着开。这路本身就是只有两辆车的宽度，如今路又湿滑，万一碰着可是不好。

可怕什么来什么，唐泽怕碰上，还想着等他们过去以后自己再走。却没料那车从远处疾驰而来，到了自己边上的时候，似乎是一个打滑控制不住，方向一歪，便撞了过来。

唐泽心里岂是一个悔字能够形容。如果他刚才开出去了，一来可能不会撞上，二来也可以打方向盘躲一下。现在好了，车子都没发动，连躲避的余

地都没有。唐泽喊了一声，然后将两只胳膊抱住头，做出一个防御的姿势来，只听砰的一声巨响，卡宴又向路边滑了半米多，才停下，那小车也停了下来，它的半个车身撞在了卡宴上，将卡宴的侧面撞得凹了一块。

本田在撞上唐泽的车之后，很快熄了火。车门打开，从里面跑下来几个年轻人。他们跑过来敲卡宴的车窗，在外面喊："怎么样？没事吧没事吧……"

卡宴上只有林默然受到的冲击最大，他坐在副驾驶的位置，正在闭目养神，听到唐泽喊，还没来得及反应，头就撞到了车窗上。唐泽和王坤倒是一点儿事都没有，解开安全带之后，赶忙探过来看林默然。王坤心里最急，这可千万别出事，这趟可全是为了给自己帮忙，万一林默然有个什么闪失，那他是一辈子也不能安心了。

唐泽伸手给林默然解开安全带道："你别乱动，觉得哪里痛？"虽然刚才的撞击挺猛烈的，但是卡宴的重量不错，连车窗玻璃也没碎。林默然看上去也没有外伤，唐泽怕他被震出个内出血来，有心想要把椅子放平扶他躺下，却是犹豫了一下不敢动手。

在不知伤情如何的情况下，是不能轻易移动伤者的，万一动得不好，小事反而变成大事了。

林默然埋头缓了一会儿，咳了几声，然后深深地吸了几口气，摆了摆手说："我没事……咳咳……"

此时，唐泽解开车门锁，车门哗啦一下子从外面被拉开了，一阵带着草木气息的新鲜空气涌了进来。

从本田车上下来的几个小年轻虽然穿得花花绿绿，不像是正经人，但是态度倒是很好，一个劲儿地道歉："对不住，对不住，路面打滑，车子开太快了，看见路边有车，一着急一时没控制住，人没事就好。"

开着车的时候，特别是开着新车的时候，刮一下蹭掉块漆都要心疼半天。但是等真正撞上了才会知道，只要人没事那就什么都好说。

在这么恶劣的环境里开得那么快，自己没动还能撞上来，唐泽觉得有些奇怪，心里也有些不痛快。但是人没伤着，肇事者态度也好，他又不是那种占着理就不饶人的，也就没有说什么。

他下车看了看，别说，卡宴的质量就是好，刚才那么猛烈的撞击，如今看上去，也就是车子侧面凹进去一块。唐泽打了火检查了一下，车子并没有受到什么实质性的伤害，并不影响驾驶。后座上王坤长长地松了口气，这当口儿要是车坏了，那可真是要了命了。从这里去县城还有半个小时的车程，说远也不远，但是要靠走可就不是一时半会儿的事情。就算是他能走，一看就是大少爷的唐泽和斯文的林默然能跟着他走？而这条路上本身来往的车就不多，又是这样一个暴雨泥泞的时候，即使有钱想拦个顺风车都拦不到。

被撞的卡宴没事，但是作为肇事者的本田显然质量就有些跟不上了，现在还紧紧地卡在卡宴的侧面。开车的小伙子一边一叠声地道歉，一边想把车退出去，但是打了几次火都没打着。在尝试了几次无果之后，小伙子无奈地从车上下来苦着脸道："我的车坏了，发动不了了。"

其实这种情况很好解决，没有人员伤亡，没有逃逸，责任人明确，只要一个电话，剩下的都可以交给保险公司。

唐泽并没有多想，他转头看了看一旁精神有点儿紧张的王坤，拿出手机拍了两张照片存档，一边递过名片说："我还有事要走，先留个名片，我会让保险公司的人跟你联系的。"

无非就是赔钱的问题，唐泽虽然不热衷于车，但是这个年纪的男人，又是有钱的，自然也少不了一些研究。他刚才略看了一下，问题不算大，几万块钱的事情。他虽然不是分分钟有几百万进账的人，但是这种交涉自然有下属接手，不用自己亲自出马的。

小青年接过唐泽的名片扫了一眼，脸上显出些惊讶的神情，然后道："我没有名片。"

林默然在车里无奈叹气，唐泽是在自己的圈子里处久了，觉得名片这东西应该是人手一份的。但是事实上平常谁用这东西啊，别说这伙看起来像混混的小青年，便是他平常也用不上，偶尔遇上大客户的时候，才装模作样地发一张。

"要不，咱私了吧。"小青年提议道："唐总能等一会儿吗，我这还没拿到驾照呢，咱也别走流程了，你看多少钱，我让人送来。"

没驾照还在大雨天把车开得那么疯，这绝对是自杀加杀人的节奏啊，唐泽一下无语了。虽然他顶着这个富二代的身份，有时也做些不太靠谱的事情，但是总的来说，还算是个好青年。至少无证驾驶、酒后飙车是不做的，这不单是拿别人的命开玩笑，也是拿自己的命开玩笑啊。

如果是平常遇到这种情况，唐泽可能就直接报警了。但此时想了想却道："不用了，留个电话号码给我吧，我再联系你。等我送修之后，直接寄维修单过去，你把钱打给我就行。"

这毕竟不是在自己的地盘金陵，而且唐泽还有要事在身，也不想在这上面浪费太多的时间。等他喊的人来给钱？首先唐泽对这几个维修的钱并不太在意，其次他觉得人生地不熟的时候，凡事退一步也罢。跟这些小混混计较，输了丢人，赢了也不光彩。

名片不是必需品，电话总是必需品吧。就算电话没带、没电、坏了，总有个号码吧。谁知道那小伙子竟然真的敢说出来："我也没有电话。"

这小伙子20来岁，穿着黄绿相间的衬衫，染着一头半红半黄的头发，看起来是那种稚气未脱的流气。而此时从本田上卜来的3个人，也都围在了那人的身边。虽然没说话，但是脸上却有种不怀好意的表情，跟刚才一叠声道歉的样子判若两人。

唐泽挑了挑眉，转脸看了看车牌说："没电话，身份证应该也没带吧，不碍事我会根据车号找你的。"

他现在心里多少有些数了。开始的时候，他还没有多想，毕竟开车碰擦很常见，何况又是这样的路况，撞电线杆的都有，何况是撞车。但是此时看来这不仅仅是个意外了。

这几个人开始的目的还不明显，现在看来是想要拖住他们。如果唐泽同意留下来等人前来协商赔偿的话，估计他们还会好言好语地陪着，但是唐泽摆明了要走，他们就只能翻脸了。

唐泽到舟山是来找金花钿的，他在这里没有仇人。买金花钿也是件私人的事情，而且是昨天才决定的事情，别说没有外人知道，便是家里人也不知道。所以这几个明显有备而来的人，应该不是冲着自己。林默然是被他拉来做鉴定的，就更加不可能招惹上谁了。唐泽回头看了一眼车里拿着手机的王坤，心里猜出了大概。

此时，王坤手里的电话又一次响了，还是催债的，语气更加的不耐烦。

王坤也不知道现在情况如何，只能一连声地先应着，同时抬头看唐泽。

唐泽故意做出一副为难的样子来，走过去捂住听筒压低声道："这几个人是来找麻烦的，恐怕不会轻易让我们走，万——会儿再叫了人过来就更麻烦了。你先敷衍那边一下，看看情况再说。嗯，要让他觉得你很为难。"唐泽说话的声音非常低，连站在几步外的几个小年轻也没听见。只有车里的王坤和林默然听得清楚。

王坤此时是完全没了主意，唐泽怎么说他便怎么做。于是有些含糊地跟那边说，车在路上遇到了点小问题，他一定尽全力赶过去。又说了一堆的好话，请他们千万通融一些。

但是高利贷半点儿也不会通融的，在那边厉声说他们只等到 5 点，多一分钟也不会等的。那声音大的估计站在不远处的几个小青年都能听见。王坤苦笑着挂了电话，真是屋漏偏逢连夜雨。如今是借到钱了，可是送不过去。难道真是老天爷看他上辈子做了恶事，要报应在他儿子身上吗？

现在去取钱还是来得及的，但是看现在的情形，一时半会儿是走不了了。犹豫了一下道："唐总，你这车我来赔行吗？等过几天我一起给你，咱们别和他们纠缠了。"

林默然笑了笑，王坤这是关心则乱，所以也根本没心思细想一下这件事情。相反他和唐泽旁观者清，倒是都看出点名堂来。

待王坤挂了电话，唐泽也坐上了车，关上车门和车窗。这车是唐泽改过的，马力大，窗户一关上，里面说话的声音外面基本上听不见。外面的几个人都有些愕然，但是见唐泽并没有要走的样子，也没有上前。他们的任务就是拖上他们一个小时，不管他们在车上商量什么，只要不走就算是完成任务。

于是几个小青年便围着站在不远处的树下，打着伞，抽烟说话，盯着他们。他们几个心里多少也觉得有些忐忑。唐泽长得人高马大的，一眼看上去便不是那种好欺负的文弱青年。虽然他们是 4 个人，唐泽那边 3 个人，说起来实力差的也不大，但要是真斗狠不好说谁输谁赢。而且唐泽是谁他们不知道，唐泽名片上印着的宝林珠宝公司他们是知道的，那是实打实的有钱家族，真要闹起来谁也占不到便宜。

看着王坤焦急而期待的样子，唐泽摆了摆手说："王老板，现在不是修车款的问题，你难道没觉得他们就是来拖着我们的？要不要钱他们都不会让我们走的。"

王坤怔了一下，显然并没有想到，但是经唐泽一提醒，他马上也明白过来。"是啊，要不然能这么巧。可是我没得罪过什么仇人啊，谁会拦我呢，难道是王山，他不想让我救小峰，怕会把钱花完？"

王山就是王坤的大儿子。王坤左想右想，如果他没赶上还债，而让高利贷带走了小儿子，导致小儿子有什么闪失的话，那么最大的得益人就是王山。

听王坤这么说，林默然两人也想到了一个人，但是这个人可不是王山。再怎么缺钱那也是亲兄弟啊，不至于赶尽杀绝到这一步吧。

"他知道你和高利贷之间的约定吗？"林默然觉得这父子之间的仇怕是没法子了，但凡是有坏事出来，王坤第一想到的不是别人而是自己的儿子。

王坤呐呐了一下，倒也觉得不应该是他，"应该不知道，老大早和家里闹翻了，一直也没有联系。我借高利贷这事情就算是有旁人知道，但是逼着下午还账，除非那边泄露出去了，肯定没有第二个人知道。"

虽然王坤对自己儿子有诸多不满，恨得咬牙切齿，但是倒也不至于把脏水都往他身上泼。毕竟是亲骨肉，再不孝顺，做爹的心里也是隐约地想要他好的，不自觉地便会为他开脱。

"如果这几个人是专门来拦截我们的，那可是早有准备。"林默然道："我们从观和渔村出发，这才走了半个小时。也就是说，他们几乎是和我们同时出发的。"

"那就只有高利贷的人了。"王坤疑惑道："他们逼我还钱，又拦着不让我去取钱，这是为什么，想抬价吗？"

王坤的疑惑一说出来，大家都觉得有这么点感觉，但是又觉得不太可能。高利贷虽然不是什么正规的公司，但是在这个只有正规才有机会的年代，往往会披一层合乎规矩的外衣。如果只是为了一点儿利润，那么信贷公司不可能铤而走险用这样的方法来逼王坤。如果是为了巨额利润呢，但王坤现在这样子，又哪里像是能拿出钱来的。

"除非……"林默然缓缓地道："除非他们觉得从你身上能拿到更多的钱，而且绝不是一个小数目。"

能开信贷公司的人，可绝不会是普通人，那要黑白两道都说得上话才行。3万、5万的估计不会放在眼里，如果他们知道了王坤即将有一大笔钱进账，或许会眼热想要多捞一笔。

几人正纠结着，王坤的电话又响了，本以为还是高利贷催账，可是低头一看号码，王坤的神情马上激动起来，连忙按了接听。

车里的空间就那么大，王坤的声音也不可能小，连电话那头说话的声音，也清清楚楚传了出来。

"喂，薛老板，你好。"王坤的声音中稍微有些克制不住的紧张。现在那边是他唯一的救命稻草，容不得半点儿变化。

林默然和唐泽对视一眼，看来盛国强打听的消息不假，和王坤联系的人果然是薛二。

电话那边是个普通话说得很流利的男音，用特别熟悉的口吻道："老王啊，不忙吧，现在给你打电话没妨碍你吧。"

"没妨碍，没妨碍。"王坤忙道："薛老板有什么事吗，是不是那边有什么变故。"

"哦，是的，是有一些小变故。"薛二道："威廉姆斯先生刚才跟我联系了一下，他本来是打算周三过来的，但是出了一点儿小状况。我也没好细问，不过可能是资金的周转出了一点儿问题。"

"啊？"这是王坤最关心也最担心的问题了，一提到资金出了问题，他忙问道："那，具体怎么说？"

"别担心，别担心，只是晚几天而已。"薛二一叠声地安抚道："威廉姆斯先生说，本来钱已经准备好了，手里的事情处理一下周三就能过来。不过临时生了点变故，挪用了一部分，所以现在现金只有400万，还有100万要过一段时间。"

那枚唐代五色宝石金花钿卖了500万，和林默然估算的差不多。再加上定金和支付给薛二的介绍费，一共也不会超过600万。

不过这笔钱足够支付王峰去美国置换人工心脏和日后手术的费用了，还能有一部分结余用作日后的生活。这高利贷的账就更不算是什么。

但是王坤现在最着急的就是时间，他一听薛二说要过一段时间，不由地急着追问道："他说了吗，过一段时间是多长时间？"

薛二迟疑了一下说："我听威廉姆斯先生的语气，可能要四五天吧。你放心，当时知道你要钱急用，咱们的合同里写的清楚，尾款要在 10 天内付清，否则的话合约作废，定金不退，东西可以另卖他人。要是真凑不出钱来他比我们急。"

王坤苦笑一下应了声"是"。

他确实急，但是没有那么急。虽然王峰的病急需换心脏，但是因为这个手术在国内做不了，所以要联系美国那边的医院，要办出国手续。即便是有特殊情况也给了通融，一套程序走下来也不是三五日便能办妥的。即便现在有 500 万摆在面前，他也要等护照。

本来以为事情就是这样了，王坤便想挂电话，却不料薛二那边又道："对了，有件事情我得跟你说一声，虽然他说了四五天，但是你得有心理准备，他会在最后一天付钱。"

"为什么？"王坤愣了愣，"你刚才不是说他比我们急吗？"

"如果他凑不够钱，他自然是比我们急。"薛二道："但他如果凑得够钱，那就没什么好急的了。这洋人看起来斯斯文文的样子，其实不是什么好东西。刚才还试探性地跟我提了一下，说手上有 400 万现金是随时可以给的，就是那 100 万一时不凑手。要是能便宜点儿，400 万成交，那边半个小时就能把钱打过来。他倒是想得美，前面什么都说好了，这会儿开始还价了。就为了钱马上到手，少要 100 万，谁也不能干这事儿啊。我没接他的话，想来你也不可能答应，听听罢了。"不等王坤回话，薛二就自顾道："好了，先这么着，没其他的事情了。有进一步的消息，我会及时通知你的。我这几天都在舟山待着呢，没事儿大家出来坐坐。"

说完薛二挂了电话，王坤有些愣愣的没反应过来。

林默然却是冷笑一声，一拍椅子说："我就说奇怪呢，为什么高利贷又逼债又拦着你还钱，原来在这个地方等着呢。"

王坤这些日子被诸多事情弄得焦头烂额，心绪混乱，因此听了薛二的话，一时也没将他和逼债的高利贷联系到一起。但是听了林默然这么说之后，却是恍然大悟。

这边，王坤现在最大的麻烦是要还高利贷的钱，而且催得非常紧，必须当天马上还。那边，薛二抛出了两个诱人的便利：第一，只要王坤松口将价钱从 500 万降到 400 万，马上就可以付款；第二，他在舟山，半个小时就可以赶到宿平县城。

400 万虽然比 500 万少了 100 万，但是支付王峰出国换心脏和后续的手术费用也是足够的。只是除去这些就剩不下多少钱了。王坤自然是想手上留着的钱越多越好，但是如果迫在眉睫了，多半会咬咬牙。以后的事情以后再说吧，总是要把面前的难关过去才好。在这种情况下，王坤很可能接受威廉姆斯的还价，400 万成交，并且要求马上把钱送过来。

因为薛文斌是两边认可的中间人，所以钱是先一步打到他的账上的。东西还没交接的时候，钱是不可能一次性交给王坤的。但是和薛文斌商量一下，先拿出几万块钱来，替他跑一趟还个债，这个王坤有把握，他不会拒绝。

于是，只要王坤接受了还价的条件，眼前的难题就迎刃而解了。至于还价的那 100 万就不得而知了，或许直接进了薛文斌的口袋，或许许了买家的好处，总之还是可以分一份的。

看着王坤也有些想通了，林默然道："王老板，你这个中间人，你喊他薛老板，他是不是叫薛文斌？"

"咦，林先生你认识呀？"王坤道："是叫薛文斌，在城里开了家很大的文物店，据说在古玩界也是有名气的。"

"可不是有名气，就是这名气不太好。"林默然冷笑了一声，"虽然我和他不太熟，但是据说这个人跟黑社会有勾结，暗地里也做些放高利贷这样的事情，又都是舟山人。我估计这次的事情，十有八九是他和借你钱的高利贷联合起来的。要不然能一环一环扣得那么紧，一个电话接一个电话时间掌握得那么好。"

所谓漫天要价，坐地还钱。还价是个心理战，在这一点上薛文斌还真是算计到了极致。三五万信贷公司不放在眼里，但是 100 万呢，即使两边平分也还各有 50 万，不是个小数字。

"这薛文斌真是心狠啊，竟然想吞下 100 万。"王坤想明白了之后，不由得怒从心头起，但是怒过之后却是无力，"但是现在又能怎么办，高利贷是什么事都能做出来的，要是为了这100万，那他们更是不会放过小峰的。"

林默然看向唐泽，昨晚上他听唐泽也打了几个电话，当地还是有熟人的，而能和唐泽有交往的，就算不是富翁，也有一定的身家，开口垫个8万块钱应该是小事。只不过这是唐泽的关系，林默然和他并没有熟悉到可以代人借钱的地步，因而并不打算多这个话。

正想着却不料唐泽拍了拍方向盘，脸上露出一点儿讽刺的笑意。"我最讨厌落井下石的人，这薛文斌把如意算盘打得太好了，以为找了这么几个人来就拦得住我们？"

说着唐泽转动了钥匙，车子嗡嗡地响了起来。唐泽的车只是被本田在侧面撞凹下去一块，并没有其他的问题，不影响行驶。现在最大的问题是那辆撞上来的本田依然挤在左侧面，将卡宴夹在它和一棵行道树之间。卡宴和本田是紧挨着的，只要一动必然会蹭着，和右边的行道树之间虽然还有些距离，但也仅仅是半个手臂的宽度，绝不够车子移动的。

"系好安全带，抓好了。"唐泽头也不转地说了一句，然后挂倒档，踩油门。

此时，一直守在旁边的几个小青年吓了一跳，他们完全听不见车里的说话，根本不知道发生了什么事情，根本没想到唐泽会突然发动车子。卡宴缓缓地往后退去，四驱的越野马力强劲，直接将挤在一旁的本田推了出去。

这下，几个小青年慌了，纷纷围了上来。有个人冲上来，一把抓住车门想要拉开，想将唐泽他们拉下车去。但是锁死的车门怎么可能拉得开。他使劲拉了两下未果，灵机一动招呼同伴上车。停止不动的本田自然会轻易被挤开，但是一旦发动起来，也不是那么好对付的。唐泽一点儿不急，甚至没有转头去看一眼拍着车窗的人，还在以非常缓慢的速度倒车。待到小青年开门蹿上本田时，两车之间已经空出了一点儿距离。看着本田的车门哗啦一声关上，唐泽一笑，档位往前一推，一脚踩下油门。在本田还没有反应过来的时候，卡宴已经冲了出去。

这车是唐泽为了自驾买的，回来后又找人进行了改装，就是为了在山林沼泽等危险的地形能安全驾驶。如今这样的泥泞道路，根本不把一辆小小的本田放在眼里。

那几个小青年怎么也没想到唐泽一句话不说，也不管边儿上还挤着一辆车说冲就冲，都纷纷变了脸色。

就在这一刹那的功夫，卡宴已经一个急转冲上了马路。

刚才闲聊的时候，有个小青年正好内急，回来的时候，正好看着他们要拦的车子迎面开来。抬头一望本田上的兄弟正手忙脚乱地一边发动一边喊："拦住他，拦住他。"

那人一慌也没多想，两步跑到路中间，两手张开喊道："停车，快停车……"

唐泽冷冷一笑，车子半点儿没减速不说，反而一脚踩下了油门。

卡宴呼啸着冲了过去，林默然感觉这男人疯了，就算是想金花钿也不能想成这样吧。当真是拦我者，神挡杀神，佛挡杀佛吗？王坤更是扑上前去两手抓着座椅恨不得抱住唐泽，急道："快停……"

林默然坐在副驾驶，能够清楚地看到前方的情形。那个小青年本来是张开双臂拦在车前面的，但是看着呼啸而来的卡宴一脸的惊慌。他怎么也没想到，唐泽竟然不刹车，不减速，还踩了油门！

虽是说话嚣张，终究也不过是个20出头的年轻人。平日里做得最多的事情，也就是跟着所谓的大哥收收债款，充个人场，自以为见过世面，其实又哪里真的经历过生死。

眼见着卡宴呼啸而来，小青年甚至感觉到了车轮飞滚带起来的泥浆溅到了脸上。他一下子慌了，死亡的恐惧铺天盖地袭来，身子不由自主地发抖，最终张嘴"啊"的一声叫了出来，人往边儿上躲去。

卡宴从身前呼啸而过，紧接着本田也追了上来，车门打开，里面探出脑袋来说："怎么搞的，你怎么不拦着，快上来追。"小青年抹了一把脸上的汗，也来不及处理一下沾满了泥浆的裤子，急忙上了车，捂着剧烈跳动的心脏，终究什么话都没说。

卡宴已经冲出去很远了，本田也开足马力追了上去，但是两辆车毕竟不是一个级别的，这群小青年只能眼看着对方越开越远，慢慢消失在视线里。

第八章 兄弟相残

卡宴上，王坤抹了一把脸上的冷汗，有些后怕地道："唐总，你这样太危险了，万一撞上了……"

万一撞上了那可就是人命关天的事情了。若是为了帮自己给唐泽惹来这么一场灾难，那他欠的这个情，真是下辈子也还不清了。

唐泽笃定道："没事，他不敢不让的。真以为自己是个什么角色，这样的人我见得多了。欺软怕硬，真跟他硬了，他自己就软了。"

"那，他要是也狠，真没让呢？"林默然对这个文质彬彬、衣冠楚楚的少爷有些刮目相看，"怎么办？甩给他家百十万私了？"

唐泽笑了一声："砸钱私了？你小说看多了吧，他要是真的不让，我自然就刹车了。我的技术你们放心，擦着他鼻尖也能停下来。"

本田上的人远远地看追不上了，悻悻地停下车来，赶忙给上头打电话。卡宴上，唐泽和林默然还没有什么太大的感觉，王坤像是火线上走了一遭一样，一身衣服都湿透了，想说点儿什么，可他和唐泽却远没熟悉到那份儿上，无奈地摇摇头，靠在了车背上。

"哎……"王坤长长地叹了口气。这金花钿在他身边很多年了，但是一直仔仔细细地收着。若不是到了救命的时候，根本也不会拿出来。可如今拿出来了，本以为一个买一个卖、钱货两清是件非常简单的事情，却没想到中间会横生枝节。

对于这一点，唐泽倒是比他镇定。倒不是因为事不关己，而是毕竟他家族是做生意的，看多了商场中的尔虞我诈，只要有一定的利益，明面儿上和气、暗地里挖坑的事情实在是太多了。

别说商家与商家之间，便是一家公司里不同的部门之间、同一个部门的同事之间都会勾心斗角，商场如战场，职场如战场，不是从来没有接触过的王坤和林默然可以想象的。

摆脱了拦路的人，天色也渐渐好转，虽然路上还是泥泞，但是雨停了。半个小时之后，唐泽便将车开到了宿平县城。

这个县城也不大，纵横成十字的两条主街，但凡是稍微有点儿规模的单位或者商家基本都在这两条街上。

在离医院最近的地方找了家农业银行，唐泽从自动柜员机上取了2万，柜台人工取了5万，又从钱包里数了1万出来。把8万块钱装在一个信封里递给王坤说："去医院吧，把账还了。"

王坤不是第一次借钱，自然也不是第一次借到钱，但要么是亲戚，要么是多少年的老朋友，或者非常熟悉的邻居。像这样萍水相逢拉他一把的，还从来没有遇上过。

钱是刚从柜台上点出来的，也不用再数一遍。王坤就在银行里找了张纸郑重地给唐泽写了张借条，即便他知道唐泽来也是有所图的，但是至少人家真正为他解决了一个大麻烦，说是救急一点儿也不为过。而且人家所图光明正大，并没有什么见不得人的。

所谓好人做到底，送佛送到西，本来借给钱后就没唐泽什么事儿了。但是想想路上遇到的那一伙小流氓，两人索性便陪着王坤一起去了医院。

王坤年纪不小了，又老实巴交的，还有个病重的儿子，若是真的再遇上点儿什么事情，未必应付得过来。唐泽虽然和他并没有什么交情，但是钱都借了，自然希望他能把事情办妥，别浪费了自己的好心。

当然，还有更重要的一点，林默然私下悄悄地和他说了一句，如果这是个正规的买卖，那么定金交了，买家不放手，基本就没有转圜的余地了。但是现如今中间人这么不靠谱，王坤又是外行，说不准其中还有什么猫腻。

有猫腻就有机会。而林默然自觉在聚宝街摸爬滚打这些年，在这方面还是有些见识的，一般的门道一定能看得出来。

　　只要抓住个把柄让合同无效，到时候唐泽就可以名正言顺地把金花钿买过来了。而他自己，林默然想想他那单薄的小账本上会多100万，便觉得现在遇到的这些阻挠都不算什么。

　　几人各有心思，取了钱便直奔医院。

　　到了医院门口的时候，王坤又给那边打了电话，果不其然这回对方倒是没有什么过激的反应了。他们在花园里等了半天，才从外面慢吞吞地走进几个人来。

　　这几万块钱，他们知道王坤是迟早要还的，而且这个金额对于他们来说，也不放在眼里。之所以逼得那么紧，是为了后面的大鱼。如今大鱼跑了，自然也就提不起劲儿了。

　　为首的是个40多岁的中年人，长得倒还周正，没有普通小混混那种染发文身的另类标记。穿着件休闲的夹克，夹着个公文包，半点儿黑社会的样子都没有，看起来确实不像是高利贷，而是信贷公司的经理老总之类。不过他身后跟着的几个小弟，却是一点儿也没有白领气息，和刚才在路上拦截他们的人无异，一看便是成天在社会上游手好闲的无业青年。

　　那人走上来抓住王坤的手握了握，一脸笑意，一副老朋友的样子道："老王啊，你可来了，我们等了一下午呢。"

　　王坤勉强跟他握了握手，赶忙把钱拿出来递过去说："曹老板，这是8万块钱，您数数。我那借条……"

　　曹老板打了个哈哈，将钱装进包里说："咱们都是老乡，我还不相信你吗，不用数。来，这是你的借条，这事情咱们就两清了。"

　　他从包里拿了张纸交给王坤，王坤仔细看了看无误，小心地揣进了口袋。

　　高利贷的债就算是这么清了。王坤心里记挂着儿子，也没什么话要跟曹老板说的，便道："那我先走了，曹老板您忙，就不耽误您的时间了。"

　　"好，小峰身体不好，怕见着闲人浪费精神。我今天也没敢进去，买了点儿补品水果让护士送进去了，等他身体好了，我再来看他。"曹老板真不愧是场面上混的人，都撕破脸了，面儿上的功夫竟然还做了个十足。

　　可正当王坤3人转身要走的时候，曹老板又道："老王，这是你朋友，有些眼生啊，不知道贵姓？"

刚才唐泽给那几个拦路的小混混发了一张名片的，想来他们刚走，那边就应该已经将情况汇报过来了，还能不知道贵姓。

唐泽笑了笑说："免贵姓唐。"

虽然唐家做的是正规生意，但是做生意的一旦做大了，难免要接触到各行各业。曹老板这样的人，他也不是没见过，不过从来不放在眼里。

"哦，唐先生。"曹老板笑得一脸褶子，从皮包里抽出一张名片双手递上，"我是曹续，幸会，幸会。"

王坤在一旁听着两人寒暄，心中十分的厌恶。本来高利贷在人心里就是个非常不好的存在，如今又来了这么一出，要不是人家势大，实在是没办法，他早压不下这气了。

可能是见唐泽淡淡的没有什么回应，曹续倒是也见好就收，给递了名片后，没有再说什么，客气了两句，让唐泽在这地头上，有什么事尽管找他帮忙。

见曹续走了，几人都有种吐出口浊气的感觉。所谓流氓不可怕，就怕流氓有文化，林默然觉得他从来没有对这句话有这么深刻的理解。看着曹续夹着公文包，文质彬彬一副企业老总的样子，其实一肚子坏水。

唐泽将曹续的名片递给林默然说："这个人认识吗？他跟薛文斌估计是有点儿关系。"

"臭味相投吧。"林默然接过来随意地看了一眼，将名片扔进路边的垃圾箱里。

王坤是要赶紧去看儿子的，这要是在昨天，林默然他们是不会跟着的。但是经过了这件事情，林默然心里多了个打算，想着怎么能在交易中插上一手，自然也就没说先走的话。

而正好王坤心中也有计较，往前走了几步道："唐先生，林先生，这次真的是多亏了你们，要不然我真的是要被他们给活活逼死了。"

这话言重了，林默然看着这位沧桑的老父亲想要安慰几句，也不知道该说什么。

王坤犹豫了一下又道："林先生，我见你对金花钿很熟悉的样子，你也是做古玩的吗？"

林默然心里一转，明白了王坤的意思，哈哈一笑说："是啊，我也是开古玩店的，不过是在金陵。等你儿子病好了，有空去我那里玩。虽然我的铺面没多大，但是也有 20 年了。"

王坤见林默然最多也不过 20 来岁，他家的店却做了 20 年，至少是从父辈就在做的了，也算是个古玩世家。从小在那样的环境中耳濡目染，林默然对古玩各个门道的了解，自然不差。

王坤心里有些忐忑，觉得大家萍水相逢的这么麻烦人家实在不好，也有些说不出口。但是想想病房中的儿子，还是咬了咬牙道："林先生，我有个事情，不知道能不能麻烦你一下。"

林默然明知故问道："什么事？"

"是这样的。"王坤咽了咽口水道，"过几天我就要和那边交易了，本来我也没多想，以为一手交钱一手交货就行了。但是这么看那个薛文斌不太可靠，也不知道还会有什么点子。我文化不高，也就是做点儿小生意，合同上那些猫腻根本看不明白，林先生是行家，能不能帮我把个关？"

见林默然沉默，王坤又急忙道："不会让你白忙的，辛苦费……"

林默然摆摆手打断他的话说："不是这个问题，这事情我做不了主，得我们唐总说了算，是吧……"

林默然笑呵呵地看向唐泽，他可是拿了唐泽工资的，不能自己随意做决定。

王坤虽然搞不清这两人是什么关系，但是听林默然这么说便也看向了唐泽。

唐泽此行只有一个目的，就是寻找那枚金花钿，目的明确，但凡是有一点儿希望都是不会放弃的，如今能够再进一步，自然没有什么不愿意。当下手一挥，特别义薄云天地道："这有什么问题。王老板，你放心吧，别看我们小林年轻，在古玩界也多少年了，眼神准，心思密。有他给你把关，那个薛文斌一分钱也别想骗去。"

王坤觉得自己真是上辈子烧了高香，虽然儿子得了这个病实在是很倒霉的事情，但总算还让他遇上了好人。

说话间，已经到了王峰病房的那一层，却见走廊上几个医生飞快地跑了过去。但凡是家里有人生病住院的，最怕看见的就是这种情况。王坤心里一慌，觉得有不好的事情要发生，赶忙加快了脚步。真是怕什么来什么，王峰的病房在走廊的尽头。待几人匆匆走过去的时候，病房门是开着的，几个白衣服的人影在里面晃动。王坤只觉得眼前一黑，深深地吸了口气冲了进去。

刚才远远地看着有医生进了这间病房的时候，他还能勉强安慰自己，小峰住的是双人间，一定是那边床位来人了。可到了病房门口，却是安慰不了自己了。几个医生围着的病床赫然就是自己儿子的。而且另一张床上空空荡荡的，这间病房里并没有新的病人入住。

王坤冲了进去，林默然和唐泽两人迟疑了一下站在了门口。病房不大，里面有几名医生和护士，再加上王坤，已经快转不开身了。他们也不懂医，进去是瞎凑热闹，反而妨碍治疗。

病房里一团混乱，林默然在病房门对着的走廊上站着，还不到两分钟的时间，只见一名护士冲了出来，在门口站定四下张望了一下，看见他们喊道："快过来。"

两人都是一愣，不过还是走了过去。护士道："你们是 32 床王峰的朋友吧？"

"算是吧。"林默然被突发的状况弄得有些茫然，刚点了个头便被护士拽了进去。

这是间双人病房，本来只躺了王峰一个人的。可是现在另一张床上，王坤也躺在了上面，一脸惨白，胸口起伏剧烈。一名护士站在一边，正在不停地跟他说："深呼吸，深呼吸，冷静，不要激动。"

"这是怎么了？"两人赶忙上前两步。短短几分钟的时间发生了什么事。

虽然这几日王坤的神色确实不太好，家里出了这样的事情，自然不可能容光焕发，又累又烦也是理所当然。但是除了精神上疲累一些，他的身体还是好的，脸色也正常，而不是像现在，一张脸白得像纸。

"他可能有些贫血，最近也没有休息好，又压力太大，一时受到刺激，所以晕过去了，没有大碍。"一个头发微白像是主治医生的人走了过来道，"不过，不能再受刺激了，他也需要休息。这个年纪虽然不算大，但是也不年轻了。"

医生压低了声音说："他刚才手脚有些轻微麻木，如果再受刺激，得不到好好休息，会有中风的危险。"

如果王坤倒下了，那么王峰也只有死路一条了。

林默然觉得有些疑惑，王峰的病情似乎是恶化了，这虽然是个坏消息，可这消息对王坤来说应该是早有心理准备的。一件事情无论再恶劣，只要是做了十足的心理准备，就应该不会带来那么大的打击。他可能会心情沉重，但不至于一下子被刺激地昏过去。而且，今天中午他们离开的时候，医生不是还说王峰病情稳定吗。这才多长时间，怎么就突然恶化了。就算这是小医院，也不能这么不靠谱吧。

此时，王坤已经缓过了一口气，喉咙里发出呼呼的声音来，不知道是被什么气着了，手指都有些哆嗦。

医生见王坤缓过来便道："王先生，我还是刚才的意见。病人现在的情况比较严重，我们医院的硬件软件都跟不上，一旦再有危险很难急救。我建议你转到 H 市的三民医院，那是三甲医院，心脏内科的条件很好，是离我们最近的一家专科医院。"

王坤撑着坐起来一些道："好，谢谢医生，我考虑一下。"

医生点了点头道："早点儿决定，越早去越安全。你自己的身体也要注意，你垮了儿子可就没人照顾了。"

自从儿子查出心脏病后，王坤往这家医院已经跑了无数次，和这里的医生都十分熟悉了。虽然说医院里生老病死寻常事，但看着他为儿子操碎了心，医生护士心里也是不忍，能照顾就格外照顾一些。

医生护士走了之后。王坤长长地叹了口气道："唐先生，林先生，你们坐。"

林默然看着王坤那张不比他儿子好到哪里去的脸，跟着叹口气，倒了杯水递给他。

相比别的同龄青年，林默然要成熟许多，也更愿意帮助别人。不是因为他天生善良，而是自从父亲失踪之后，他便一直是一个人，累了、病了、被骗了，都是一个人，他比别人更能了解那种孤立无助的苦楚。

有时候重重困难像一座座山压下来，对你来说已是穷途末路，无力回天。

但是在旁人看来，只需伸一下手，就可以将你救出水深火热。只不过举手之劳也不是每个人都愿意去做的。

他想，小时候自己生病了，自己的父亲是不是也像王坤这样又心痛又辛苦。

"王峰怎么了？"唐泽看了看隔壁病床上是睡着的王峰，不由地问道："中午我们走的时候，病情不是还很稳定吗？是不是曹续进来说了什么？"

王峰这个病是需要静养的，心情放松极为重要，一点儿刺激也受不得。所以王坤借高利贷这些事情能瞒就瞒，不能瞒也捡着轻的说。这孩子从小身体不好，便格外听话懂事，哪里见识过曹续那种地痞流氓。若是曹续讹钱不成怒火中烧，在他面前昏天黑地地说上一通，再加上威胁恐吓，他哪里承受得了。

王坤伸手捂住脸，发出一声有些带着哭声的长叹："不是曹续。"

看王坤这样子确实不像是曹续干的。曹续刚才还说了没进过王峰病房，他又不怕谁，若是做了大可以爽快地说出来，没有必要遮遮掩掩。何况他是求财，为了赚钱做出什么事来都可以理解。但在没有利益的情况下，这样的事情他们这种人不会做。能做到曹续这种位置的人，早已经脱离了那种意气用事的层次。一件事情做出来都是经过深思熟虑的，绝不会那么莽撞。

而且若是曹续做的，王坤所表现出来的应该是愤怒，不像现在，说是怒，可怒气中却掺杂着更多的悲哀。林默然心中有个念头一闪。

"不是曹续。"王坤道："刚才来看小峰的人是王山。他走了之后，小峰就病发了。虽然我不知道他说了什么，但是医生说，小峰这是受了严重刺激的表现。"

虽然在猜测之中，可是听王坤说出这答案，两人还是不由地在心里摇头。再是不对付也是亲兄弟，身体里留着一样的血。等王坤百年之后，这世上他们就是彼此唯一的亲人，再没有别人会更亲。

即使王山现在自己有困难帮不上忙那也就罢了，偶尔从心里阴暗处冒出个念头，喝多了发发牢骚，觉得弟弟是个累赘也就罢了，可特意跑来医院刺激明知道绝不能受刺激的弟弟，这种事情但凡是有点儿良心的人都是做不出来的。如果王峰有个三长两短，几乎可以算得上是恶意谋杀了。

再坚强的人，不会被任何外力打倒的人，也受不了身边的人捅刀子。王坤现在的心情，怕是真恨不得自己从未生过这个儿子。

林默然适时地打断了王坤的绝望，王峰还没死，还不到放弃的时候。

"王老板，还是别想这些了。"林默然道："老大靠不住，不是还有王峰吗，医生说要转院，赶紧去办手续吧。"

这世上难免有些没心没肺的人，计较太多会发现自己连日子也过不下去了。对于无法改变的事情，还是看开些的好。

"是啊。"王坤缓过口气，从床上坐起来，"那混蛋我也管不了了，就当是没生过吧。还是小峰要紧，老天保佑，幸亏小峰没事。"

感觉王坤的动作有些颤抖，林默然忙过去扶了一把。

回头看了唐泽一眼，唐泽点点头道："王老板，你现在的身体状况，可以送王峰去 H 市吗，有没有需要我们帮忙的，反正我们现在也没有急事。"

唐泽这话对王坤来说，无疑是雪中送炭。他这些年全靠自己一个人照顾儿子，别的不怕，就怕儿子还没好自己先垮了。刚才医生说话声虽然低，但他心里也有数，想要咬牙挺一挺，又担心病情真的加重了，自己有个闪失，儿子的病可就全没指望了。到了那时候，就算怀里揣着几百万，那又怎么样。

只是非亲非故，甚至算不上朋友，王坤对着唐泽和林默然，请求帮忙的话实在是说不出口。此时一听见他主动地说了出来，只觉得黑暗中透进了一抹亮光。

王坤望着唐泽嘴唇动了动，胸口起伏得厉害，却不知道能说什么。

所谓大恩不言谢，此时他才知道这话是什么意思。中国文化虽然博大精深，可有些时候的心情，却是千言万语难表达其一的。

这个时候还是别刺激他的好，林默然哈哈一笑说："别这样，王老板，你最近也是太累了，放宽心赶紧把身体养好，儿子还要靠你照顾。我们不过举手之劳，不算什么。等你儿子治好了，要是方便给我们打几套精致的金器好了，唐总喜欢收集这个，你的手工绝对没话说。"

许点什么事情，让王坤觉得自己不是白拿了好处，这样他的心里也会好受些。更何况他的手艺是真的不错，要是加上自己对古董的知识，完全可以做出以假乱真的古董金饰来。

林默然倒不是为了卖假货，不过高仿的东西也是有人喜欢的，价格往往也是不菲。

王坤闭了闭眼，将涌上来的各种情绪往下压了压，半晌才哑然道："唐总，林先生，我王坤下半辈子，但凡是可以为你们效力的地方你们尽管说。"

王坤又休息了一会儿，起身将随身的东西收拾了一下，去找医生办转院手续。

因为医院小，只有两辆救护车，还都送病人去外地没回来。王坤不欲多等，跟医生和唐泽商量了一下就用他的卡宴，带上一些简单的急救设备，再跟一个护士随行。王峰的病虽然严重，但现在还是稳定的，只要不是剧烈的运动，转院在可以承受的范围内。

王坤收拾了一下随行的物品。林默然考虑到这一去必然不是能够当天往返的，也回宾馆将两人的行李拿了放进后备箱。卡宴虽然侧面凹进去一块儿，但是不影响正常使用，也就先不去管它了。

说起来，唐泽还是有些财大气粗，对自己爱车受到的损伤并不当回事。林默然想，要是他买了辆卡宴被撞成了这个样子，那还不得心疼死了。

跟着一起去的是个年轻的小护士，胸前的工作牌上写着"孟玉婷"。小姑娘虽然年轻，不过也在医院工作好几年了，业务素质十分过硬。她跟着救护车出去过许多回，但还从没跟过卡宴，上了车稍微有点儿兴奋。

当然，待她看到前排两个帅哥的时候就更兴奋了。虽然医院是个各色人等来往频繁的地方，但宿平只是个小县城，如此有型有款的男人实在是不多见。

主治医生给 H 市的医院打电话联系了一下，又交代了一些注意事项，趁着天色还早，众人便赶紧出发。

现在的时间是下午 4 点多，从宿平去 H 市要 4 个小时。如果不出意外，晚上八九点能到。虽然稍微晚了点儿，不过要是一耽误又得拖一天。

唐泽虽然常在外跑，但是却没来过这地方。幸亏孟玉婷是当地人，这条路更是跑了无数趟，闭着眼睛也知道往哪里转弯。车子一路开了出去，飞快而平稳地驶向 H 市。

第九章 路难行

　　不过孟玉婷只是对路熟而已，对路况并不熟，车上了高速之后没走多远便开始堵车。

　　开始的时候只是车多缓行，但是在缓行了十来分钟之后，虽然说还是动的，但是等上五六分钟才能往前挪一点点。又等了十来分钟的样子，几乎完全停了下来。堵塞不但没有减缓，反而越来越严重了。前方的车走不掉，后面的车又源源不断地上来。前后左右一看，只觉得黑压压的一片。

　　王峰的情况还好，但随着时间一分一秒地过去，王坤有些着急道："前面到底是怎么了，怎么会堵车的，又不是节假日，哪儿来那么多的车。"

　　就算是刚下了暴雨路面湿滑，大家都减了速，顶多是车多缓行，但是也不至于会堵得水泄不通。而且这条路并不是交通要道，车流量本身也不大。

　　但是再急却一点儿办法也没有。唐泽安慰了王坤一句，打开收音机调到本地的交通台。等了一会儿，果然听见了广播，302高速海河段，因为雨天路滑，由南向北方向一辆大货车甩尾撞上隔离栏，整个车子横在路中间挡住了半幅公路，货车上装载的货物又散了一地，现在交通完全堵塞，请过往车辆绕行。

　　唐泽无奈地看了一眼王坤道："没办法，只能等一等了。"

　　这要是在下面还能转弯掉头，可上了高速就是开弓没有回头箭了。王坤虽然急却也无奈，叹口气安抚了王峰几句。王峰的精神有些倦怠，只是点点

头闭眼假寐。

天色渐渐暗了下来，车子蜗牛一般地行进了快一个小时之后，而是到了一处速出口。有交警正在前面指挥，让愿意等的排在一边，不愿意等的从出口下高速。

孟玉婷几次来回走的也都是高速，出了高速她就不知道怎么走了。唐泽在外面跑的次数多，知道一些小地方标识混乱，岔路繁多，如果走到个荒凉的地方连个问路的人都找不到，是很要命的事情。

唐泽略犹豫了一下，身边的一辆小面包滴滴按了两下喇叭，车窗打开里面的人探出脑袋说："喂，你们走不走啊。不要拦路啊。"

林默然坐在靠面包车的这边，一见这车是 H 市的牌照，心里一喜忙道："师傅你们是去 H 市吗？"

"是啊。"小面包上的驾驶员是个中年汉子，应了句随口又接了句，"要快点啦，天要黑了，再不走到 H 市要半夜了。"

"我们也是要去 H 市，送个病人。"林默然道："但怕不认识路……"

林默然话还没说完，那师傅就爽快地一挥手道："跟着我走好了，这条路我再熟不过了，闭着眼睛也不会错。"

虽然闭着眼睛什么的只是玩笑，但林默然看小面包上印着送货的广告，想来是常跑的。孟玉婷也说，这口音是 H 市本地人不错。有人带路大家就放心了，唐泽让开些让小面包先转了弯，然后跟在后面也驶下了高速。卡宴后面一辆黑色轿车，也跟着下了高速。

路上虽然车不多，但是路面上坑坑洼洼的，速度也快不起来。唐泽跟着和哼哧哼哧的破面包后面，开了一个小时，差点儿要睡着了。心里暗暗地算着，要是按照这个速度，就算一切顺利，到了 H 市怕是也要 12 点了。

孟玉婷坐在后座上，小姑娘心情倒是不错，不时地跟林默然聊聊天。林默然这么大的小伙子，竟然只谈过一个女朋友，还是无疾而终。本来他这样的身高长相一表人才，应该是很受姑娘青睐的类型，奈何受家庭条件限制，光是无父无母便会让许多姑娘闻声而退。何况只有高中学历，经济条件也是一般，谈谈恋爱还行，谈婚论嫁实在不是上佳人选。不过对于谈婚论嫁，林默然也还没有到着急的年龄，而且父亲的事情一直像石头一样沉甸甸地压在心里，他也没有这个闲适的心情。

一路都很荒凉，又开了一个小时，大约到了 7 点多，路边的房子渐渐多了起来，路牌提示进了一个小镇。

此时，前面的面包车减了速，车灯闪了闪，司机师傅从车窗探出头来喊："停车吃饭吧。"

唐泽也将车窗滑了下来，回头看看后面的王坤说："王老板，要吃饭吗？要不然买点儿东西路上吃。"

王坤摆了摆手说："唐总，喊我老王就行，什么老板啊，臊得慌。"

林默然笑了笑，还不待王坤再说话，只听孟玉婷的肚子里咕噜地叫了一声。

小姑娘的脸一下子红了，抓了抓头发解释道："我午饭吃得早。"

小姑娘家爱美要保持身材，估计中午吃得不多，这个点儿也是该吃晚饭了。王坤这一路见王峰的心情已经平复了许多，状态也不错，怎么也不好意思让一车人陪着饿肚子，便道："找个地方吃饭吧，这个点儿了我真饿了。"

"嗯。"孟玉婷严肃地道："我们不吃没关系，但是他一定要吃，一日三餐要定时。"

孟玉婷说的"他"，自然指的是王峰，王锋的身体像是一个出了问题的机器，在维修之前需要非常好的保养，即便是一时不能好转，也要尽量维持原样，不能再坏下去了。

既然孟玉婷这么说了，众人便打算找个地方吃饭。前面的小面包已经停了下来，唐泽也缓缓地跟在后面停了车。

面包车司机从车上下来，随着一起下来的还有后座上的两个人，都是差不多的年纪，差不多的打扮。

林默然他们也下了车，司机自称老李，他看了看卡宴，又四下看了看小镇道："这地方也没什么大饭店，这家我们常吃的，不知道你们吃不吃的惯？"

唐泽虽然一身休闲，但是开着卡宴看着便一副翩翩公子哥的样子，站在这样一个小饭店门口，怎么都觉得格格不入。

他们停车的地方是个叫做四海酒楼的饭店，名字起得气派，不过就是个二层楼的小饭店。小镇不像城市，越到晚上越是灯火辉煌，而且这也不是镇中心，大部分的房门都已经关了。零星的有几家店，只有这家看起来最是敞亮。

唐泽看了看笑道："麻烦师傅带路了，一起吃吧。"

虽然只是举手之劳，但也是麻烦了人家，一家店吃饭总不能还分两桌吧。

进了酒店，一楼的厅里有4张桌子都已经坐满了。老板领着上了二楼，进了个挺宽敞的包间。二楼只有一个包厢，另外的一大半隔了起来，估计是老板一家居住的地方。

确实是赶时间，唐泽拿过菜单来，问了下老板，点了几个不耗时的下饭菜，又问了孟玉婷，给王峰单独做了一个清淡的汤。好人做到底，都到这份儿上了，唐泽也乐意保持自己的形象。

因为要开车，大家谁也没喝酒，一顿饭吃得很快。快吃完的时候，孟玉婷起身出去了一下，没一会儿又回来了。小姑娘的脸色稍微有点儿为难，犹豫了一下，还是凑到了林默然身边低声说了句什么。

林默然"哦"了一声，起了身道："我出去一下，马上回来。"

孟玉婷刚才去卫生间见门锁着，一问原来下水道堵了。老板指了门外，向前200米的巷子里有公共厕所。此时天色已经很暗了，人生地不熟的，一个小姑娘心里有点儿怕，想了想跑上来，喊上她觉得最好说话的林默然陪着一起。林默然自然没什么说的，打了个招呼便陪着一起出了门。

这儿只在主路上有几盏路灯。到了巷子里就黑了，虽然有些朦胧的月光，但因地面是坑坑洼洼的泥土地，什么都看不真切。小姑娘虽然在医院工作见惯了死伤，但是在黑黝黝的陌生地方，还是觉得有些可怕，不自然地挨近了林默然一些。这个时候无关喜欢不喜欢，估计大部分男人都会被激发起一腔热血，自觉地担负起保护女士的任务来，特别是年轻的小姑娘。

没想到这里没有灯，两人出来也没找老板借个手电筒，好在手机上有照明功能，打开了勉强用。孟玉婷进去了之后，林默然便在外面等着，这地方估计离海边很近了，风吹来一阵隐约的咸涩气息。

镇子里的夜晚很安静，偶尔有一两声狗叫，突然街上有一声汽车引擎的声音。林默然心里突然升起一个不好的念头，这汽车的声音很熟悉。林默然虽然对车没什么研究，但是因为听力特别好，对声音非常敏感。这声音一听，只觉得跟刚才那辆破面包车发出来的声音很像。那破面包一路都呼哧呼哧的，也不知道内部什么地方出了故障。

一场突如其来的事故，正好出现的司机。林默然虽然不是个多疑的人，但是这几日发生的事情太多，他心里犯起了嘀咕。虽然有些着急，但也没法丢下孟玉婷，等小姑娘出来了，他略有些急促地往回走。

"怎么了？"孟玉婷见林默然脚步匆匆，马上往最坏的地方想，"是不是王峰发病了？"

林默然摇摇头没说话，但是步子更快了。刚走到巷子口，看见一辆面包车转了进去，巷子里没灯，车灯也很昏暗，又开得快，一转眼就不见了。但是这辆车和刚才的那辆车似乎挺像的，或者说，这种破旧的小面包车都挺相似的。孟玉婷也觉得有些奇怪，抬头看了一眼，但是没说什么，紧随着林默然往回走。

酒店门口依旧是刚才离开的样子，但那辆破旧的小面包车已经不在了，路边只有唐泽的卡宴和一辆黑色的小轿车。

林默然三两步跑上二楼，只见包厢里只有王峰一个人静静地坐着。

林默然心里一紧，不过还是压下情绪故作轻松地道："怎么人都不见了，小峰，他们呢？"

王峰还不知有异，答道："唐总去结账了，然后把我爹喊去了，不知道有什么事情。那几个司机师父说是要去对面买点儿东西，也跟着走了。"

林默然心里咯噔了一下，转头对孟玉婷道："你在这儿陪着王峰，我去看看怎么那么慢，有事给我电话。"

孟玉婷的手机拿在手里，林默然也不待她同意，拿过来按下自己的号码递给小姑娘，然后便转身出了门。

这一出闹得孟玉婷心里有些害怕，不过毕竟专业素质过硬，知道这个时候什么也不能说，不管外面有什么事情，说出来只会让王峰情绪失控。而王峰现在是万万不能再受到刺激了。

林默然交代了之后便往外走，他觉得如果有问题，也是刚才的几个司机有问题。现在法治社会，这里虽然不发达，也不是什么荒郊野外，不至于整个店都是黑店。

刚往下走便看见唐泽从转角出来往上走，林默然有种松了口气的感觉。但这口气还没下去，发现王坤不在他身边，忙道："王坤呢？"

　　唐泽一愣说："王坤不在包厢吗？"

　　"说是被你喊走了。"林默然正色道。

　　唐泽皱了下眉说道："我去付账喊他干什么？"说着一愣，像是反应了过来，"那几个司机呢？"

　　楼梯狭窄也就是两人勉强并肩的宽度，林默然一边侧身往下跑一边道："我刚才看见那辆面包车开走了，王坤肯定是被那几个司机带走了。"

　　唐泽心里暗暗骂了一声，这浑水趟得可有些不值。王坤手上的东西也不过几百万而已，怎么还能引出绑架的案子来了？

　　但是既然这一趟是他们陪着的，都到了这份儿上了，也不能撒手不管。

　　"饭店有问题。"唐泽说了一句，下了楼梯没往外走，反而转身往收银台走去。

　　收银台里一个中年女老板正在算账，唐泽过去将桌子一拍道："人呢？"

　　女老板吓了一跳，抬起头来疑惑道："什么人？"

　　唐泽冷哼一声："刚才又是刷卡机坏了，又说我的钱是假钱，又没零钱找，不就是为了拖住我？"

　　"听不懂你在说什么。"女老板抬头看了一眼唐泽不理他，"自己的钱有问题，还充什么大款？"

　　林默然觉得唐泽气得不轻，这要不是个女士，他估计要上去揪人家衣领了，赶紧拍拍他的肩让他镇定一点儿道："老板，你们这是绑架你知道吗？要负刑事责任的。"

　　这下本来低着头的女老板终于认真起来："你说什么？"

　　"我说你们这是绑架。"林默然冷冷道，"你拖住他5分钟，在这个时间里让你的同伙将人绑走，不管是为了什么都是犯罪，要坐牢的，你知道吗？"

　　看着女老板的神情，林默然便知道这事情跟她没有关系，估计只是收了钱特意支开唐泽的。店在这里跑不掉，老板也在这里没走，要真是一伙儿的话，岂不是等着被抓。

　　女老板一下子慌了说："我不知道啊，刚才有人给了我1000块钱，让我拖住你5分钟。再说,他们是和你们一起进来的啊,我也没见有人被强行带走啊。"

虽然女老板不知道这些人是为了什么要拖住唐泽5分钟,但是在钱面前也就没考虑那么多。看他们是一起进的门,一桌子吃饭,还以为是相熟的呢。

唐泽咽下一句到了嘴边的粗口,没时间多解释,丢给老板一句报警,转身便往外跑。

从林默然发现面包车开走到现在,不过才10分钟,还有希望追上。

林默然一跃上了车,指点着唐泽往前开,这么说他刚才看到的那辆车没错了,就是那个李司机的破面包车。

转过巷子出现在面前的是一条崎岖的小路,前方黑黝黝的没有尽头,看不清通向什么地方。

进入了乡村小道,路差不说也没灯,这往下走就不知道要走向哪里了。

唐泽略停了一下,转脸看一旁的林默然。虽然以他的性格是一下都不会犹豫的,但是如今车上还有一个人,这么追下去是不是会有危险,谁也不能肯定。不过倒是他多心了,林默然一点儿也没有犹豫,见唐泽车速慢了,转头看他一眼,有些担心地问道:"怎么了,车坏了?"

"没事。"唐泽应了一声,加大了油门往前冲去。

虽然这地方路很窄,但是好处也是显而易见的,那就是只有蜿蜒的一条路,除了往前走之外再无选择。路的两边都是农田种着作物,要说是人还有可能钻进去,但是一辆车是绝对不可能进得去的。

所以现在他们也不用纠结怕追错了路,直接加大马力往前开就行。唐泽觉得他们有很大的希望将人追回来,毕竟卡宴的速度比面包车要快上许多。但如果等警察来,即便知道这是绑匪逃亡的方向也迟了。

这几个人既然在这里动手,应该是早就有计划的。而且听着他们的口音是本地人,应该对这一片也非常熟悉。他们不会走一条死路,更不会走一条直路。

再蠢的劫匪也会先给自己选一条可以逃跑的路,并且先看清楚周边的环境。说不准连这个见钱眼开的老板娘,也是事先看好了的。

往前开了一截,远远地看到路的两边有了树林。唐泽脸色凝重,伸手在座位底下摸了半天。林默然正要问他在找什么呢，却见他从里面搜出根铁棍子来。唐译将棍子递给林默然，摸索着又搜出来一根放在自己手边。林默然愣了愣，倒是没看出来唐泽是个文武双全的人。

唐泽眼睛还是看着前方的路，视线斜过来看了林默然一眼，解释道："出门在外总要有点儿准备不是。"

林默然将铁棍在手上掂了掂笑道："你说出这话的感觉，真不像是个从小养尊处优的富二代。"

唐泽自己也笑了笑。因为喜欢运动，所以他虽然谈不上壮硕，但是体格还是很好的，而且皮肤也偏黑，拿着棍子感觉还挺和谐。但是林默然是斯文书生的类型，又偏瘦，就算是手里拿着根铁棍，也没有什么威慑力，倒像是故作凶狠的样子。

"我哪里是从小养尊处优的，我们家也是近十几年才起来的。"唐泽道，"我出生的时候，家里条件还是很差的。我还有印象，那时候一个星期买一次肉，切成多少块都有数，爸妈都不吃，我们兄弟3个平均分，但就这样也还有矛盾。刀功再好，切成的肉也有大有小，有肥有瘦。"如今这样的好光景，唐泽说起过去的事情便不是一种负担，反而成了种挺有意思的回忆。"现在想来也挺有趣的，为了这些我们没少打架，不过因为我最小，爸妈都是护着我的。一直到现在我大哥有时还会说起来，我比两个哥哥都高，是因为小时候肉吃得最多。"

唐泽说得有趣，林默然跟着笑了笑却不说话。他自小和父亲两人相依为命，生活倒是并不拮据，但是却从不曾有过这样热闹的记忆。没有母亲的童年，本身就是一种残缺，父亲再努力也不可能弥补这样的空缺。林默然有时候想想，在这样的环境里，自己能够有如此健康的性格，真的是件不容易的事情。

唐泽不知道林默然的家庭如何，不过想想那日去店里没见着他的家人，见他不接话题便也不再说。家家有本难念的经，看着开朗的人也会有旁人无法接触到的苦楚。唐泽不是个八卦的人，自然不会寻根究底。

这里下午也下过一场大雨，此时的路面上都是泥。唐泽的车开进树林的时候，能够很明显地看出来，一道车轮印转弯消失在树林中。

虽然说是树林，但是树与树之间的空隙很大。大车虽然进不去，但是小车肯定没问题。唐泽的卡宴车宽，他目测了一下，然后一个转弯转进了树林。

来路的尽头似乎又传来了汽车引擎的声音，林默然第一个反应是警察，再一想不是，估计警察没有那么快，应该只是路过的车。这路虽然不好走，但在村子里也算是比较宽的了。林默然这念头一闪即过，唐泽已经在树林里往前开一段路了，地上的车痕非常明显，但是路却越来越窄了，树渐渐地密起来。

几分钟后唐泽无奈地停了车，车灯明晃晃地照着前方的车痕，但是已经过不去了，勉强往前冲估计会卡在两棵树中间。虽然林默然和唐译都很想把王坤救回来，那枚金花钿还在他身上带着呢。但车追车也就罢了，人追车实在是没有胜算，而且还很危险。两人都还没有冲动到这个地步。无奈地看了一眼，两人正要放弃，林默然突然"嘘"了一声。

夜晚的农村不像城市，没有灯红酒绿也没有喧嚣。这树林里更是安静，但是在虫鸣鸟叫之中，还夹杂着一些别的声音。刚才一路往里开，汽车轰鸣，所以听不见。如今车子熄火了，周边都安静下来，反而听清楚了。有脚步声，还有人说话的声音，并且不止一个人的。林默然皱着眉头听了听，推开车门说："我听到王坤的声音了，估计他们也下车了。"

既然选择了这条路，肯定是事先踩过点儿的，面包车应该能一路通行无阻才是，那唯一的解释就是车坏了。唐泽心下了然，那破面包车一路哼哧哼哧地冒着黑烟，这路况又不好，真是不坏才怪呢。

如果车坏了只剩下人，那么力量就均衡了。虽然那边3个，这边两个，但是那边还有一个王坤。王坤是被绑架不是被谋杀，刚才林默然还听见他的声音了，也是一份战斗力，否则那边就得匀出一个人来看管，不管怎么样都分薄了力量。

唐泽是运动健将，胳膊上肌肉结实，爆发力强悍。他拿着铁棍看了看林默然，有心想要他在车里等，但是又担心自己一会儿应付不来需要帮手。自己是为了金花钿势在必得的，林默然不过是上班出差，让他跟着冒这样的风险就有些说不过去。

林默然已经跃下了车，正要往前走，唐译犹豫了一下，拍了拍林默然的肩道："要么，你在车上接应我？"

听唐泽这样说，林默然愣了一下，然后笑了笑，压低声音道："走吧唐总，万一受伤了记得算我工伤就行。"

虽然林默然不是那种喜欢充英雄、抢着见义勇为的人，但是遇事也绝不怕事。这时候躲在车里，那还算是个男人吗？而且林默然打架的经验，可是比唐泽想的丰富。从小没有母亲的孩子，难免会碰上不懂事的孩子，打架是家常便饭。

关上车门，两人一人拎了一根棍子，顺着声音传来的方向走去。

林子里很深，这有坏处也有好处，虽然林默然他们什么都看不见，但是绑匪也看不见。而且他们在暗处，绑匪在明处。

弃车徒步追击，这行为有点儿疯狂了，为了一个非亲非故的王坤，真不知道冒这个风险值不值得。

幸亏此时树林里的灌木并不多，林默然兜里虽然揣了个电筒，但是并没有打开，只借着非常微弱的月色，循着声音，摸索着往前走。果然，刚走没多久，就看到面包车停在了树林中间。

没有想到林默然他们会徒步追击，所以绑匪便放松了警惕，推着王坤往前走。虽然没有发出太大的声音，但是在寂静的林子里，还是远远地就能够听到。

林默然和唐泽两人轻装上阵，走得自然要比绑匪快。没走一会儿便看见前面的枝叶乱动，微弱的光线中能看见绑匪和王坤的身影。绑匪正是刚才和他们吃饭的3个人，王坤也不知道是被绑着还是被匕首挟持着，被推着跌跌撞撞地往前走。

他们现在有两个选择：一个是冲出去跟绑匪直接对抗，王坤看样子没受到严重伤害，三对三胜算非常大；再一个，就是悄悄地跟着，现在他们没车，绑匪也没有，这个速度跟上没有问题，估计绑匪也没想到自己的车会坏，树林外面未必会有接应的人，等上了大路看情况再说。

两人用极低的声音交换了一下意见，都觉得还是先跟踪再看情况。说不准，这几个绑匪只是小兵，背后还有真正的主谋。而且已经报警了，这样明显的车痕他们都能跟着找来，警察应该也可以吧，毕竟他们是专业的。

虽然唐泽找了很久的金花钿，但是还没到失去理智的地步，而且现在他并不是一个人，自己冒险没关系，却不能连累林默然也一起冒险。

正在两人屏住呼吸跟踪的时候，后方突然传来一阵急促的脚步声。

第九章　路难行

第十章　绑匪与杀手

　　听起来似乎是两三个人，而且并不隐藏自己的行踪，脚步极快，步伐也很重，应该都是成年男子。

　　这个时候，林默然可不觉得会有散步的村民或者谈恋爱的小情侣路过，而更有可能的是警察，绑架可是大案子，速度快也说不定。唐泽和林默然想的一样，他们觉得来的人应该是警察。既然如此，那么他们就成了压倒性的一方，没有必要再躲着藏着了。

　　这么想着林默然和唐泽对视了一眼，拿出手电明晃晃地照了过去，喝了一声："站住。"

　　这一声在寂静的夜里分外响亮，林默然几乎能看见前面的一个人影，吓得往前踉跄了几步，差点儿摔倒。手电的光扫过去，前方十几米的地方，果然是以李司机为首的3个人正押着王坤。王坤的手被绑在身后，嘴里塞着块布，倒是看不出受了什么伤。当看见他们俩的时候，脸上的表情十分激动。

　　绑匪们被这突如其来的一声喊吓了一跳之后，便镇定了下来，从口袋里摸出一把弹簧刀来，砰的一声弹出明晃晃的刀刃。林默然突然觉得有点儿好笑，这几个人估计不是正宗的绑匪，至少不是惯犯。那么长的弹簧刀，虽然锋利，但是真打起来，威力可不如钢管。一分长一分强，一分短一分险，拿着把小刀，还没冲到人面前呢，就被一棍子砸趴下了。

　　"我们已经报警了，警察马上就来。"唐泽正色道，"你们几个今天别想把

087

人带走。"

唐泽的话很有威慑力，因为凌乱的脚步声已经离得很近了。不但唐泽他们认为是警察，便是几个绑匪也这么认为。

这下绑匪脸上的慌乱藏都藏不住了，将王坤往前一推挡在面前说："你们别过来，过来我就杀了他。"

小刀抵在王坤腰上，估计刚才在酒店里，他们就是这么把王坤挟持出来的。

绑匪一边威胁着，一边看着身后的路不断地往后退。这片林子很大，身后黑黝黝的。他们心里有数，在没有车的情况下，没有 20 分钟是走不出去的。

林默然和缓地劝道："你们还是自首吧，现在还没伤人，不是什么大事。等警察来了，或者伤了人，那可不是一两年能放出来的。下半辈子可能都在里面了，家里人怎么办，妻儿老小怎么办？何况你们也不是主谋，只是从犯，坦白从宽，现在还有机会回头。"

亏得林默然没事在家经常看刑事侦缉档案一类的电视，旁的没学会，场面话说得溜溜的。唬得绑匪一愣一愣的不说，引得唐泽都忍不住多看了他一眼，心道这家伙不是警方的谈判专家来做卧底的吧。

林默然一边说着，一边往前走，看似挺放松的，其实神经绷得紧紧的，提防着对方一下子扑过来，近身了刀片的威力可就大了。

唐泽也跟着一步步地走了过来，他可没林默然那么好的态度，拿着铁棍逼近过去，冷冷一笑说："电影看多了吧，你们还觉得自己能跑得掉？车坏了，还没武器，又有那么多人认识你们，就算是现在我们不拦，你们也跑不了多远。"

说着唐泽转过头去，想对林默然说些什么，也就在这一瞬间，噗嗤一声，他觉得脸颊边一热，一阵尖锐的刺痛。唐泽对面的树上，噗的一下有什么东西打了过去，深深地陷了进去。那东西的速度实在是太快，导致大家都没弄明白是怎么回事。唐泽不自觉地伸手摸了摸自己的脸，忍不住"嘶"了一声。

林默然转了手电照了一下唐泽的脸，不由得心里一惊。只见唐泽的脸颊上有一道口子，被他抹了一把，此时半张脸上都是血糊糊的一片。

"你受伤了。"林默然脱口而出，然后心里打了个咯噔，冲过去一把抓住唐泽的胳膊，关了手电，同时低声道，"大家小心，他们有枪。"

林默然虽然也不知道这是怎么回事，但是他第一个反应了过来。第一，来的人绝不是警察，第二，来的人有枪。

作为一个在和平年代出生，在和平年代成长的人，再是看了多少刑侦电视，也没有想过自己会有遇上真枪实弹的一天。而眼下林默然虽然不敢相信，但是却不得不相信，紧跟着他们前来的，绝对不是警察，而是几个拿着枪的人，虽然来历不明，但是一定不怀好意。

刚才若不是唐泽跟他说话，头正好偏了一下，这一枪可就不止是在他脸上擦个口子这么简单，那可就直接爆头了。而且刚才那一枪竟然没有发出声音，应该是装了消音器的。可见对方不但是有备而来，而且装备精良。

这一枪让本来还僵持不下的林默然两人和绑匪之间的矛盾，瞬间变成了次要矛盾。虽然几个绑匪不是专业的，但是也想到了林默然想到的这一点。

这些人绝不是警察，警察是不可能冲进来就这么开枪的。这样的人只能是一群亡命之徒。只有亡命之徒才能在什么都不说的情况下毫不犹豫地开枪。在他们眼里，人命是最不值钱的，身上背了一条人命和背了两条人命没有什么区别。

即便自己并不是他们的目标，但是只要在这个地方都有可能被累及。杀人灭口、赶尽杀绝什么的，如今这些传说都变成了现实，从唐泽血淋淋的脸上，残酷地表现了出来。

可能是被唐泽脸上的血给吓着了，谁都怕成为下一个靶子，几个绑匪在犹豫了一下之后，决定听从林默然的话，躲在了树后面。一瞬间树林陷入了黑暗，只剩下心跳声和呼吸声，还有不远处渐渐靠近的沉重脚步声。

林默然一瞬间有种不真实的恍惚，本以为能够轻松赚上一笔的生意，谁知道变得这么惊心动魄起来，又是绑架又是杀手。这钱不知道有命赚，还有没有命花了。

脚步声越来越近了，众人都不由得屏住了呼吸。唐泽更是觉得心跳得厉害，他虽然见多了商场上的厮杀伐戮，不见血和硝烟的战争，也曾经在旅行探险的时候和死亡擦肩而过，但那些和现在的感觉完全不一样。他还是第一回觉得紧张得喘不过气来，动了动腮帮子，一阵剧痛传来，不过好在只是皮外伤，并没有伤筋动骨。

来人相当嚣张，一点儿也没有做坏事偷偷摸摸的感觉，大踏步地走过来，踩在地上发出沙沙的声音。

"相当机警呢，都躲起来了。"一个操着不知何地口音的男声道："看来不是普通人，难怪要请我们来。"

另一个人似乎是笑了一下说："刚才是他命好，正好动了一下，要不然，哼哼……"

这一声"哼哼"十分不屑，唐泽只听得血直往上涌，刚才的紧张和脸上的疼痛都变成了怒火。唐泽正是血气方刚的年纪，在被突如其来的意外冲击震慑了一下之后，理智迅速地恢复回来，知道紧张和害怕不但起不了一点儿作用，而且是件很丢人的事情。

连林默然那样一个斯文书生都不怕，还那么冷静，要是自己怕了，可不是一般的丢人，等出去以后都没脸在林默然面前说话了。

林子里树荫婆娑，不时有淡淡的月光从树叶的缝隙中照下来，光线非常的昏暗，只能勉强看得见周围。

唐泽决定先下手为强，这两个人是拿着枪的，那是可以远程射击的武器。而且听他们的对话还不是新手，一旦被他们发现可就难逃了。

他正皱着眉，旁边林默然用胳膊撞了撞他，将手伸进他口袋里，将他放在口袋里的车钥匙拿了出来，在他面前一晃。虽然和林默然认识的时间并不长，但唐泽很快明白过来，郑重地点了点头。生死攸关的时刻，不允许有半点儿闪失。

似乎是胸有成竹，两个杀手并不着急的样子，一边缓缓地往前走，一边用手电扫过树林的阴影和低矮的灌木丛。此时，他们和唐泽等人的距离，已经不过五六米。

那几个倒霉的绑匪，也分散了躲在离林默然他们不远处的另几棵树后面。幸亏这里的树粗壮，再加上一丛丛杂乱的灌木，基本上可以遮住一两个成年人。他们几个比林默然两人还茫然，一会儿看看一步步走过来的杀手，一会儿看看几乎平行躲着的林默然和唐泽。唐泽那血淋淋的半张脸，让他们从心里明白，这不是演戏也不是游戏，一点儿回旋的余地也没有。现在步步逼近的两个人是要杀人的，那两个人嚣张得连脸都没有遮挡一下，肯定不是因为不怕被认出来，无论他们的目标是谁，剩下的人一定都会被杀人灭口。对于已经背了一身血债的人来说，多一个少一个都无关紧要。

当绑匪中那个李司机将视线落在林默然身上的时候，林默然对他招了招手。李司机愣了一下不明所以。林默然一脸的严肃，先扬了扬车钥匙，再指了指手上的钢管，又指了指外面的人，做了个"二"的手势，往左边一划拉，指着自己和唐泽，又往右边一划拉，指了指他们。起初李司机脸上有一瞬间的茫然，然后毅然地点了点头。

林默然有种松了口气的感觉，觉得自己今天虽然挺背，但还不是最背。虽然有两个狼一样的对手，但是没有猪一样的队友。这几个绑匪虽然在绑架一事上是新手，没经验，但好歹都算镇定，也还有胆色。只要大家联手，就算是难免有损伤却还有希望。他们加上绑匪和王坤共 6 个男人，而且手里都还有武器，就算胜算不大，也不能束手就擒原地等死。反正是死总要拼一下，拼一个够本，拼两个那就安全了。

在杀手出现之后，树林里的敌我阵营瞬间就变了。林默然本来希望这几个绑匪越渣越好，现在倒是希望他们能有点儿本事。毕竟他们的目的很单纯，只是为了绑走王坤，连伤人的意图都没有。刚才是罪大恶极，这会儿在杀手面前就立刻被比了下去。两害相权取其轻啊。

沉重的脚步声越来越近，刚才开枪没打准的男人，像是玩弄猎物的猎手，用一种一听起来就不认真的语气道："别躲了，都出来吧，看看谁是我要找的人，剩下的我不会杀你们的。"这语气听起来是如此的不屑和漫不经心，以至于再没脑子的人，也没法相信他的话。

脚步声已经到了身边，他们只要再往前走两步，就走到了林默然等人藏身的地方。到时候在明亮的手电光照下，一切都将无从遁形。除非能比子弹更快，否则的话谁都不能逃出。

林默然深深地吸了口气，一手握紧了铁棍，一手拿着汽车钥匙，转头看了看几个绑匪，点了点头，随着林默然按下了汽车钥匙，一声响亮的音乐声从杀手身后的树林中传来，在这寂静的黑夜中简直是震撼的效果。

唐泽骨子里有点儿富二代的做派，虽然不是很张扬，但在有些地方喜欢追求与众不同。林默然知道他汽车解锁的声音是特别设置的摇滚音乐。虽然声音的时间不长，但是却绝对不能被忽视。

更何况是在这样安静的深夜，即便这两个杀手的心理素质再好，没有准备的时候被吓一跳，那也是必然的。

就在两个人被吓了一跳回头的时候，林默然他们冲了出去。因为前面已经好分工好，所以大家目标明确。林默然和唐泽扑向左边刚开过枪的杀手，几个绑匪扑向了右边的杀手。

此时，林默然两人的优势更加的明显，铁棍又长又沉。两人像多年的搭档一样，一个朝杀手拿枪的手臂砸去，一个向他的脑袋砸去。这个时候可顾不上防卫过当不过当了，现在不是你死就是我亡。绑匪那边也毫不犹豫，武器不凑手，有个人就直接往杀手的胳膊上扑去，一把抓住了他的胳膊，同时毫不犹豫地一刀刺了进去。

场面混乱无比，两个杀手被打了个措手不及，不过马上反应了过来。但是因为林默然他们谁也没有留手，几乎是照着直接制服的目的来的，所以第一下便给他们造成了重创。

特别是林默然和唐泽对付的这个，在他回头看向汽车时，两根铁棍重重地抡了上来。林默然几乎听见了骨头裂开的声音，枪掉落在地上，随即被一脚踢远，血顺着额角流下来糊了一脸。

唐泽一棍子下去，便将那人打得懵了，随即毫不客气地接连举棍，什么防卫过当，什么分寸，统统抛在了脑后。

他又不是武林高手，对付两个极其凶残的杀人惯犯，根本没有办法判定在什么样的情况下他们会失去还手能力，更没有办法保证，自己一棍子打下去后什么样的力度会造成什么样的伤害。刚才手枪啪嗒一声落在地上的时候，唐泽甚至想到了以前看过的电影里，杀手通常不止带一把枪的。

一片混乱中，一阵一阵的警笛声从远处传来，在林默然的耳中，感觉无比的悦耳，很久没觉得这声音这么亲切了。

酒店老板报警之后，警察很快就到了现场，但是到了现场之后却发了愁，到底该往哪条路追却成了问题。于是兵分几路，分别排查村子附近几条可疑的出路。

在路过这片树林的时候，正好听到了唐泽汽车上的音乐声音。在这个时间，这样偏僻的一片树林里传来摇滚音乐，是十分可疑的。警察靠近了过来，又看到了外面两个杀手停着的一辆黑色轿车，接着看到了唐泽的卡宴，还有一辆面包车停在树林的阴影处。

此时，树林里混战正酣，一阵风吹来甚至能闻到血腥的味道。果然就是在这里了，而且不单单是绑架这么简单了，三四个警察拎着电棍握着枪便往里冲。

当林默然看到明晃晃的电筒中照射出来的一身身警服时，一直悬着的心终于落进了肚子。危机总算是都过去了。

被打懵了的两个杀手，面对警察黑洞洞的枪口，很快便被制服，被戴上了手铐。一个照面，警察便认出了这两个人，果然是罪行昭著，血案累累，是道上有名的杀手。曾经制造过几起灭门的惨案，早几年便发过一级通缉令，全公安网上都能查到。

以李司机为首的几个绑匪，自然也跑不掉。不过现在让他们跑，他们也没劲儿跑了。刚才都是带着反正是死的态度，憋着一口气在搏斗。如今危险解除，只觉得胳膊腿一下子都软了，一屁股坐在地上直喘气。绑架算什么，被抓算什么，至少命保住了。好好认罪也算有立功表现，应该也关不了太久。

控制住场面以后，警察大概了解了一下情况，对林默然几个人刮目相看。几个毫无经验的普通人，对付凶残的持枪匪徒，竟然能先智取后力敌，拼到这一步。

受伤最严重的是两个杀手。开枪的那一个断了一条胳膊，脑袋上开了个大口子，身上的软组织损伤就不计其数了，到被拷起来的时候，神智都有些模糊，两眼发直，看样子有些脑震荡。另外那个更惨，一身黑衣上全是血，除了胳膊上被狠狠扎了一刀之外，身上深深浅浅的还有不少刀伤，虽然没有一处在要害，但往警车后面一塞，血顿时染红了白色的坐垫。

带队的一个警察姓汪，是这一队的队长。指挥着将两个杀手和3个绑匪押上车之后，过来看了看唐泽和林默然，"我看你们都受了伤，一起去医院吧。

你们刚才说是送病人转院的，那更不能耽误了。"

林默然还好，虽然捂着小腹，但是看起来并无大碍。唐泽的样子就可怕了一点儿，半边脸都是血，衣服上也染得一块一块的。

现在是法治社会，讲人道人权。即便大家都知道这两个通缉犯肯定逃不了被枪毙的命运，但是也得给他们疗伤。还有几个绑匪也都或多或少地受了伤。

唐泽应了声道："我们要去 H 市的三民医院，是宿平的县医院联系的。我们出来的饭店里，有一个心脏病人，还有个护士。"

汪队点点头说："回镇上接人一起走，我们带路。"

提到带路，林默然心里便有些膈应，要不是因为找人带路，他们也不会被绑匪引到了这里。不过话说回来，即便是没有这一次也有下一次，有人处心积虑，是躲都躲不掉的。

只是不知道指使绑架王坤的人到底是谁。这两个杀手又是冲谁来的？不过人既然已经抓到了，后面就是警察的事情了，总能问个水落石出。

警车是肯定坐不下了，又不是出来围捕犯罪团伙的，总共也就两辆警车，被几个大块头犯人塞得满满当当。好在唐泽和林默然都是轻伤，当下只有自己开车，跟在警车后面去 H 市的医院。

先回到镇上的饭店接了王峰，一行人半点儿也没耽误地赶往三民医院。

不得不说孟玉婷真是个很称职、很有责任心的护士。事情都闹成这样了，她竟然还把王峰哄得好好的，说几个司机在买东西的时候弄坏了店里的摆设要赔钱，怕人单势薄老板讹他，所以喊了王坤和林默然他们去帮忙。

王峰见孟玉婷这么镇定，说得那么坦然，半点儿也没怀疑，在包厢里吃了饭，闭着眼睛休息了一会儿，病情十分稳定。一直到林默然来喊他时，才愕然道："林先生，你这是怎么了？跟人打架了？"

其实林默然已经是 3 个人中看起来最正常的一个了，进包厢之前还整理了一下衣服。不过终究是一场恶战，脸上手上都有擦伤，衣服和裤子上也沾了不少泥。

可怜王峰一个在和平年代长大的青年，又没怎么出过门，唯一能想起来激烈的事情就是打架了。什么绑架杀人，简直是天方夜谭。

林默然没敢跟王峰说清楚，只是道："没什么事儿，对了，吃好了吗？我们走吧，他们都在车上等着呢。"

"哦，好，可以走了。"王峰应着还是忍不住，道："爸爸跟唐先生他们没事吧。"

"没事。"林默然一笑，"就是因为昨天下雨，身上沾了点儿泥。"

孟玉婷的眼光也充满了疑惑，但是没多问，帮着拿了东西，扶王峰下楼。

她看林默然虽然狼狈了点儿，但是看起来确实没有大事，而且还能这么镇定，看来事情是解决了。

不过下了楼，二人还是吓了一跳。唐泽一脸血不说，前面还有两辆警车。小伙子当时就捂住了心口，孟玉婷吓得赶紧帮他顺气，并不停地说："呼吸，深呼吸，不要紧张，你看大家都没事，都好好的，都很安全。"

虽然王峰被吓了一下，但是当他看见唐泽真的没事时，也就镇定下来了。

很多人想探险，想追求刺激，但是都希望这个过程是有惊无险。一旦平安了，路上再多的磨难都会变成宝贵的回忆。可一旦有惊有险了，那就是两回事了，会将向往变成悔不当初。

王峰看着3个人都是平安无事的，便先放下心来。再听王坤将事情细细说来，虽然听到绑架时吓了一跳，听到有人要杀他们时更是震惊，但也仅仅是震惊而已，并没有太大的情绪失控。

倒是小护士孟玉婷吓出了一身的冷汗，捏着胸口挂着的翡翠小佛像，不中不洋地念了好几声"上帝保佑"。

可能是顾忌到车上的伤患太多，警车一路拉着警报火急火燎地赶往医院。虽然没走高速，但道路熟悉也不堵车，还是在最短的时间里赶到了医院。

因为事先联系好了，所以三民医院早已经有急诊室的护士在外面等着王峰。本来只推着轮椅出来了一个人，当看到三辆车上面哗啦啦地下来了一群鼻青脸肿、满身狼狈的男人时，几乎要喊出来，以为发生了重大的灾难事故。

到达医院的时候，已经是晚上11点了。门诊楼早已经下班，只有急诊室里有几个值班的医生和护士。见了这阵势赶忙从住院部临时找了几个医生来救场，一阵忙乱之后才算安稳下来。

最惨的是两个通缉杀人犯。一个身上大大小小十几个伤口，失血过多已经昏迷。另一个骨折脑震荡也已经昏迷。汪队看着医生给那个胳膊上被扎了一刀的通缉犯处理伤口时，啧了一声，问一旁同样在处理伤口的绑匪："乖乖，这一刀可真狠啊。我说，你小子是做什么的，可别也有命案在身上吧。"

那绑匪头摇得跟拨浪鼓一样，急忙道："不，不敢杀人，我，我是杀猪的。我们几个都是杀猪卖肉的。"

这句话实在是到位，即便是在这种气氛里，连正在消毒脸上的伤口，痛得龇牙咧嘴的唐泽都忍不住笑了起来。

杀人的碰到了杀猪的，果然是强手对抗。

只有王坤没有笑，从半路上开始，他就一直沉默着，阴沉着脸什么话也没说。

林默然没有什么外伤，只是说自己胸腹有些痛，被安排去做了 X 光，拿着单子回来之后，便看见沉着脸坐在墙角的王坤，不由地道："老王，你检查过了么，是不是哪里不舒服？"

王坤摇了摇头，深深地吸了口气，突然道："谁让你们绑架我的？"

这话题来得太突兀，几个绑匪愣了一下没说话。虽然在处理伤口，但是他们都还是单手被铐在病床上的。即便和被通缉的杀人犯比起来，他们根本是小儿科，可绑架却也是一项重罪了。

本来审讯的工作，是要留到处理完伤口回警局的，但是既然王坤问了，汪队便在旁边加了一句："是啊，你们几个是怎么回事？现在肉卖得那么贵，杀猪不是挺赚钱的吗，怎么会来干绑架这一行，不怕被抓吗？"

"是有人要我们这么干的，我们也不知道那人是谁。"姓李的绑匪有些迷茫地道，"有人给了我们 30 万块钱，让我们想办法把他绑走。"

"不知道那人是谁？你具体说说，坦白从宽，隐瞒真相可是罪加一等的。"汪队拿出本来准备记录。说实话，他看这几个卖肉的也不像是多有城府的样子，幕后那个人才是最重要的。

姓李的绑匪想了想缓缓地道："我叫李绅，我们几个是一个村子的，3 个人一起在 H 市郊弄了个养猪场，但是生意一般，勉强能运转吧，赚不了什么钱。今天我们去宿平送货，中午的时候，有人给我们发了个消息，说是有个事情问我们做不做，有一定风险，但是很轻松就能赚到 30 万。"

"你们就信了？"汪队不可思议道："于是你们就来绑架他了？你们杀猪杀多了，把自己也杀成猪脑子了吧？"

"不是不是。"李绅忙道："我们虽然确实很缺钱，但也不是那么饥不择食。开始的时候，我们都以为是恶作剧，也是闲得无聊，就顺手回了一个，问他什么事。很快那边就又发了消息过来，说这人没钱没权没地位，也没什么亲戚朋友，只要我们按着他的计划，把他送到指定的地方去就算成了。"

"我们虽然没文化，但也知道这绑架是犯法的。"另一个绑匪插了句，"再说，当时也根本没把这当成件事，所以就又回了一条，让他把 30 万拿来，让我们看看诚意，如果是真的咱们就做。"

李绅哭丧着脸道："都是闲得无聊惹的祸，我们只是开玩笑啊，谁知道，谁知道那人真把钱送来了。"

"哦？"汪队道："见着那人了？长什么样子？"

"没见着。"李绅道："给发了短信之后，那边再没回消息，我们也没当回事了。谁知道过了两个小时，我们正在路边休息的时候，又来了个短信，说钱送来了让我下车拿钱。当时我们就觉得这人到底是谁啊，开这种玩笑真无聊，也没当回事。可开了车门一看，才发现车旁有个黑色的提包，打开一看真的全是钱啊。"

"还有这种事？"汪队记着记着抬头道："多少钱？"

"30 万。"李绅想抬手揉揉脸，但是一抬手才发现被铐在病床上，顿时脸上的表情更苦了，"30 扎人民币，一扎 1 万块钱，码得整整齐齐的，我们都看傻了。没一会儿短信就又来了，说事情成了把王坤带去，现场再给 20 万。"

如果说开始的时候，李绅几人半点儿也没有多想，但是当红彤彤的百元大钞一捆一捆地放在面前时，却由不得他们不相信。没有人会拿钱来开玩笑，这是 30 万不是 30 块，李绅他们这辈子也没见过这么多现金。

而且那人还说了，事成之后再给 20 万。

第十一章　前科累累

即便开始他们完全不相信，到了这个时候也就完全相信了。

林默然想起第一次见唐泽的时候，他也是将一捆红彤彤的人民币往面前一放，那场面对一个没怎么见过大额现金的人，确实挺有吸引力。10 万元尚且如此，30 万呢？虽然绑架是绝对不对的一件事情，但是这一瞬间，他有些理解这几个绑匪当时的心情。

"电话呢？"汪队放下笔道："给我。"

李绅慌忙用自由的那只手把手机掏出来递给汪队道："喏，就是这个号码，不过我拨回去过几次都没人接，只能等着那边打过来。"

汪队接过来看了一眼，交给身边的队员说："去查这个号码。"

拿了号码的警员匆匆地走了，不过房间里的气氛并没有缓和。

汪队是个从事刑侦 20 年的老警察了。他知道一般来说，歹徒用的电话卡都是不需要身份证办理的临时电话卡，即用即抛，而且都是在那种偏僻的没有监控的地方买来的，根本就无从查起。

撇去绑匪不谈，汪队眼睛在房中一转看见了王坤，皱了皱眉道："王坤，你平时有什么仇人没有？"

绑架这种事情都不是临时起意，要么为钱，要么有仇，绑匪和受害者之间总是有些关系的。王坤只是个金匠又没钱，那只能是有仇了。

此时王坤的脸色十分阴沉。从半路开始一直到汪队询问 3 个绑匪事件的

经过，他的脸色丝毫都没有变过。

不问只有一种可能，那就是他知道。

汪队心里一动，道："王坤，你知道什么，要具实说出来。你要是说出来，你是受害者。你若是知情不报，可是一样要负刑事责任的。而且你不说，我们也总能查到，那个人也跑不了。"

王坤闭了闭眼，叹了口气道："汪队，绑架要坐多少年牢啊？"

"哦，他不算绑架，只算是绑架未遂。"汪队不在意地道："一般也就是5-10年吧。要是认罪态度好，或者有投案自首情节还能再轻点儿。中间表现好再减个刑，也有两三年就能出来的。"

林默然无语了，真是见多了就寻常了。听汪队那口气，好像就是进去住两天，出来以后，又是一条好汉一样。

不过听了这话，李绅几人长长地松了口气。他们也是未遂，还是从犯，而且帮助抓捕了两个通缉杀人犯，应该算是有戴罪立功表现。到时候好好跟法官求情，估计判不了几年。

王坤也有种松了口气的感觉，然后道："我知道有个人嫌疑很大。"

"嗯？"众人都看向他。林默然心里咯噔一下，似乎猜出了答案。这个答案确实让王坤很痛苦。

"是我儿子。"王坤苦笑道："我大儿子王山。"

这话一出口，别说几个绑匪瞪大了眼睛，连一直很淡定的汪队也撩起了眼皮问道："你说什么？"

"我只是怀疑，不能肯定。"王坤用手掌用力地揉了揉脸叹道："这事情说来话长了。我一直知道他是个认钱不认人的人，也知道他心狠，可万万没想到竟然会这么狠心。"

"这事儿可不能乱说。"汪队严肃地道："你说是你儿子做的，有证据吗？"

王坤摇了摇头道："证据没有，但是我了解他，知道这事情他做得出来。本来我是不信的，但自从下午他去过医院之后，我就相信这人真的是丧心病狂了，是什么事情都做得出来的。"

王坤大致向汪队说了一下下午的事情。汪队听得很认真，不时地在本子上记着。

这世上父子为了钱反目的事情并不少见，虽然儿子绑架父亲的事情很稀奇，但是在金钱的驱使下什么都有可能。50万可以让一贯老实巴交的3个养猪汉子成为绑匪，500万就足以让一个想钱想疯了的男人做出任何事来。

王坤只讲了个开头，汪队摆了摆手道："行了，一会儿去局里再说吧。小张，你去查一下他说的王山，控制住。"

虽然不是什么机密，但总不是件可以在大庭广众下说的事情。再者，还有两个半死不活的杀手，这两个杀手一直没有清醒，也无法询问到底是冲谁去的。王坤觉得自己儿子再丧心病狂，也不至于请杀手杀人，他生怕警察会往那上面想，也就没多说。

唐泽和林默然两人想来想去，也觉得没招惹上什么仇家，只是这次坏了曹续的事。

据汪队说，这样的通缉犯，道上的规矩是，若是请他们动次手，没有百八十万是不可能的。而曹续总共能赚到的差价也不过这个数，所以基本上可以排除嫌疑。

唐泽和林默然冥思苦想了一阵子，仍然一无所获。汪队看着唐泽几乎被纱布包住了的脑袋道："唐先生，我看你们还是早点儿休息吧。明天如果有空，麻烦去一趟警局。出了医院向右走，东大街280号，很好找。"

唐泽脸上的伤口不深，要是伤在了屁股或腿这种肉厚的地方，也就是一道划伤，但是伤在脸上看起来就可怖了。据医生说，很难不留下疤，但是不会很深，做个除疤手术，就是有也是浅浅一道。

"我正要说这个。"一位负责的医生拿着林默然的检查报告正色道，"你们最好留院观察一个晚上，特别是你，林默然，你到现在还觉得腹部有些痛是吗？虽然片子显示没问题，但有些伤是不会一下子显现出来的。根据你们的描述，当时打斗得非常厉害，必须提防有内伤。"

林默然还没说话，唐泽捂着脸连声应好，半点儿也不给他选择的余地。反正今晚本来就打算在H市过夜的，在酒店和在医院也没有什么区别。自己的外伤不碍事，但内伤听起来就是件挺恐怖的事情。林默然是跟他出来公干的，怎么也算是被他连累，可千万不能出事。

医院给林默然和唐泽准备了一个双人病房，孟玉婷去找相熟的小姐妹挤护士宿舍。几个绑匪处理了一下伤口，被带回了警局，王坤也跟去了。他知道的，属于重大案情线索，一刻也不能拖。

倒是两个杀人的通缉犯，经抢救已没有生命危险，但还没有醒，被安排在了特护病房，又调了一队荷枪实弹的刑警来守着。

收拾一番，林默然两人进了病房。虽然身体上疲劳得很，但是这一天大起大落、惊心动魄的，精神都有些亢奋，一时也睡不着。一人一张床躺着，说起今天白天的事情。

"说起来，我真是没看错人啊。"唐泽语气中有点儿难掩的得意，"默然，真看不出，你看起来就像个斯文的学者，打起架来这么心狠手辣。"

这"心狠手辣"可绝对不是一个贬义词，而是唐泽由衷地称赞。经历了这么一场患难与共之后，他觉得两人现在可不是一般的朋友关系，称呼也瞬间变得亲密起来。

林默然无奈地摇摇头，笑了笑没说话。一个单亲家庭的孩子，不"心狠手辣"那是要被欺负的。

孩子的世界虽然单纯，没有深层的恶意，但是他们往往会披着玩笑的外壳，无意中带给人巨大的伤害。这一点，不是从小被宠着、有着两个哥哥的唐泽能理解的。

唐泽见林默然没有说话的欲望，以为他不太舒服，也就没有再多说。他平躺着看着天花板，只有这种姿势可以让脸部肌肉最放松。

林默然确实没有说话的欲望，他觉得这件事情隐约有些不对劲。

揉着腹部在床上翻了两个身，手机突然响了。在医院这种非常安静的地方，即使铃声不大，也吓人一跳。

林默然从枕头下摸出手机，一看号码立刻接了："盛伯伯。"

"小林啊，你还没休息吧。"盛国强的声音从那边传来，语气中有点儿焦灼。

"没，我哪儿有那么早。"林默然忙道："您还没睡，有什么急事吗？"

林默然瞄了一眼时间，现在已经是 11 点了。对年轻人来说是不晚，但是对盛国强来说，已经是很晚很晚了。若不是有什么大事，他万不会这个点儿打电话过来。

"是这样的。"盛国强道,"这两天我一直在给你查关于金花钿买卖的情况,那个买家我查出来了。"

"嗯,怎么说?"林默然道:"是不是一个叫威廉姆斯的外国人?"

"对,是个叫威廉姆斯的英国人。"盛国强道:"不过,这个人没有那么简单,那枚金花钿也没有那么简单。你现在在哪里,最好见一面我详细地和你说。"

盛国强这么一说,林默然顿时觉得心中警铃大震。盛国强是在古董圈里混了大半辈子的人,什么风风雨雨都见过,他说没有那么简单,还在半夜打电话来,一定不是寻常的事情。

"我现在在舟山这边的一个县城,遇到了点儿事。"林默然道:"盛伯伯您在杭州吗?我明天一早就赶过去。"

"哦,好好。"盛国强应了两声突然道:"小林,你没事吧?"

林默然一愣说:"没事啊,怎么了?"

"没事就好。"盛国强似乎有种松了口气的感觉,然后道:"一定要注意安全,明天过来路上慢一点儿,你是不是和那个买金饰的朋友一起?你们能不开车就别开车,看看有什么公共交通,最好能坐火车,实在不行就坐大巴,我去车站接你们。"

"不用不用,盛伯伯,你家我闭着眼睛也能摸着。"林默然道:"我一会儿打电话问问,有火车就坐火车,没火车就坐大巴。"

"好,好。"盛国强应了两声,又特别叮嘱,一定要注意安全,才挂了电话。

挂了电话,林默然坐在床边发了一会儿呆。屋子里很安静,盛国强的声音又大,唐泽基本上都听见了,跟着沉默了一会儿道:"你觉得这跟我们今晚受到的袭击,会不会有关系?"

他们跟那个叫威廉姆斯的英国人没有任何交往,甚至是闻所未闻,开始的时候他们也并没有想到这个人,但是盛国强这个电话打来,却让两人心里都起了一层疑惑。

在这场金花钿事件中,有足够能力请得起两个杀手的,除了王山还有买家。

只不过是一枚金花钿而已,又不是价值连城的东西。买家做这种的买凶杀人事情，也有些说不过去吧。

两人又讨论了几句，也没个头绪，眼见着过了 12 点，想到还要早起，便都赶紧睡了。

虽然说精神有点儿亢奋，但是闭了一会儿眼睛，疲倦便席卷而来。特别是唐泽，医生给开的药里多少有些安眠的成分，所以一觉睡着了之后十分的踏实。

第二天一早 6 点钟两人就醒了。医院是没有懒觉睡的，这一点儿虽然不利于休息，但是绝对有利于出行。

一夜无事，唐泽的伤口没有恶化，林默然的胸腹也不痛了，医生过来再检查了一回便让他们出院了。

本来今天应该去派出所一趟的，不过想想昨天晚上盛国强焦急的语气，还是先给汪队打了个电话，说临时有事要去一趟杭州。好在杭州不远，坐大巴也不过三四个小时。没什么事的话，当天就可以回来。

如果自己开车的话，当然可以更快。但是昨晚上盛国强嘱咐了又嘱咐，两人也不好叫老人家担心。而且唐泽的卡宴虽然不影响行驶，但看着也确实难看，索性送进店里略修一下。

林默然出门都是搭公交坐大巴的，再正常不过。但是唐泽似乎是第一次坐大巴，据他说以前家里没钱的时候，交通还不发达，汽车太罕见坐不起。没几年家里条件好了就买了车，等他需要独自出门的时候，已经是人手一辆了。

非节非假的日子，车上没有什么人，一辆车有一半都是空的，林默然和唐泽走到了最后一排坐下。

看着汽车缓缓驶上公路，唐泽突然道："你说，盛老为什么让我们不要开车，而坐车呢？"

其实答案很明确。林默然没转过脸，看着外面晃过的树木和擦肩而过的车答道："为了安全。"

如果杀手是冲他们去的，那么火车是最安全的交通工具，是因为人多，大巴也凑合。就算是再嚣张的匪徒，也不敢在光天化日人多的地方动手。

也就是说，盛国强知道他们可能会遇上危险，所以才急着让他们过去。

那这危险的来源，就是幕后的买家了。而危险他们已经遇到了，幸亏命大。

一路安稳，4个小时后，林默然和唐泽打车到了位于西湖边上一家古色古香的文玩店。期间几乎每隔一个小时，盛国强就给林默然打个电话。打了两个电话之后，林默然索性每半个小时发个短信过去报平安。

两人坐的出租车停下的时候，一个戴着眼镜穿着白衬衫，一看便是老知识分子的人从店里走了出来。本来脸上是轻松高兴的表情，但是走近了几步，看见唐泽脸上的那道伤时一下子变了脸色。

林默然还好，虽然软组织多少有一点儿挫伤，但是没伤筋动骨，只要近期不剧烈运动就行，从外表也看不出来有什么不妥。

但是唐泽不一样了，虽然昨天那裹了半个脑袋的纱布已经去掉了，今天又戴了个巨大的墨镜，但是仍然不能完全遮住伤口，怎么能逃过盛国强那双鉴定了无数珍宝古董的一双火眼金睛呢。

"这是……"盛国强心里咯噔了一下，但是没敢肯定，而且他也不认识唐泽，不好直接询问。

唐泽潇洒惯了，第一次伤成这样出门，刚才倒是不觉得，现在被店里的店员小姑娘探头探脑地好奇看着，反倒是有点儿不自在了。

"就是我那个朋友。"林默然忙道："盛伯伯，我们里面说。"

"哦，好好。"盛国强忙将两人往里让，一边让人倒水，一边问两人吃了中饭没有。

这是个二层的小楼，正对着西湖，风景极好。盛国强买下来的时候还不值钱，但是过了几十年，到了现在这房子也像是古董一样，翻了无数倍，有市无价。

文玩阁倒是不大，也就是百平方米，一楼是店面，二楼是住家。盛国强领着两人直接上了二楼，来到一间专门招待贵宾的小会议室里。

此时小会议室里已经坐了一个人，和盛国强差不多的年纪，但是书卷味更重一些，带着厚厚的眼镜，似乎是个搞研究的。

"这是华老，华语轩。"盛国强先介绍道："华老以前跟我是一个研究院的，现在专攻唐朝历史，特别是对唐朝的文物有很深的理解。老华，这就是我说的林默然，是一个好朋友的孩子。"

"华老。"林默然赶紧打招呼。盛国强不会随便拉个人来的，而且这样隆重介绍的人，都是圈子里有一定分量的，多认识认识对他只有好处没有坏处。

之后又介绍了唐泽。唐泽的身份虽然富贵，但是在古董圈里混的人，富贵的人见得多了，并不太在意。华语轩倒是和盛国强一样，目光落在唐泽墨镜遮着的脸上，盯着他那道一眼看上去便是新伤的伤口。

林默然也无心瞒着，将昨晚上遇见的事情，原原本本地说了一遍。听得盛国强的脸色都变了，华语轩也一脸气愤的样子。

好在林默然强调了只是有惊无险，而且他们现在也确实好端端地坐在这里，除了唐泽脸上划伤了之外，并没有旁的损伤。

林默然正说到最凶险的时候，盛国强的夫人正好送茶进来，听得脸都吓白了。她拉着林默然的手上上下下地看了好几遍，确定他真的没事这才放心，又关心了一下唐泽，对于这么个帅小伙被毁了容感到十分可惜，十分慈爱地安慰了几句。

然后盛夫人体贴地带上了门出去，盛国强才从桌上拿起几张照片递给林默然看。

第一张照片里是个金发碧眼的外国男人的上半身像，一头的银丝，在林默然看来和千万个外国人一样，并没有什么特别。

"这就是马克·威廉姆斯。"盛国强道："是个英国人，今年60岁。这人是个中国通，这些年一直在中国做古董买卖，看起来似乎是个绅士，其实骨子里是个混混。"

"说是混混，太抬举他了。"华语轩愤愤地道："他是个骗子、恶棍、凶手，是个人渣……"

林默然愕然，华语轩给他的感觉是一个非常儒雅的文化研究者，特别适合穿着中国古代儒家的白袍，文绉绉地捧一卷线装书，慢条斯理地说之乎者也。而现在这个斯文的学者有些气急败坏了，虽然没骂脏话，但是林默然觉得这对他来说，应该已经是他能想到最难听的话了。

此时唐泽的第一个念头是，难道他也被威廉姆斯请的杀手攻击过？所以如此同仇敌忾。

随即林默然翻到了第二张照片，照片上是一个木制的盒子。盒子大约长

20 厘米，宽 10 厘米，打磨得非常光亮。暗黄色的盒子上隐约地透出些金色，是最上乘的金丝楠木，但是盒子的花纹却过于朴素了，朴素到什么都没有。因为盛国强说华语轩是研究唐史的专家，所以林默然猜测这盒子可能是唐朝的，但是盒子本身却没有表现出半点儿信息来。

因为这张照片并不是原始的照片而是复印件，所以也并不是太清楚。仔细地看，盒子的顶面似乎有几处光泽和旁边不同。不过不像是为了美观而刻的花纹，倒像是不小心被砸下去了一块。

第十二章 总有一段历史我们不知

"这是个鲁班盒？"林默然倒是一眼就认出了这东西，"这盒子本身就是个宝贝，里面的构造巧夺天工，没有钥匙谁也别想打开。而且以前的盒子内层里还涂了一层不知道是什么植物的液体，可以阻挡射线，连 X 光都射不进去。"

唐泽听林默然说的神奇，不由得盯着照片仔仔细细地看，可惜除了一个盒子，什么也看不出来。

"小林真是家学渊源。"华语轩点了点头，夸奖了一声接着道："你们知道唐明皇和杨贵妃吧，杨贵妃是唐明皇的一个宠妃，据说两个人非常恩爱，情深似海。安史之乱中，他们一起逃到了四川，在马嵬驿因为士兵群起逼迫，不得已，唐明皇下令赐死了杨贵妃。这就是有名的'马嵬驿兵变'。"

林默然听着华语轩说出这段人尽皆知的历史，就想到了前几日听唐泽说过的话，那几枚据说是唐明皇送给杨贵妃的金花钿。只不过同样的一段历史，由华语轩说出来，自然比唐泽说出来要更令人信服。

华语轩端起茶喝了一口继续道："因为历史都是已经过去的事，谁也没有亲眼目睹，所以所有的历史都是现在的人根据各种遗迹推断出来的，或真或假，各种版本众说纷纭。而关于唐明皇和杨贵妃的历史，我上面说的是被广泛认可的一个版本。还有一些野史，比如说杨贵妃其实没死，而是逃去了日本，还有说隐居在某处等，不胜枚举。"

"嗯，我开始就知道前面一个。"唐泽道："后面的一些都是在着手找金花钿的时候，特意查了些资料才知道的。"

"嗯。"华语轩点了点头，"我要说的不是这段历史，而是想告诉你们，历史是有许多种可能性的，史书上记载的未必是真的，野史也未必是假的。"

老头说到自己的研究时，表情格外的认真。林默然和唐泽赶忙点头，一副认真学习的样子。这样的老学究有时候格外较真，最不能容忍的就是你对他的研究产生怀疑。

现在浮躁的年轻人太多，很少有人愿意静下心去聆听历史研究成果，华语轩对两人虚心认真的态度十分满意，接着道："我半辈子研究唐史，其中最主要的就是唐明皇这一段历史。因为我也是做文物的，所以最关注的自然是唐朝的文物。研究中，我发现一个很蹊跷的地方，唐朝少了很多东西。"

少了很多东西？这话很奇怪，不过随即华语轩就更加详细地解释了这一点。他从一旁的包里拿出了一本图册，这图册一见便不是出版物，应该是自己打印装订出来的。

"这些都是我收集整理出来的。"华语轩道："是从我所能找到的正史野史、民间传说、诗歌散文中，关于李隆基和杨贵妃之间的一切物品。其中大部分是首饰，也有衣物用品之类。"

唐泽对这不太明白，林默然却是浸淫古玩几十年，古玩见得多了。当他一页一页地翻下去，渐渐地发现了奇特的一点，这册子上的所有东西他一件都没见过。即使脑中闪过相似的，也可以确认自己见过的不是真品。

"确实很奇怪。"林默然道："我也参加过许多拍卖会、展览，甚至是地下交易，这些东西，我从未见过一样。"

不管是古代任何一个时期，文物都不可能被完整地保存下来，也不可能彻彻底底地消失。即便是稀少再稀少，价值千金万金，得不到也该是见过听过的。

"对，就是这一点非常奇怪，所有与杨贵妃有关的东西似乎都消失了，没有在这世上留下一星半点儿。"

华语轩道："且不说别的，单说李隆基埋葬的泰陵，虽因技术原因，考古学家并没有开发泰陵，但是历史上泰陵曾多次遭受过破坏和洗劫。尤其是朱温篡唐期间，华原节度使温韬'唐诸陵在境者，悉发之，取所藏金宝'。可那些宝藏呢？在杨贵妃死后，李隆基仍对其念念不忘，那些生前旧物也都应该陪葬才是。被盗了出来就应该流传在民间，即便是在岁月长河中有所损失，也不可能损失殆尽。

华语轩指着册子道："我将这册子里面的古物打印出来，分给了一些相识的做文物研究的，还有老盛这样做古玩生意的老友，让他们帮我在圈子里找，但是一无所获。所以，我就有了一个猜测，会不会这些古董根本就没有出世，它们根本不在泰陵，而在一个更隐蔽的地方，这地方目前为止还从没有人进去过。"

林默然听着只觉得眉心直跳，这猜测很大胆，虽然听起来荒谬了一些，但是理由也很充分。

接着，华语轩的神色似乎轻松了一点儿，又有些得意道："我于是更深入地研究了大量的唐史，但凡是和两人沾点儿边的一个不漏。终于被我发现了，果然在一段宫廷秘史中，有过一个与众不同的记录，只不过因为并不是正规编撰的史籍，所以没有人当真。"

华语轩示意林默然接着往下翻，盒子的照片下面是一张复印的书页，书页上是细细密密的繁体蝇头小楷，好在边上还有简体翻译，林默然眯着眼睛看下去。

书页上是类似日记的东西，看叙述人的口吻，似乎是当年宫中李隆基身边的一个太监。林默然一边看，一边听华语轩说。

华语轩道："在查阅了大量的资料之后，我先前模糊的概念慢慢地清晰起来。在泰陵周边，还有一个更深的至今没人找到的陵墓。这陵墓可能是仿造月宫建造，也可能是仿造长生殿建造。杨贵妃生前所有的宝物都埋在这里，而这处秘密陵寝没有任何人知道。唐明皇只留下了一张地图，在陵寝建好之后，让人带去给隐居躲避的杨玉环，希望她在暮年能进入陵寝，得以生不同衾死同穴，长相厮守。"

一张张地往下翻资料，林默然对华语轩佩服得五体投地。这些资料十分零碎，能从中推断出这样一个结论，真的是需要绝对的想象力。但是一旦推断出来之后，你便会觉得就应该是这么回事。

见林默然听得认真，华语轩正色道："为了确保这个秘密不被人知道，李隆基将这张地图放进了一个特质的盒子，就是你眼前的这个，这盒子又被称为鲁班盒。倒未必是鲁班做的，只是为了形容它的巧夺天工罢了。这盒子是一次性的，做好以后将东西放进去盖上，然后便需要特制的钥匙才能打开。你看，它几乎是一个整体，你根本找不到锁在什么地方。任何外力的野蛮拆卸，都会给里面的东西带来不可逆的损毁。可以说，将东西放在里面是万无一失的，要么合法打开，要么玉石俱焚。"

只能一次使用，这就是鲁班盒为什么基本没有流传于世的原因。这种盒子一般人用不上，虽然值钱可不能当首饰盒用，谁放进去东西也是要拿出来的。而那些需要用它来保存秘密的人，在取出秘密的时候，也就同时将盒子毁掉了。

"我明白了。"华语轩说到此时，林默然终于将脑海中凌乱的片段都联系起来了，恍然大悟道："这盒子是个保险库，钥匙是这5枚金花钿。那个威廉姆斯最终的目的，并不是得到这5枚金花钿，而是通过金花钿打开鲁班盒，找到藏宝图，然后得到当年唐明皇留下的那一笔巨额宝藏。"

一个聚集着李隆基和杨贵妃所有珍爱物品的陵寝，无疑是一个巨大的宝库，蕴藏着无数历史瑰宝。

历史上，有许多宝贝下落不明，或者是一致认为已被损毁，也许它们只是很好地被藏起来罢了。

威廉姆斯不会为了500万买凶杀人，但是为了无数个500万，却是什么事都做得出来的。

华语轩一拍大腿道："威廉姆斯家族早年是从军的，祖辈曾参加过八国联军。那时候清朝号称泱泱大国，天朝上邦，在那些西方人的眼中，简直就是一个巨大的天然宝库。八国联军进来之后烧杀抢掠，能拿走的就拿走，不能拿走的就毁掉，无所不用其极。"

对每一个爱国的人来说，那段黑暗的历史都像是一块大石头沉甸甸地压在心头。

华语轩恨恨地道："也许这个鲁班盒就是那时候威廉姆斯的祖辈从中国带走的，因为毫不起眼，不像是旁的宝贝那样一眼便能看出价值，所以就那么一直摆着。直到这一代，马克·威廉姆斯是个中国通，对中国文化非常感兴趣，他一直在研究这个神秘的东方盒子，最终，我发现的秘密也被他发现了。"

唐泽心中一热，脱口而出："那可千万不能让他得到金花钿。"

这可不单单是一枚金花钿流落国外那么简单的事情了，万一威廉姆斯凑齐了5枚金花钿，找到了李隆基留下的宝藏，无数的国宝将会流失，损失巨大。

虽然从唐朝到现在，经历了那么多朝代，时移境迁，即便是拿着当年的藏宝图，也未必能找到那个地方，但这件事情却容不得有一点儿大意。

"不但不能让他得到金花钿，还要想办法把鲁班盒也拿回来。"林默然沉稳地道："我们的宝贝埋在地下也好，放在博物馆也好，绝不能落在外国人手里。"

盛国强看了一眼华语轩哈哈一笑，拍了拍林默然的肩膀道："我就知道你会这么说，想当年你父亲也是这样的。我一直看这个威廉姆斯不顺眼，一头披着羊皮的狼，装成绅士贵族的样子，做着坑蒙拐骗的事情。你年轻不太知道，他早些时候可没少做坏事。看上了东西就要买，买的时候还不愿意多花钱，你要是不愿意，他真能找人去抢。"

华语轩点了点头道："我就遇上过。"说着华语轩将鼻梁上的眼镜往上推了推，"幸亏我练过武术，那时候年轻，身体又好，三五个混混还不放在眼里。"

林默然只觉得肃然起敬。怎么也没想到，这个看上去斯文的学者，竟然还练过武术，单人能打三五个混混，所谓文武双全也不过如此。

原来威廉姆斯有这么多的黑历史。难怪昨天一查到这消息，盛国强就忙不迭地打电话给他，生怕他不了解对手的凶残吃了亏。只是没想到凶残的对手，已经下过手了，而且与时俱进，不是找混混抢劫了，而是直接雇枪手了。

盛国强道："后来，咱们国家强大了，稳定了，他也就没法那么嚣张了。十几年前又来过一次，在你父亲手里吃了个大亏，亏了大半个身家，差点儿气得半身不遂，灰溜溜地回去了。"

说起林父，盛国强难免又唏嘘一番："哎，若是你父亲还在，他一定有办法。可惜啊！这么多年我还从未见过比他对古玩更有才华的人了。"

林默然垂下头，有些黯然。

唐泽心里咯噔了一下，从盛国强说话中，他猜测出林默然的父亲可能不在世了。幸亏自己昨日没有唐突，只说了两句就打住了，不然的话真是戳人伤处了。

说到自己的父亲林霍，林默然心中自然是沉重的。虽然说是死未见尸，但一个人消失了七八年音讯全无，基本上也就和死亡画上等号了。

做古玩的人经常会往深山老林、偏僻山村里跑，因此容易出事。所以在盛国强他们心中，林霍可能是在一次外出中遇难了。有些人迹罕至的地方，十年八年也不会有人去，一个人困在里面，化作了白骨都不会被人知道。

好在再沉重的悲痛也会被时间冲淡。林默然开始的那两年，确实想起这事就无法忍受。但是这么多年过去了，也已经能控制住自己，很平静地面对这一切了。而且隐约中他总觉得父亲还没死，或许去做了一件非做不可的事情吧。人这一生总有一些个得个割舍的人和事，如果父亲离开他有一个足够充分的理由，他也可以接受。

在盛国强他们还没来得及出言安慰的时候，林默然道："那次，你们是怎么对付威廉姆斯的？"

虽然林默然从小和父亲相依为命，林霍的全部手艺也都传给了他，但他父亲并不太喜欢说自己过去的事情，所以对于那些过往的光辉岁月，那些惊心动魄的往事，林默然大多是从旁人的口中听来，然后自己慢慢拼凑起来。

"其实就是老伎俩。"盛国强笑了笑说："古董圈里真真假假，这么多年了，并没有什么新招。不过老伎俩只要技术够高，一样可以骗倒内行人。正所谓不在乎招老不老，主要看内功高不高啊。"

盛国强说起那段往事的时候，眼睛有点儿放光。对于一个古玩生意人，这就是战场，这就是战斗，虽然不见血，但是也惊心动魄，更何况是和一个外国人争抢国宝，那意义瞬间就变得不一样了，想着就让人热血沸腾。

盛国强道："我记得那次，威廉姆斯也是来中国买古玩的。当时，他同时和好几个卖家交易，都是先付了少量定金未付全款，也都签订了一个天价的毁约赔偿。比如货品 10 万，若是收了定金后交不出货，或者不能在约定时间完成交易，可能要赔到 100 万，甚至 1000 万。"

林默然想想那时候的 100 万、1000 万，可是天文数字。那个年代不像现在，钱更值钱。除非是生意世家，否则的话，几辈子不吃不喝也攒不下来。

唐泽倒是很有兴趣地听着，他从小见多了商场的你死我活，却从没怎么深入地接触过古玩这个圈子。有些圈内的事情，不是你去古玩店买几件东西就能知道的，这圈子里弯弯绕的门道太多，便是在里面混了半辈子的人都有走眼的可能。

威廉姆斯想来就是如此了。

盛国强道："其实招数也简单，咱们先找了几个有势力的人，让他们找威廉姆斯卖古董，约好时间，定下高额赔偿金，再找个富家子向威廉姆斯透露出买古董的意向，并且出手极阔绰。我记得当时我们计划里的是个青花瓷，不过是青花瓷中极为少见的一种碎瓷，又称细瓷。"

盛国强说的这些古玩里的知识，林默然自然是知道的，不过唐泽就不知道了，不由地问道："什么是碎瓷？"

"碎瓷，顾名思义就是碎了的瓷器。"盛国强解释道："瓷器从窑里出来有好的有坏的，比如烧歪了的，裂了碎了的，那都是残次品或者废品。但是这碎瓷，就是几十万甚至上百万的废品中，出的那么一件珍品孤品，刻意做是做不出来的，所以可遇不可求。价值那就不用说了。"

盛国强的这间会客室里，靠墙放着一排书架，上面整整齐齐地排满了书籍，大多都是与古董相关的。见唐泽不懂，他起身从中间找了一本翻开给他看："就像这样，你看这瓷瓶上面全是细细的裂纹，这是天然形成的，少一分火候它不会碎，多一分火候就彻底碎了，所以说难得，物以稀为贵。多少人家几代烧窑，也开不出一件碎瓷来。"

唐泽接着画册，边看边点头，觉得受教了。隔行如隔山，特别是古董这一行，知识深似海。

盛国强重新坐下来，给自己续了杯茶，接着道："威廉姆斯在中国就跟那些捡漏的人一样，到处乱转找宝贝。于是，我们估计着他的路线，让他遇到了一件碎瓷。当时他简直是两眼放光，仔仔细细地看了没有问题之后，当即掏出了 2000 万美金。这可不是个小钱，在现在不是小钱，那时候更不是。我们查过，那几乎是他短期内可以凑出来的全部现金了。当然，他同时给那

115

个富家子打了个电话，对方表示再贵也要，并且要求马上见面，尽快交易，有种迫不及待的感觉。"

林默然笑了笑，做古董的人，特别是想捞一件好宝贝赚钱的人，见到值钱的东西，都是不要命地往上扑的，寻宝的人也是。

"说来说去还是那细瓷仿得好。"盛国强道："威廉姆斯也不是个新手，在鉴别古董上自有一套，很难糊弄。但你父亲做的那个细瓷，简直是以假乱真，不，在我看来，那就是真的。唯一跟真的有区别的地方，就是保持的时间长短不一。真的碎瓷表面上看是一块块的，但很结实，你不砸它，它是不会破的。但是你父亲仿制的这个，也就保持三五天。三五天过去，中间黏合的植物胶就会失效，自然就碎成渣子了。"

估计是想到了威廉姆斯气急败坏的样子，刚才还一脸愤恨的华语轩也不由地道："想起来真是解恨啊，威廉姆斯跟富家子谈好了价格，然后买下了碎瓷，约好了第二天交货。想想转手几千万就进账了，估计笑呵呵地盯着碎瓷欣赏了一个晚上。结果第二天到了地方，双方见了面，箱子一打开，那碎瓷真的碎了，成了一堆渣子。"

"威廉姆斯当时就呆了，富家子很生气，说你这是耍我呢，再是碎瓷也不能碎成这样啊，当下甩脸走了。"盛国强接着道："剩下威廉姆斯在原地愣了几分钟，终于彻底明白了，这是着道儿了啊。再回到买东西的地方，别说人了，连房子里都搬空了。更要命的是，威廉姆斯花了所有现金买了一堆垃圾，现在人财两空，他在外面还欠着一堆账呢。"

林默然此时也将事情理顺了，确实不是什么新伎俩，但是一环套一环。即便这计划有父亲的参与，他也不得不说够狠。这绝对是一个赶尽杀绝的计划。

"不错，就是这样，这才是最绝的地方。"盛国强谈到当年自己参与设的局很是得意，"威廉姆斯被骗了，没钱了，但是签过的那些合同是不能作废的，该付的钱还是要付的。一时筹不出钱来，紧跟着天价的违约金接踵而来。偏偏卖东西的人里，有几个是有黑道背景的人，直接就将人扣下了，什么时候交钱，什么时候放人。没办法威廉姆斯只好让家里人变卖自己的藏品古董，那都是些好东西，好东西的好处是值钱，坏处就是往往有价无市，不是那么

古玩情缘

五枚金花钿

116

容易就能找到买家的，所以只得降价，那次……"盛国强特别痛快地回忆了起来，"那次咱们用极低的价格几乎买下了他一大半的收藏，捐出去建了个小型博物馆。而且花出去的钱，也是他乖乖地送来的。"

这事情听着就让人觉得痛快，不过唐泽听到此插了句话："这么大金额的诈骗，他不报案吗？"

盛国强得意地笑："报案，报什么案？东西交到他手上的时候可是好的，双方确认无误钱货两清。自己弄碎了怨得了谁。说东西是假的，莫说古董出门概不退还，买假不赔是向来的规矩，再者他说是假的，人家还说是被他调包了呢。就算明眼人都能看出这就是个局，但是谁也拿不出证据。"

"这事情对威廉姆斯的打击很大，据说他看到自己家里发过来卖出的藏品清单，当时就站不住了，后来还是被人抬回去的。"盛国强道："这些年没见，我还以为他消停了呢，没想到竟然又出来了，而且出手比以前更凶残了。"

"是啊。"华语轩摇头道："威廉姆斯估计也是被上次吓破了胆，这次没自己出面，先找个中间人，所以开始的时候，还真没查到他。昨晚上我一查到消息，赶紧通知老盛，他就忙给你们打电话，结果还是晚了，幸亏是没出大事啊。"

两个老前辈感叹了一番都觉得万幸。

要不是恰好有一帮绑匪在，多了一股力量，只凭林默然和唐泽两个人，和两个持枪悍匪斗，那真是一点儿胜算都没有。威廉姆斯想要这套金花钿，看来是想得头发都白了，一发现在收购的路上出现了阻碍，几乎是迫不及待地想要扫清。

500万对他来说不算什么，但是如果这东西被唐泽买去了，可就不是500万能买回来的了。唐家不缺钱，千金难买心头好，要是到了唐泽手上估计就成为非卖品了。

估计威廉姆斯想来想去，决定不能冒这个险。与其到时候受制于人，不如现在先下手为强。只要唐泽出了意外，唐家一定大乱，短时间内也不会再有心思收集古董了。

血缘是一种神奇的牵绊，即使是这些年没见，听见人赞叹自己的父亲，林默然心里还是会涌上一种自豪感。

唐泽也被当年那场没有流血的战斗说得热血沸腾起来，想想昨天晚上和死亡擦肩而过的那一幕，不由地道："既然还敢来就证明当年还不够惨，这次可不能便宜了他。"

"就是这样。"盛国强道："我和老华想再布一个局，让他把这些年坑蒙拐骗的都吐出来，有生之年再也不敢来我们国家。"

"那都便宜他了。"唐泽道："以前的事就不用说了，单是这一次买凶杀人未遂，外国人在中国犯法一样是要坐牢的。"

"那倒是不必。"盛国强道："威廉姆斯是 60 多岁的人了，这要是进去了，这辈子恐怕就出不来了，没什么意义，管吃管喝管看病，还浪费我们国家的资源。他不值钱，值钱的是他手上的东西。要是能把他手上的那些宝贝拿回来，不用审判都能直接把他气死。"

坐牢这件事情，确实是难说。威廉姆斯毕竟是外国人，身份比较特殊。万一通关系弄个保外就医之类的，怕是雷声大雨点小，起不到惩戒的作用不说，还有放虎归山后患无穷的风险。

听盛国强这么说，林默然和唐泽想了想，也觉得确实有道理。对一个一辈子收集古董爱财如命的人，你判他几年刑他未必当一回事，但是你断了他的财路，那才是要了他的命。

对于威廉姆斯这样做了大半辈子坏事、在中国抢掠了无数珍宝的人，一刀要命都已经不能让盛国强他们平缓怒气。让他生不如死，晚年潦倒，才是罪有应得。

但是这并不容易。

第十三章 挖坑是个技术活儿

又经过了十几年的摸爬滚打，如今的威廉姆斯做事一定更加小心谨慎。想要骗过一个老骗子谈何容易。

众人苦恼地想了一会儿，唐泽揉揉眉心道："这局一定要严密得天衣无缝，不能有半点儿闪失，这恐怕也不是一时可以想出来的。我觉得如今急迫的事情，是先想办法阻止他得到王坤手中的那枚金花钿。他和王坤的合同上明确签了交付的时间，若是违约需交付违约金。这天价的赔偿金，即便我出得起也未免不值。"

即便是有鲁班盒在手，没有作为钥匙的 5 枚金花钿，威廉姆斯也拿不到藏宝的地图。

"嗯。"林默然点点头道："这倒不是问题。"

"你有办法？"唐泽转过脸去，听了林父的事情之后，他看林默然又高了一层。中国有句老话，虎父无犬子。

"利用合同。"林默然道："我看过王坤的合同。王坤把合同和金花钿一起随身带着，怕合同上有漏洞，那天偷偷拿出来让我帮忙看了两眼。我看到合同上有一句话：若遇人力不可抗拒因素，则合约作废或后延，甲乙双方均不承担责任。"

一般有期限的合同上，十有八九会有这样一句话。即是防止人算不如天算，也是给彼此留路，不赶尽杀绝。万一一方碰上个地震海啸、火山爆发，

本身就已经很惨了，再被追债那就说不过去了。生意再铁面无私，人情还是要讲的。

"你们说，杀手算不算是人力不可抗拒因素？"林默然一笑，"王坤的金花钿是随身带的，如果在那一场搏斗中损坏了，或者干脆被杀手抢去了，杀手至今昏迷未醒所以没办法说出藏在哪里了。昨晚临走时我问医生了，那两人三五天醒不过来，就算是醒了也不怕，通缉犯的口供也不可靠，反正是死，破罐子破摔，所以不愿意老实交代。"

盛国强想了想道："虽然有点儿无赖，但这一招可行。遭遇杀手倒未必算是人力不可抗拒的因素，但那杀手就是威廉姆斯雇的，他心里有数，必然不敢把事情闹大。闹大了，跑不了的就要牵扯上自己，偷鸡不成蚀把米。到时候金花钿就算是找回来了，自己也搭进去了。孰轻孰重不用我们说，他自然会掂量。"

"嗯，虽然解决不了根本问题，但是至少能拖一拖。"唐泽道："咱们也能有时间从长计议。当时没和他商量好，赶紧给王坤打电话，就是这会儿也不知道迟了没有。"

"没迟。"林默然胸有成竹地道，然后伸手在口袋里掏出个小纸袋来。

说是小纸袋，当真是小，只比银行卡大上一圈，里面鼓鼓囊囊的，似乎装着什么的东西。

林默然拿了块绒布放在茶几上，把纸袋倒过来拍了拍。一个小小的布团落在了绒布上，布团落下便散开了，里面是一枚金花钿。

唐泽瞪大了眼睛，他不用再看第二眼就能断定，这枚金花钿正是王坤藏在身上的那枚。

唐泽有些郁闷地说："这不是王坤手里的金花钿吗，他什么时候给你的，我都不知道？"

这两天他和林默然几乎寸步不离，为什么王坤将东西给了林默然不给他，而且林默然还瞒着他。

"我也是才发现的。"林默然解释道："昨晚上你去办住院手续的时候，正好汪队的手下来找他有事，王坤偷偷摸摸地把这东西交给了我，说先放我身上。当时到处都是警察，我见他那样子似乎不想让人知道也就没吭声，还以为他是怕大儿子再找麻烦，所以把银行卡什么的放在我这里呢，就先收下随手放在口袋里了。"

"你也太粗心了。"唐泽接着又嘟囔了句，"他也太不小心了。"

万一不留神丢了或压坏了，可是修都没处修去。

林默然摇摇头道："王坤一直将金花钿当做他儿子的命，我说什么也没往那上面想。何况我们看见他是把金花钿装在盒子里的，谁知道他什么时候拿了出来。还是刚才在来的路上，我闲来无事将纸袋拿出来看了看，当时吓了一身冷汗。你睡着了，车上又那么多人，我也不好多说，就拖到现在了。"

王坤有多在意这金花钿，唐泽自然是知道的。若是换了他也不会想到王坤会将这东西托付出来。

华语轩戴上手套，将金花钿拿起来仔仔细细地看了一遍道："我虽然一直在研究这东西，但是真品还从未见到过。没想到这一趟收获这么大。"

将世上所有的宝物都收入囊中是不可能的事情。对华语轩这样的学者来说，他们的心很大但是不贪，他们更注重的是研究。再值钱的东西，再年代久远的宝藏，他们不需要有拥有权，只要能够让他们看看、研究研究就心满意足了。

盛国强将那枚林默然鉴定过确认是真品的金花钿，拿在手里仔仔细细地看了又看，半晌放下道："确实是真的，这金花钿我见过一回。"

"什么时候？"唐泽赶忙道："是不是开始被威廉姆斯买去的那一枚？"

这样的金花钿一共有 5 枚，目前唐泽可以确定的有 3 枚。其中自己父亲手里有 1 枚，威廉姆斯买走 1 枚，这里 1 枚。但是剩下的那两枚，似乎一点儿头绪也没有。

"说起来……"盛国强眯了眯眼道："小唐，你父亲是做生意的吧。"

"是。"唐泽道："我家是开珠宝公司的。"

唐泽忙从口袋里拿出名片盒，给盛国强和华语轩双手各递过去一张。

虽然唐泽自己说，在他小的时候家里还是很穷的，但这些年来养尊处优，富二代的毛病多少还是染了点儿的。好在他不张狂，不会因家里有点儿钱就觉得天下第一，世人都要站在自己脚下。特别是在大部分情况下，他能很清醒地分析情况，知道哪些人确实不如自己，哪些人是不可小觑的。

比如眼前坐着的两位老学者，他们家里未必有唐泽家里富有，但是见过的值钱的东西，见过的有钱人，只怕完全不是唐家可以比的。

唐泽此时特别低调，绝对一副懂事的后辈模样，一点儿看不出富二代嚣张的影子来。要不是林默然看见过他对那几个小混混不可一世的样子，还真觉得这个年轻人从骨子里就是那么斯文呢。

"你父亲很喜欢收集古玩吗？"盛国强看着名片皱了皱眉道："宝林珠宝，你父亲是唐本中吧。我以前见过你父亲，不过好几年前了，跟他也聊过几句，不像是喜欢古董的人啊。"

说到这儿，唐泽也跟着皱起了眉，仔细地想了想说："说起来，我父亲好像是不喜欢古董，我家里也没什么古董。资金充裕的时候，他宁可多屯点儿金条。总跟我们说，还是黄金保值，还是黄金实在。"

"对，你父亲是这个调调的。"盛国强笑了一下，显然是更详细地想起来一些往事。他的年纪虽然大了些，但是身体和记性都很好。有些以前的事情，哪怕当时不是特意去记的，稍微提起都能回想起来。

"我记得他是很不喜欢古董的，不喜欢到了有点儿排斥的地步。"盛国强奇怪地道，"其实很少有人不喜欢古董，买不起的另当别论。但凡是有这个能力的，无论是从欣赏的角度，还是从投资的角度，特别在这个古物越来越值钱的年代都会有一些兴趣。当时我们在一起聊天，前面聊得还挺好，只是一说到古玩，他的脸色不太好就借故走开了。"

盛国强不可能记错，他这么一说大家也都跟着觉得奇怪起来。如果说唐本中是个古董迷，让儿子倾尽全力收集一套古代金花钿那很正常，但他似乎对古玩讨厌到了不愿多提的地步，那这种行为就有些蹊跷了。

林默然疑惑半晌道："可能金花钿对他有什么特别的意义，要不然就是他也知道鲁班盒藏宝图的秘密？"

"这不可能。"唐泽一挥手确定地道："要是我父亲知道鲁班盒的秘密，一定会让我同时找鲁班盒的。再说他瞒着我有什么意思，就算是他找到了金山银山，还不是留给我们吗？"

要不是唐泽自小在家备受偏爱，这么一说差点儿都要觉得自己不是亲生的了。

众人想想觉得唐泽说的也很有道理，唐本中瞒天瞒地，也没有必要瞒着自己的儿子。这又不是什么罪大恶极的事情，他若是真的找到了鲁班盒和金花钿，寻宝更是个艰巨的工程，怎么可能把朝夕相对的一家人都瞒得完全不知呢。

唐泽想了想又道："这问题似乎我也问过，不过没有得到答案。但是从他的语气中，我觉得应该是有特别的意义。等下次有机会，我再仔细问问他。"

看来唐泽跟他父亲的关系是很好的，没有什么不能问，没有什么不能说的。

这不过是个插曲，说过了就罢了，谁也没将这件事情放在心上。众人讨论的话题，很快回到了如何对付威廉姆斯，重点是怎么从威廉姆斯手中拿回鲁班盒，最好顺便还能拿点儿别的东西。

一时间小会议室里的气氛严肃起来。威廉姆斯本身就是一个骗子，摸爬滚打了这些年，估计已经是无坚不摧了，想要骗他谈何容易。

众人冥思苦想了半天也没个头绪，正苦闷着有人敲门，只见盛夫人推门进来，看着4个人皱着眉头的苦相，笑道："这是遇到什么难事了，吃饭了，都歇一歇吧。"

盛夫人倒是没少见这样的一幕，古董这一行水太深，就算是盛国强这样的老行家，也难免有把不稳的时候。所以有时候就难免出现这种情况，朋友拿着东西上门，让盛老给鉴定一下或者讨论一下，遇到难题，几个人就瞪着眼睛盯着桌上的东西一起发呆。

盛国强从沉思中回过神来，起身招呼大家："对，先吃饭，慢慢想。小林有好些日子没吃过盛伯母烧的菜了吧。"

"是啊。"盛夫人拉着林默然的手边往外走边说："伯母还记得你喜欢吃什么呢，糖醋排骨，东坡肉，红烧蹄髈，全是肉，没肉就不吃饭。你看你这么瘦，现在还那么挑食吗？"

"早不挑食了。"林默然不好意思地笑笑。小时候自己无肉不欢，一天不吃饭可以，但是一顿饭不吃肉不行。也亏得林霍还算能赚钱，要不然真养不起这样的孩子。

不过林霍失踪后，林默然一个十几岁的孩子，即便是自理能力很强，也

123

不再那么计较吃喝了。很多时候一包方便面，或者门口小摊上一碗三鲜炒年糕，也就打发了。

盛夫人的手艺很好，记得林默然喜欢吃的菜，烧了一桌子的肉。大家一时将脑袋清空，什么也不去想先填肚子。

一顿饭吃得很舒服，在一定程度上，也缓解了一下大家焦躁的心情。林默然和唐泽两人想换换脑子，便下到一楼在文玩店里转了转。

林默然是内行看门道，唐泽则是外行看热闹。两人正在字画展示区看着，便见前面的柜台上，店员和一个顾客争执的声音大了起来。

顾客是个大嗓门，一嗓子出来几乎全店都听见了。他喊道："你凭什么说我的东西是假的？"

古玩店大概是这世上极少将买和卖融合在一起的店了。盛国强这里即卖出也买进，在某种程度上和当铺很像，不同的地方就是，这里没有死当活当的说法。卖了就是卖了，无论多少钱，这东西再也赎不回来了。

"是的，先生。"店员是个小姑娘，说是个小姑娘，其实也有二十七八了，不过娃娃脸显年轻，复旦大学考古专业的高材生，眼睛特别毒。一般的仿制品都逃不过她的眼，店里的古董收进基本上都是她在把关，实在不能肯定的才会去请教盛国强。

顾客有点儿激动地说："这，这怎么可能是假的呢。我可是花大价钱买来的，你个小丫头到底懂不懂，把你们老板喊来。"

娃娃脸店员笑眯眯的，脾气很好，被人怀疑是外行也不生气，还是和声道："您这个东西真的是赝品，我给您解释一下，您就清楚了。"

唐泽好奇过去听着，林默然也跟了过去。

只见桌子上铺着绒布的大托盆里，放着一个直径约60厘米的青花瓷盘。看上去倒是好看，白釉蓝彩，碗里绘蓝彩折枝花草叶纹，碗沿上还有条彩和点彩，而且保存得十分完好。

不过，林默然皱了皱眉头，似乎陷入了沉思。

卖家一万个不信任，不过可能见对方是个笑容满面的小姑娘，倒是也没再发飙，犹豫了一下道："那你说说看看。"

娃娃脸店员让人给顾客倒了杯水道："唐五代时，瓷胎是由单一的瓷石构成,那时候的东西都比较小。而宋末元初才发明了瓷石掺和高岭土的二元配方,二元配方使瓷胎中三氧化二铝的含量得以提高,这样能最大限度地减少瓷胎在高温条件下的变形,保证了大件器物的制造,同时提高了烧制温度,使瓷化程度增加。在此基础上,景德镇才能够烧出体型巨大的青花器。"

一连串的术语让顾客有点儿蒙,娃娃脸店员见他一脸的茫然,便又简单地解释道:"也就是说您这个青花瓷的图案,是典型的唐朝特色。但是唐朝的工艺有限,这样直径达到60厘米的大盘是根本做不出来的。能做出这种规格尺寸的大盘,最早也得是宋末元初。而无论是元是宋,各个朝代都会有自己的特色,所以这东西就有些不伦不类。必然不是唐朝的东西,而是后人仿制的。"

这已经说得非常清楚明白了,盛国强的这家文玩店在当地是非常有口碑的,声誉极好,真的就是真的,假的就是假的。顾客听店员这么解释了一番,心里便也信了七八分,随即一拍大腿说:"我就说,总听人家说青花瓷很贵很贵,怎么那么便宜就买到手了,搞了半天是假的。"

刚才还说花了那么多钱,这会儿变成那么便宜就买到手了,众人都有些无语。

不过事情解决了,顾客也得到了满意的解释,算是皆大欢喜。买卖不成仁义在,还是客气地将人送走。

盛国强和华语轩虽然身体强壮,不过到底不能和小青年比,吃完饭后都小睡了一会儿。

盛国强下了楼,便看见林默然正盯着大门口发呆,不由地问道:"小林,怎么了?"

林默然转过脸来正色道:"盛伯伯,我们刚才是不是都在想,怎么样逼真地做假骗威廉姆斯上钩?"

"怎么?"盛国强一愣随即道:"你想到什么了?"

林默然面色沉了沉低声道:"我在想,假的终究是假的,再怎么像真的也有破绽。威廉姆斯那样的老手,他的鉴别能力不在我们之下,想做一个足以乱真的能够骗到他的仿品很难。万一被发现了,不管什么计划都会功亏一篑。"

盛国强吓了一跳,但是隐约有些明白,不由地道:"你的意思是……"

125

"如果假的有破绽，那可能骗不了威廉姆斯。如果假的完全没有破绽，那和真的又有什么区别。"林默然道："舍不得孩子套不着狼，先给他些真的东西又有何妨？"

"我想到一个办法。"林默然深深吸了口气道："不知道可行不可行。"

不管可行不可行，总算是有了点儿思路。盛国强在林霍那里见识过什么是不可思议，如今见了林默然，也觉得这小伙子有本事，半点儿也不怀疑他的能耐。

不过这事情可不是能在大厅里商量的，虽然是件大快人心的事情，可是在大厅里被人听见了，可了不得。

众人当下又回到了小会议室，听林默然将自己一个尚不成熟的，但是方向非常明确的办法说了出来。

说完大家都陷入了沉默，半晌方才听华语轩缓出口气道："竟然还能这样？"

"可以吗？"林默然有些不确定，"虽然有点儿冒险，但如果我们仔细一点儿，也不是不可行。当然有风险，不过凡事都有风险，万无一失的事情这世上没有。"

唐泽不说话。盛国强和华语轩都是在古玩界摸爬滚打了几十年的行家了，他们对这圈子里的弯弯绕，真是闭着眼睛也能说得出来，对那些大大小小的骗局，听个开头就能猜到结尾。但是林默然的这个局却是前所未见。盛国强想了想，由衷地叹道："真是长江后浪推前浪，不认老不行了。这要是让我想，便是想上三年五年，也未必想得出。"

"不是能不能想到，而是敢不敢这样想。"华语轩道："我自认也是在这圈子里见多识广了，见过无数骗局，也见过不少连环的惊天大案，但是大到这份儿上，真是……"

林默然笑了笑道："说是骗局，其实这个局很公平，只要威廉姆斯不贪就不会上当，一点儿损失也不会有。但他要是贪心那可就没办法了，自己往里面跳，谁也救不了他。"

办法有了，虽然只是个大概，但慢慢填充细节就容易多了。偏偏聚在这里的4个人，属于有钱的有钱，有力的有力。仔仔细细地一商量，到了晚上盛夫人第三次催大家吃晚饭的时候，一个巨大无比的坑已经挖好。上面还铺了一层又一层迷惑猎物的诱饵，但凡是天天盯着古董想发财的人，没有不上钩的。

盛夫人的文化不高，是盛国强上山下乡时在农村认识的。夫妻感情虽然很好，但是她从来不过问自己弄不懂的事情。这几人在小会议室里聚了一天，她也没问在商量什么，但是却能明显地看出来，他们商量的事情有了眉目。中午吃饭的时候，一个个都是只顾着吃饭，皱着眉板着脸的。而这一顿饭大家那种跃跃欲试、意犹未尽的兴奋情绪却是遮也遮不住。

看样子难题解决了，盛夫人这么想着，正宽慰地给林默然夹菜让他多吃点儿，不料盛国强突然道："林芳，你老家现在怎么样了？"

"你说南粟乡啊？"盛夫人一愣，"还是那样子吧，山里没有路车很难进去。太偏僻了，能搬走的人家都搬得差不多了，估计现在也剩不下几户了。怎么突然想到问这个？"

"那最好，人越少越好。"盛国强笑了笑说："晚上收拾收拾东西，我陪你回一趟老家。"

盛国强转过脸来又对华语轩道："幸亏咱们当年怕打击报复没露脸，威廉姆斯连坑他的人是谁都不知道，也不会对我们有更多的戒心。"

"嗯。"华语轩应了声，"当年他找混混拦我，也只是为了件小古董而已。多少年的事情了，就算是还记得也不会往那上面想。老盛，那边你熟就交给你了，这边我来安排。"

华语轩和盛国强都是圈子里跺跺脚地面抖一抖的人物，谁都要给几分面子。所以有些在旁人看来很难的事情，对他们来说都是易如反掌的。

比如说开一个古董展。

第十四章 唐总威武

又商量了半宿，众人才散了各自休息。第二天，在林默然和唐泽人还在大巴上补觉的时候，这样一条消息便在古玩圈里传开了。

一个由私人举办的小型唐朝古玩展览交易会，3日后在西湖边的一处会所举行。发起这个展览的是中国宝林珠宝公司的总经理唐泽。

只要有钱有资源，无论什么事效率都可以极高。当林默然和唐泽下了大巴，到了三民医院门口的时候，两人的手机都响了起来。

手机接收的是一条彩信，彩信的内容是一张邀请函。

唐泽打开手机一看，不由地笑道："别看盛伯伯和华老年纪大了，还真是时髦呢，居然会发彩信邀请函。"

一份电子版的邀请函，说明了展览的时间、地点和大致的展品。既然是唐朝古玩展览，那么里面大多数的东西自然都是唐朝的。在展品介绍中，不轻不重、不多不少地介绍了其中的一件展品。这是一枚五色宝石金花钿，乍一看并不起眼，静静地躺在一块红色绒垫上，外面罩着一层玻璃罩。

因为相机很好，光线很好，拍摄技术也很好，所以即便是彩信，也能非常清楚地看清这枚金花钿的每一个细节。大部分人或许不会对它多加留意，但是像威廉姆斯这种一心一意要找它的人，一眼就能看出这就是自己要的。

林默然看了看图片也觉得很不错，听了唐泽这么评论，收了手机道："你可别小看老人家，盛伯伯他们是都是大学毕业，那时候考大学和现在不一样，

多少人里才能有一个，含金量更高。他那小店里招人，起点都是考古专业的硕士，还要求名牌大学，求职的人都挤破头。在他那里干一年，得来的实际经验比在学校读10年都多。"

其实文凭自然是一方面，但是能力和眼光却更是盛国强所看中的。这几年他倒是很诚心地邀请林默然去他店里帮忙，薪水开得也相当可观，条件十分诱人，但是林默然自由惯了，想想还是拒绝了。

不想被约束是一个方面，何况他还要不定时地往外跑，自己开店关门走人请假条都不用打一个。若是给别人做事，即便老板大度不说什么，也不好意思总是如此。

唐泽点了点头，确实是如此。所以在求职的时候，很多人宁可选择一个大企业做一个小员工，也不愿意去一个小企业做领导。眼前利益固然重要，但是长远发展更重要。

进了医院，两人便去了王峰的病房。坑威廉姆斯这事情虽然不能和王坤细说，但是金花钿的事情却必须跟他商量。

现在消息已经放了出去，很快整个古玩界都会知道3天后的展会上有那么一枚金花钿，但是这金花钿的所有权现在仍在王坤手里。王坤信任他们才会将东西托付，因此就更不能辜负了别人的信任。更何况现在的王坤已经是风雨飘摇了，若是他们再迎头来上一棍，怕他当场就会倒下，那就是谋财害命了。

到了病房推开门，王坤正坐在窗口的椅子上。这个时候王峰的精神已经非常差了，每天大部分的时间都处于睡眠状态。王坤的心情自然也是极差的。

听见开门的声音，王坤一抬头见是林默然和唐泽两人，脸上的表情稍微地好了一点儿。

林默然看了看床上正睡着的王峰，向王坤招了招手，让他出来一下。

王坤也是有事情要和林默然说的，当下出了病房，看看也到了中饭时间，便在医院食堂找了个地方坐下来边吃边说。

显然王坤没有什么胃口，随便打了几样菜，有一口没一口地吃着，吃了几口后终于忍不住叹了口气。

林默然有事情要和王坤说，不过见他这神情还是先问道："怎么了？是不是警察局那边又有什么变故？"

王坤的两个儿子，除了在医院躺着的王峰之外，还有一个在警察局。虽然对王山他早是死心了，但儿子终究是儿子，闹出事情来还是揪心的。王山被抓了，他也不觉得痛快，依旧是只有痛苦。

"跟我想的一样。"王坤道："绑匪那事情，果然是老大干的。警察从他家里搜出了 20 万现金，调查也证明这家养猪场和他公司的食堂有来往，就是说他们是认识的。而且老大的公司最近出了很大的问题，资金周转不灵，如果不能有大笔的资金注入，很快就要破产。有动机、有条件、有时间，只是他一直不承认。"

王山一直不承认。林默然总觉得隐约有哪里不对劲，但是这念头一闪而过，还没来得及抓住，王坤便又道："而且，老大还不光是这一个罪。调查他公司的时候，还发现了其他的问题，偷税漏税，仿制名牌涉嫌侵权，不正当竞争，当然具体的调查结果还没出来。那人就像是个泥沼一样，表面看上去没什么问题，一挖开里面全是烂的，拔都拔不出来。"

如今王坤对自己的这个儿子是彻底失望了，似乎不愿意再在他身上花心思，转了个话题道："不过那两个杀手还没有清醒，到底幕后指使是谁，还查不出来。不过王山倒是没有这个嫌疑。"

唐泽点点头。杀手醒了也不怕，没醒那自然更好。

"那个买家有问题。"林默然不欲向王坤透露太多，想了想简单地道："金花钿不能卖给他。"

这简直是最后一根压垮王坤的稻草，他一瞬间变了脸色问道："有什么问题？"

林默然大概向王坤说了一下威廉姆斯的过去，当然其中更不乏添油加醋地说了一下这个人是怎么样的坑蒙拐骗无所不为，跟他交易那是一步一个坑，一步一个洞，十有八九要被骗。只说得王坤脸色煞白煞白的，冷汗直往下滴。

其实对现在的威廉姆斯来说，为了不让寻宝的道路节外生枝，对于这几枚金花钿，他是绝对不会吝啬的。王坤的这 500 万，他也不会拖欠、不会使诡计的。但是话到了林默然口中，怎么说那就是另一回事了。

即便威廉姆斯会很爽快地付这 500 万。后续呢，王坤和他们说了，买家

131

还答应了后续王峰治病的一系列手术联系之类的事情。以威廉姆斯的人品，钱付了东西拿到了，后面是不可能负责到底的。

见王坤被吓得差不多了，林默然道："老王，你也别担心，我们会帮你的。"

"是啊。"唐泽道："昨天晚上小林把那个合同研究了一下，说合同本身是有问题的可以不执行。等下次中间人再给你打电话，你就说正在协助警察办一起谋杀案，脱不开身，另外，在与匪徒搏斗时，东西有些损坏，需要修补。如果在期限内交不了货，就只有把定金退给他了。"

王坤想想道："这倒是行，但是那金花钿我不卖给威廉姆斯，又怎么办呢？唐先生你要吗？"

王坤觉得自己这几天遇到的事情太多，脑子有些转不过来了。不卖给威廉姆斯怕什么呢，唐泽不是就是为了金花钿来的吗，他一定要啊，而且他也有钱啊。

更深入地想一想，哪怕这合同没问题，哪怕林默然和唐泽是骗他的，只要能将东西卖了，有钱给儿子治病就行了。不管他们目的是什么，这些天他们帮了自己许多，要不是因为儿子看病花销巨大实在缺钱，就算是便宜些卖给他们，也是应该的。

"我自然是要的。"唐泽说了这么一句，不待王坤安心下来，又加了一句让他更安心的话，"而且刚才来医院的路上，我已经联系了一个在美国医院的朋友，他本人就是心脏科的，虽然不是权威，但是在这方面认识许多人。我跟他关系很好，等你这边的手续都办妥了过去，我让他在那边机场接你。一切都安排好了，放心吧，小峰不会有事的。"

唐泽的保证比起威廉姆斯的保证，更让王坤安心。他只觉得这些天的阴霾一下子消散了不少，似乎希望就在眼前。

大儿子做了那么多坏事，若是再放任自流只怕是越陷越深。坐几年牢受些罪，说不定还能改过自新，坏事变好事。而小儿子有了唐泽的帮助，就有了生的希望。

"我带了支票还有合同。"唐泽从包里拿出个文件夹，"你看下，随时都可以交易。金花钿已经在我那里了，钱现在就可以给你。合同上也写了，若是因为旧合同出现任何意外，这个后果我都会负责的。"

昨晚上大家商量完了，唐泽当即给自己父亲打了个电话，父亲听说已经找到了一枚金花钿，很是欣慰的感觉，但是听唐泽问起为什么要找，却又只是叹气，问了半天才淡淡地说，是为了纪念一个朋友。

电话里毕竟说不清楚，唐泽确定父亲不是为了凑齐钥匙寻宝藏之类的，也就没有再多说，想着当面问比较好。而且找到金花钿这个消息给唐父带来的触动，似乎比想象的要大，若不是因为正有一个谈判到了关键时刻走不开，唐父甚至想马上动身过来。

王坤将合同大略地看了一遍爽快地签了。说实话，看不看倒也没什么，合同是个非常复杂的东西，其中可以隐含太多内容。若是林默然真想坑他，就是用放大镜他也找不到里面隐形的陷阱。

钱货两清，林默然两人嘱咐王坤不要把合同的事泄漏出去后，又去看了一下王峰，便告辞了。其实这一趟他们纯粹是为了来给王坤送钱的，那边的事情还非常的多。

开一场小型的珠宝交易展，这对盛国强和华语轩这样的人来说根本不算什么，一切操作都是驾轻就熟。但是在这场珠宝交易展的背后，却还有无数庞大的工作要做。即便昨天整整一天，他们已经将要做的事情详细地列了出来，也分配好了人手。但是要实行起来，却也不是那么容易。

打个比方说，珠宝展只是一个大门，一个镶嵌着一枚威廉姆斯梦寐以求的金花钿的大门，吸引他走进来。而打开大门，屋子里面是一环套一环无数的陷阱，细致而缜密，真实而自然。让他一步一步地往里走，走向万劫不复无法回头。

告辞了王坤，唐泽去车行取了维修的车。幸亏昨天送去修的时候，说赶着要塞了点儿钱，要不然今天还要坐车去杭州。

唐泽倒是不止这一辆车，但是开得最顺手的还是这一辆，而且大家一致认为，卡宴比起他另外的一辆奥迪车，更能体现出他们现在需要的一种气质。一个有钱的富二代、公子哥，有点儿嚣张，有点儿自以为是，但是又非常精明，还有种敢冲敢想敢闯的劲儿。

因为他们下面要做的事情，只要缺一点儿胆色，那都是绝对不敢的。

等林默然和唐泽再回到杭州的时候，唐朝古玩展已经如火如荼地布置起

133

来了。除了特定的请柬发给在古玩圈子里有特别地位的人之外，公共信息也铺天盖地地洒了出去。虽然他们并不打算将这场展览变成谁都能进的公开展览，但是这个消息最好是谁都能知道。

不过是半天的时间，步行街上的大屏幕，公交车上的移动电视，甚至于当红网站的滚动新闻，都出现了关于唐朝古玩展的消息。

当林默然看到手机 QQ 新闻蹦出的今日热点时，着实吃了一惊。打电话过去一问，华语轩却说这不算什么，因为昨晚上最后定案的时间太晚，所以报纸实在是来不及了，不过没关系，从明天开始各大报纸上也会同步出现这则消息的。

只要威廉姆斯依旧在关注金花钿，只要他的眼线还在中国，只要他不是个瞎子聋子，就一定会得到消息。香味那么浓，飘得那么远，不怕他不上钩。

不过消息扩散得太广泛了，没把威廉姆斯引来，倒先把唐泽的父亲召来了。

唐家从唐本中到唐泽的两个哥哥，都是比较传统的生意人，虽然手下有一帮电脑高材生，但是自己对网络却一点儿兴趣都没有。

虽然消息传播得很快，但是直到第二天上午，唐本中吃了早饭，习惯性地拿起当日的报纸，"杭州西湖畔，尊荣会馆，唐朝古董展览兼小型交易会，欢迎你的光临。"一条硕大的标题映入眼帘，下面是整篇幅的详细报道。以唐朝古董在中国古董中重要的地位，说到古董的分类，自然而然地说到了唐朝的金器，顺带着介绍了一下金花钿。

唐本中看了一半的时候，就已经拿起了电话。他本来是想打个电话将这条消息告诉唐泽，让他抽空过去，看看能不能找到关于金花钿的消息。电话还在接通中，唐本中等着的时候继续往下看，当看到发起人的时候，却吃了一惊。这个规模并不大，但是阵势却不小的展览的发起人，竟然就是自己的儿子唐泽。

唐泽此时正在会展中心布置现场，因为林默然那句舍不得孩子套不着狼，所以这次展览的可都是真家伙。

唐泽虽然有钱，但他并没有古董。不过盛国强和华语轩可是私家丰盛，其中不乏一些真正的好东西。

唐泽一看来电显示是爸爸，心里便明白了，走到门外去接电话。这几日发生的事情，他都没跟家里说，本来是不想让家人操心，但是如今闹得那么大了，自然是瞒不住了。

林默然正在指挥工人重点安装最边上的一个展台，这展台里面放的就是那枚香喷喷的"诱饵"金花钿。因为威廉姆斯不光彩的历史，所以他们也不得不防着他会采取其他非法手段，比如偷、抢。若是狼没套到再损失了一枚金花钿，那就得不偿失了。

林默然看着工人安好台子，装好监控等一系列防盗措施，一抬头只见唐泽从外面进来，脸上有些疑惑的表情。

"怎么了？"林默然心里一紧问道："出什么事了？"

唐泽摇了摇头说："没事，我父亲要过来。"

"哦。"林默然松了口气随即道："唐老先生怎么说？"

其实林默然觉得唐泽的父亲来看看，也是情理之中的事情。作为一个一向关心儿子的父亲，这么大的事要是反对自然要过来阻止，要是支持也应该过来鼓励一下。唐泽瞒着没跟他说前天晚上遇袭的事情，要是说了怕是当时就要赶过来了。

"唔……"唐泽想了想，"也没怎么说，就是来看看吧。我们这事情太复杂，知道的人越少越好。虽然我父亲跟威廉姆斯肯定不会有来往，但是……嗯，他身边的人不好说，也没法一一排查。这事情牵扯过多，谨慎些总没有错。到时候他来了，我们也按一致对外的说法来说。我家还有两个哥哥，小时候感情不错，但是如今大了反倒是有些相互提防起来。"

林默然一点儿也不意外唐家三兄弟之间的矛盾，但是很意外唐泽对他父亲保密，不过想想还是赞成地点了点头。这事情确实非同小可，威廉姆斯也不是省油的灯，肯定会多方打探。万一哪里走漏了一点儿风声，功亏一篑不说，万一那个老狐狸会将计就计、反将他们一军，有可能带来无法想象的惨重损失。所以盛国强连她夫人都没有细说。唐泽想要是这事情因为自己的缘故出了问题，这责任可是他承担不起的。

君不密则失臣，臣不密则失身，机事不密则害成。老祖宗流传下来的话，终究是有道理的。

第十四章　唐冠威武

135

金陵离杭州不远，不过唐本中实在太忙，即便是有心要立刻赶过去，但是有些已经定好的会议推不了，有些要见的大客户也不能让别人等着，所以当他赶到的时候，已经是晚上7点钟了。

此时整个展厅都已经布置妥当，各色古玩也都摆了出来，分为书画、瓷器、木器、钱币几个大区。当然，在一个不显眼的角落里，还有一个金器区。这个区虽然看似偏僻，但是隐形的安保却是最严格。金花钿展柜侧面紧挨着那面墙后面，就有一个小型的休息室，到时候会有全副武装的安保人员在里面实时监控，一旦出了什么状况，从里面冲出来也就几秒钟的事情。

唐本中看了一圈，也不说好，也不说不好，只是脸色沉沉的，让人有点儿心里发毛。

一圈转完走到门口，唐泽有些忐忑地道："爸，您觉得怎么样。其实东西都是朋友的，只是借我的名义。我也就是想看看，这枚金花钿能不能引来同样有金花钿在手的人。我觉得咱们这么找也不是办法，把消息散布出去可能更有用。"

很奇怪唐本中虽然心情明显很差，但是并没有说责怪的话，而是沉沉地点了点头，沉默了半晌缓缓地道："阿泽，唐家的家产以后都是你的。"

这话题跳跃太大，导致唐泽脑中一片空白，一时转不过弯来，张了张嘴"啊"了一声，还没想好说什么，唐本中已经拍拍他的肩道："爸爸先走了，按着自己想做的做就行。缺了什么跟我说。对了……这个给你，应该能用得上。"

说着，唐本中从口袋里拿出个盒子来放在唐泽手中。唐泽接过盒子，只来得及说一个"哦"，唐本中便转身出去了。一辆黑色宾利停在会所门口，车里的司机一见他下来，忙下车开门，随即汽车消失在浓浓的夜色中。

林默然自然不能偷听别人家父子的谈话，他现在顶着的头衔是唐泽的特别顾问。刚才正在前台帮唐本中开间豪华套房，房卡刚拿在手里，便看见他快步走了出去，随即上车离开。

这是谈崩了？还是谈妥了？林默然正一头雾水，却见电梯门又开了，唐泽从里面匆匆走了出来。

唐泽一出来看见林默然忙道："小林，看见我爸没？"

林默然一指大门口道："刚才上车走了，怎么了？"

是谈崩了？不应该啊。虽然这展览是以唐泽的名义办的，但其实并没有让唐泽出什么东西。再者对他们这样的企业来说，办一个古玩展即可以提高品牌的知名度，又可以结交更多的大客户，有百利而无一害。唐本中能将公司做到今天这个规模，可见是个有眼光有手段的人，这其中利弊他不会不清楚。如今这态度实在是令人难以捉摸。

唐泽冲到门口的时候，唐本中的车早已经消失在车流中了。夜色虽浓，可是繁华的都市却是霓虹闪烁，灯火通明。

林默然也跟着到了门外，见唐泽的表情很是纠结，忍不住道："到底怎么了，你爸生气了？赶紧给他打个电话吧。"

唐泽摇了摇头，注视着远处的车流，表情复杂地道："他没生气，还说唐家所有的家产都是我的，让我放手去做。"

林默然也跟着沉默了半晌道："我以前觉得你是捡来的，但是现在看来，你两个哥哥才是捡来的。"

就算是所有的父母都会偏爱老小，但也不至于偏心成这个样子。把所有的家产留给3个儿子中的一个，还是不怎么打理家族生意的一个，这无论如何也说不过去。

以前不熟悉，林默然是不会跟唐泽开这种玩笑的。但是现在他们也算是一起出生入死，并肩战斗过，现在还在一起挖坑准备埋威廉姆斯，说话也就有些随意。

说起来，林默然没有兄弟姐妹，小时候并没有什么玩伴，长大了又因为心事太重，不喜欢与人接触，朋友也不多，没想到意外地认识了唐泽这么一个公子哥，关系处得还不错。

"他还给了我这个，说我可能用得上。"唐泽打开刚才唐本中给的盒子。这是个红绒布罩着的小木盒，也就手镯盒大小。啪的一声打开，一块斑驳的金花钿躺在里面。

这枚金花钿与王坤的那枚样式一样，因为工艺成色，也因为年代久远，而且宝石大多脱落，所以这枚金花钿并没有普通首饰的璀璨耀眼，光彩夺目。但是它静静地躺着，却自有种深邃厚重的感觉，仿佛都能从中看出过往斑驳的历史。

"唐老先生是给你送这个来的？"林默然意外了一下，"这是以前你找到的？"

"不是，这是我父亲一直珍藏的。"唐泽道："五色宝石金花钿一共有 5 枚，我知道家里有一枚。不过从来没见过，我父亲跟宝贝一样收在最隐秘的保险柜里，谁也不许看。"

顿了顿唐泽又道："而且很奇怪，我父亲虽然一直让我找这 5 枚金花钿，但是却不许我大张旗鼓地找，要不然我也不至于这几年都一无所获。"

两人站在门口又说了几句，实在是猜不透唐本中的心思。最后只能得出这样的结论，那就是这枚金花钿对他来说有非同一般的意义。所以他的失态和心思，并不是因为自己的儿子，而是金花钿背后的故人。而对于一个非常喜欢的孩子，放手去做其实是一个父亲最好的鼓励和支持了。

唐泽想了想，勉强接受了这个解释，不再纠结。两人转身往会所里走，打算再最后检查一遍会展，今晚早些休息。唐泽转身走了两步之后，发现林默然没有跟上来，回头一看，只见他依旧站在门口。

唐泽不由地问道："怎么了……"

话还没说完，林默然却突然冲了出去，速度之快仿佛在门外发现了什么不得了的东西。唐泽也赶忙跟着冲了出去，在冲出去的那一刹那，眼睛飞速地在会所门口扫了一圈，想看看有什么趁手的家伙能拿。

从小混混到绑匪到杀手，唐泽觉得这几天过的实在是太离奇了，以至于精神上都有些紧张了。以前觉得那些打打杀杀都是电视里才有的夸张情节，现如今才发现艺术果然来源于生活，有时候可能生活更为夸张。

唐泽跟着冲了出去，四下一找，发现林默然正站在不远处的一个岔路口上。街上依旧是车来车往，热闹而平静，并没有事情发生。

唐泽松了口气，快步走了过去："怎么了？你看见什么了？"

就算是看见了威廉姆斯也不至于这么激动吧。按照他们的猜测，威廉姆斯现在确实应该到杭州了，正在某一个地方酝酿着一肚子坏水，等着明天的展会上跟他们一较高下。

林默然的目光依旧沉沉地盯着岔路的尽头没有说话，半晌才缓缓地摇了摇头转身往回走。

"可能是我看错了。"林默然脚步缓慢，手掌在额上轻轻地揉了揉说："没事，早点儿休息吧，最近有点儿累。"

林默然将手按在胸口的项链上，克制住砰砰乱跳的心。刚才就在他准备转身的一刹那，在唐本中转弯离去的那个岔路口，他看见一个戴着帽子的男人。也许是从小锻炼的缘故，林默然的视力极好，记忆力也极好。虽然那岔路口和会所大门离得不算近，可他还是一眼便将那男人看了个清楚。当然，说是看得清楚，也只限一个大概的轮廓。因为那个男人的帽子压得很低，又站在路灯下的阴影处，所以脸是完全看不见的，但仅从轮廓和走路的动作中，林默然却猛地想到了自己一直在找的父亲。

即便是这么多年没见了，即便是这个人的身材和自己的父亲并不像，即便是胖人可以变瘦，瘦人可以变胖，但是有些动作有些感觉是改不了的。林默然一瞬间心潮翻涌，几乎有种想要大声喊出来的冲动。

不过只是短短的一瞬，那人在路灯下晃了晃，随即就消失在黑暗中。等林默然跑过去的时候，早已经踪迹全无。

林默然拖着沉重的步子回到了会所，和唐泽随意说了两句便回房间休息了。

这一夜林默然辗转难眠。他以前经常会梦到一些未去过的场景，然后在那些场景中，看见一个熟悉的背影。可最近似乎这梦越来越少了。这让他的睡眠更好，却又隐约有些害怕，潜意识中那是寻找父亲重要的信息，若是消失了，那么林霍就真的从他的世界里完全消失了。

第十五章 愿者上钩

早上 10 点，唐朝古董展览交易会准时开始。这是个非常自由的交易会，古董都放在展台里，大家随意参观。若是有看上的可以自己向会展方提出交易意向，主办方会安排与唐泽接洽。

在展区的一侧，就有布置得非常精致的小会议室，里面检测工具、验钞机、刷卡机等各种用具一应俱全，还有林默然和华语轩这两个资深顾问。

只要有人看中就可以直接谈价格，价格谈拢一手交钱一手拿货，再方便不过了。什么中间人都不需要，什么合同都不用签。

唐泽今天打扮得特别正式，也特别帅气，穿着一身定制的银灰色西装，袖扣上还镶着钻石，系着条纹领带，皮鞋油光发亮，端着香槟酒，在展厅里面带恰到好处地微笑，迎接八方来客。

来看展览的人并不是很多，一上午也不过 30 几个。因为这是私人展览，即便是向全世界发出了广告，也并不是欢迎全世界的人来看。

为了防止人太多带来不必要的麻烦耽误了正事，所以广告上并未给出具体地址，只是留下了联系电话。有参观意向者需先与负责人联系，身份符合条件之后，才会发出电子邀请函，上面有具体的身份信息和编号。参观者进场的时候出示彩信，凭邀请函进入。每张邀请函可以带一人进入。

买古董的都是有钱人，这一点毋庸置疑，但是这些人有购买能力，却未必有鉴别能力，所以他们参加这种交易会都是要带个内行的。比如说，像林

默然这样顶着特别顾问头衔的人。

　　交易会一上午平淡无奇地过去了，因为放出来的确实都是好东西，虽然价格不菲，不过还是有人有购买的意愿。当然价格谈判是林默然的强项，没有什么可为难的。

　　大家的神经绷了半天，眼睛也瞪了半天，半个可疑的人都没有看见，下午3点钟，大家都有些松懈下来的时候，终于一个期待已久的面孔出现在了大门口。

　　这次林默然他们花了大代价，请了一家非常专业的安保公司。这家安保公司平日里接的都是古董展珠宝展一类的业务，所以虽然要价很高，但是价格与职业素质也成正比。安保人员一个个身手不凡，机灵敏捷，保密意识极强，自带的一切设备也都非常专业，非常先进。

　　在开始的时候，唐泽就嘱咐过他们的主管，若是有异常情况或者可疑人物出现马上通知他，然后又给他们看了威廉姆斯的照片，重点强调若是这个人或者是跟他很像的人要重点防备。当然不能让他看出来。所以，当威廉姆斯一出现在展馆大门口的时候，这边还在核实身份，那边已经有安保人员同步通知了坐在休息室里的唐泽。

　　"来了。"唐泽有点儿兴奋，还有点儿紧张，伸手切换监控屏幕，差点儿碰翻桌上的一杯水。

　　林默然和华语轩也都围了过来，大屏幕不断切换，跟着威廉姆斯的身影往前移。他们布置展厅的时候就特别提出过，要求整个室内360度无死角，坐在监控前能看见外面所有人的一举一动，说话声音也要听得清楚。

　　来人跟林默然看过的威廉姆斯的照片很像，是个高鼻梁蓝眼睛的外国人，只是和照片上相比，似乎头发稍微白了点儿，看来最近日子过得也不顺遂。

　　同行的是个中年人。

　　这人是中国人，一眼看去林默然觉得有些眼熟，歪着脑袋想了想，还没待想出名堂，就听威廉姆斯指着一个展柜，用外国人特有腔调的中文道："薛先生，这个白玉飞天佩我在书上见过，当时就觉得很美，没想到今天能在这里见到。这个唐总果然藏品很丰富，件件都不是凡品。"

　　"是啊，确实很美，价钱也很美。"中年人道："唐代的金银器要比玉器发达，整个社会比较崇尚金银器，所以在大唐遗宝中，玉器所占的比例远比其他的要少，物以稀为贵啊。"

一听这声音，林默然一拍脑袋想起来了，陪着威廉姆斯的这个人就是替王坤卖金花钿，想要从中和曹续一起捞一笔的中间人。

这个明面上做古董生意，私底下放高利贷的薛二薛文斌，跟舟山的曹续怕是有点儿亲戚关系，所以长相上有几分相像。

"他们俩果真是志趣相投啊。"华语轩冷笑了一声，时隔多年看到这个人他依旧是愤恨不平，"真是人以群分，物以类聚，咱们国家怎么会出这样的败类。"

"每个地方总会有几个这样的人，华老别跟他一般见识，气伤了身体不合算。"林默然忙给老头倒了杯水转入正题，"威廉姆斯中文说得不错，果然是个中国通，再加上薛二这样行内的熟手，想要糊弄住还真不容易。"

"要是平时自然不容易，"唐泽笑道："但若有一座金山放在那里就容易了。财迷心窍知道么，再精明的人眼睛里钱装得多了，就什么都看不清了。"

唐家生意做得大，唐泽在家也难免听父亲、哥哥说些商场上的事情。那些身价千万上亿的老总，哪个不是身经百战见多识广，但即便经验老练，当利益达到一定程度的时候，也有犯迷糊的时候，会在最简单的陷阱面前栽跟头。那不是什么失手也不是什么意外，最直白的解释就是贪字头上一把刀。

威廉姆斯和薛二并不知道自己被密切注视着，一边看一边往里走，走马观花地一路看过去，来到了墙角的金器展品区。

虽然隔着屏幕林默然看不清楚威廉姆斯的表情，但是他清楚地看见，在威廉姆斯见到金花钿的那一刻，垂在身侧的手微微有些颤抖。表情再镇定，微小的动作也可以出卖内心。

金花钿是封在玻璃罩里的，不过灯光明亮，玻璃通透，因此可以看得很清楚。林默然相信威廉姆斯对它的研究不是一日两日了，哪怕是闭着眼睛，也能将每一枚都记得清清楚楚，他只要看一眼便能分出真假。

威廉姆斯围着金花钿转了两圈，对薛二一点头说："不会错，这是真的。"

五色宝石金花钿虽然是世上独一无二的金饰，但金饰本身却不是独一无二的。它一共 5 枚，却只有 3 个花样，其中贴于额心的是一枚簇拥向上盛开的菊花，两侧对应的各是两种造型的缠绕花枝。而且为了对称的美感，两边的几乎是一模一样。如今宝石已经尽数脱落，也分不出水色来，就更是没有分别了。

所以，虽然薛二能看出这金花钿与王坤手中的是一样的，但是却并不能肯定就是同一枚。因为王坤的电话从昨天晚上开始就打不通，发消息过去收到的回复是，正在协助一宗绑架及谋杀案的调查，实在是抽不出身来，还说东西损坏了，无法按时交货，要取消交易。薛二和威廉姆斯虽然心急，只能说等案件处理完重新验货，重新签合同。就像是林默然他们想的那样，做贼的自然心虚，即便现在没人怀疑到他们，他们也还是自然地敬而远之。

薛二跟着低声道："应该不会假，这场展览的发起人是唐泽，虽然这个人不是圈子里的人，但却是个十足的富家子。唐家的宝林珠宝是中国数一数二的珠宝连锁集团，资金雄厚，他没有坑蒙拐骗的必要。而且介绍中说，他还有一个特别顾问华语轩，这可是个资深学者，专门从事唐朝历史的研究，在圈子里非常有名，名声也非常好，应该可以信任。"

此时，值得薛二非常信任的华语轩，正毫不惭愧地感叹道："看来人名声好还是有好处的，好人骗人一骗一个准啊。哈哈……"

威廉姆斯确定了东西，对薛二点点头，薛二便抬头找身旁的工作人员。

"先生有什么可以帮您的？"工作人员一见他抬头做出寻找的姿态，立刻迎了过来。

薛二道："你们的老板，唐总呢？"

"唐总在办公室。"工作人员道："请问您是有什么看中的东西吗？"

"是的。"薛二道："这是我的老板威廉姆斯先生，威廉姆斯先生是从英国来的，他非常喜欢唐总收藏的这枚五色宝石金花钿，想进一步接洽。"

"好的。"工作人员客气地道："请两位稍后，我去通传一声。"

工作人员正要转身，便听见耳麦里传来唐泽的声音："请威廉姆斯先生到我办公室来。"

工作人员应了声"是"随即道："两位先生，唐总请两位去他的办公室，两位请随我来。"

消息这么灵通，应该是一直关注这里的。威廉姆斯心里涌上淡淡的不舒服，不过此时展馆中除了他们没有其他的参观者了，他们是唯一的客人，大家都盯着也在情理之中。

为了使自己的身份和这个展览足够的高档，所以唐泽找的是家非常高档的私人会所。虽然价格不菲但是硬件软件都是无可挑剔，即便是一间由休息室临时改装的会议室，也足够的大气，简约而不简单。

会议室和监控室一墙之隔，华语轩坐在监控室里，唐泽和林默然在会议室里等着威廉姆斯。

威廉姆斯是个身材高大的英国人，斯斯文文，透着一股上流社会的绅士风度。果然和盛国强他们说的相似，一眼看上去绝对看不出骨子里的坏水来。这狼披的这层羊皮还是挺贵的。

办公室的门被敲了两下，随即工作人员在前面引路将两人带了进来。

在威廉姆斯进门的时候，唐泽也已经从办公桌后站起来迎了上来。

工作人员介绍了一下："唐总，这位是威廉姆斯先生，他对展会上的五色宝石金花钿非常感兴趣，想和您进一步洽谈。"

唐泽点了点头，满脸笑意地和威廉姆斯握了握手，请他们坐下，并让人上茶。

他这回可是发自内心的笑，前面手忙脚乱地筹备了几天，今天跟外面来来往往的人笑了一天，终于等来了这一刻。

工作人员送上茶之后便退了出去。这房间的隔音非常好，只要门一关上，即便是在里面大吼大叫，声音也传不出去。

威廉姆斯坐下后，品了一口茶，然后道："我一直认为茶叶和古董是中国最神奇的两样东西，它们都看似平淡无奇，但是却征服了整个世界。古董让我看过忘不了，茶让我喝了也忘不了。"

唐泽接过威廉姆斯的名片说："威廉姆斯先生的中文说得很好，看来对中国有很深的研究。"

威廉姆斯也不谦虚，但是脸上的神色也绝不是傲慢，而是带着自豪和自信，表情恰到好处，让人看了绝不会感到讨厌。他说："我确实喜欢研究中国，但是说有很深的研究就不敢当了。中国是个古老的国家，华夏文明博大精深，我非常喜欢，它们令我着迷。这也是我喜欢古董的原因，从这些古老的宝贝

第十五章　愿者上钩

里，能让人看见历史，非常神奇。"

唐泽笑了笑，切入主题说："威廉姆斯先生，喜欢那枚五色宝石金花钿？"

"是的。"威廉姆斯坦率地道，"唐朝是中国历史上非常繁荣的一个年代，那个时代的许多了不起的人物和成就令我着迷。我第一次接触唐朝的历史，就好像看见了一扇蕴藏着无数瑰宝的大门，缓缓地向我打开，让我欲罢不能。"

可不是有一扇大门正缓缓打开么，监控室里华语轩不由地冷笑一声，不过这扇大门后面，可不是无数的瑰宝，而是一个个精心准备的陷阱。

此时，薛二适时地插了一句："威廉姆斯先生对这枚金花钿非常感兴趣，想要购买。唐总，我见您的展品都是没有标价的，这枚金花钿不知道什么价格您愿意出手。"

威廉姆斯作为一个老板级别的人物，一般出面商谈价格什么的，都不会自己亲自出马，简单的事情下属都可以搞定。遇上大买卖商谈到最后阶段，自己才会出面来个一锤定音。

不过这次他实在是太心急，实在没办法淡定地在背后等着。何况他也打听了唐泽的身份，像这样的富二代往往不按规律出牌，跟他们打交道与正规的商业谈判不同，而且他们往往眼高手低，薛二这种人未必会放在眼里。

要是第一回弄拧了，让唐泽心里有了抵触，再谈就未必是有钱就能解决的事情了。到时候既多花钱又费事，威廉姆斯想了又想，觉得不能冒那样的风险。

跟王坤好谈，因为用钱可以直接砸昏他，跟唐泽可就未必了。

果然听薛二提钱，唐泽云淡风轻地笑了笑说："坦白地说，我不缺钱。"

薛二忍不住抽了抽嘴角，觉得这唐总果然不是混商场的，只这一句话便让人觉得是个不知天高地厚的纨绔子弟。

但你还不能反驳他，因为他真的不缺钱。要是你让他一个不高兴不卖了，一点儿损失都没有。

"是，唐总自然是不缺钱的。"薛二不得不奉承道："宝林珠宝是中国最大的珠宝品牌之一，唐家财力雄厚尽人皆知。"

珠宝公司相对于许多企业来说，有一点儿无可比拟的优势，就是他的货品本身就是钱。只要大环境正常，都可以流通不会贬值的。所以相对来说，珠宝公司比许多企业要硬气。

唐泽很自然地点了点头，接受了薛二的恭维，换了个坐姿道："钱不是问题，不过宝赠有缘人，威廉姆斯先生，我有个问题很好奇，想请教一下。"

"唐总尽管问。"威廉姆斯笑道，"关于古董方面的问题吗？还是关于我个人的，只要我知道的一定据实相告。"

"两者都有吧。"唐泽沉吟了一下，"我很好奇，你为什么会看中这枚金花钿呢？外面的展厅里一共有130件古董，大大小小，各门各类，可以说，比这枚金花钿更值钱、更有意义的东西很多，而且它们也都是唐朝的。"

"这枚金花钿很别致，而且很特别。"威廉姆斯想了想，耸了耸肩道："唐先生正是最好的年纪，应该知道喜欢上一个人，未必一定有什么特别的原因，喜欢一件东西也是一样。我在看到宣传册的第一眼就被它吸引了，所以立刻联系了薛先生，定了机票赶过来。唐先生你看，我是下午两点才下的飞机，一出机场放下行李就过来了。"

威廉姆斯在唐泽面前丝毫不掩饰自己对这枚金花钿特别的、无可代替的喜欢，这老头很精明，他想得清楚。唐泽不缺钱，所以也不存在狮子大开口敲一个算一个的可能。中国有句古话，叫做酒逢知己千杯少，话不投机半句多。约莫着这个吃饱了撑着的公子哥，是想找个志同道合的爱好者。

可惜，这回威廉姆斯失算了，唐泽听他说完毫不犹豫地道："如果仅仅是这样，威廉姆斯先生，很抱歉，无论你多喜欢，无论你出多少钱，我也不能将这枚金花钿卖给你。"

威廉姆斯一愣，随即脸色一变问道："唐总，这是为什么？"

"我说了，宝赠有缘人。"唐泽起身一副送客的样子，"不瞒您说，金花钿我有，而且不止展出的这一枚，但是很遗憾您并不是这个有缘人。"

威廉姆斯千里迢迢赶来这里，而且又听唐泽说，不仅有这一枚，自然不甘心就这么无功而返。还想再说什么的时候，内线电话又响了起来。

林默然接了电话，那边的声音清晰地传来："唐总，有一位客人吴鑫先生对展会上的五色宝石金花钿有购买意向，想与您详谈。"

林默然眼皮一跳，说实话，这还是一整天来，除了威廉姆斯之外看中金

147

花钿的第一个人，而且不是他们安排的托，真是诡异了。

不过一切还是公事公办，林默然看向唐泽，见他点了点头便道："请吴先生进来。"

唐泽起身向威廉姆斯伸出手来道："很遗憾让您白跑一趟，如果威廉姆斯先生有了其他的……嗯……"唐泽意味深长地笑了一笑，"有了其他的购买原因，不单纯是因为喜欢的话，随时欢迎来找我。毕竟古董是前人给我们留下的宝贵财富，我们应该从中挖掘更宝贵的，不是吗？"

唐泽这话似乎话中有话，威廉姆斯听了心里一惊，脸上表情一时有些转不过来。不过唐泽并没有让他在第一时间做出选择，握手之后便喊来了工作人员，客气地送他们出去。同时，另一个据说有购买意向的人，已经在工作人员的带领下走了过来。

这是个40岁左右的男子，稍微有些发福，还有些谢顶，手上戴着个大扳指，夹着个公文包。他身后还跟了个20多岁的美艳女郎，打扮得非常时尚，画着精致的妆容，在这个早晚还稍微有些冷的季节，已经穿得花枝招展了，短裙高跟鞋，走近了香风扑鼻。

"这是我们唐总。"工作人员将男人领过来介绍给唐泽，"这位先生是金朝房地产公司的吴总。"

唐泽跟对方交换了名片，看了一下。金朝房地产公司，吴鑫总经理。

听说过金朝房地产公司，主要做的是北方业务，宝林珠宝公司占据的大多是江浙沪皖一带的南方市场。一个北一个南，还是不同行业，可谓是井水不犯河水。

本来送走了威廉姆斯，唐泽就打算闭馆关门和林默然他们商量下一步的计划，没想到又冒出个计划外的人，不过人都已经到了门口，也没有赶走的道理，所以还是请进了办公室。

能看得出来，吴鑫以前应该也是穷苦出身，虽然穿的一身富贵，挺着将军肚，脖子上挂着粗大的金项链，但是唐泽和他握手的时候，感觉得出来他的手心很粗糙，全是老茧，那是常年从事重体力工作才会留下的。

坐下的时候，工作人员按惯例送了茶上来，吴鑫接了过来说了声谢谢，然后摆在了一边。

唐泽看了看他眼睛下面深深的黑眼圈，不由地问道："吴总是遇到什么事情了吗，精神不太好的样子。"

　　"没事，没事，谢谢唐总关心。"吴鑫笑了笑，但是这笑容里掩饰的成分太多。

第十六章 意外收获

不过唐泽和他也不认识，只是客气地寒暄一下。虽然心里好奇，但也不会去追问他到底为什么脸色不好。

倒是他身边的女子解释了一下，"我先生最近有些失眠，所以还是不喝茶的好。麻烦……"她转头向一旁的工作人员道，"倒一杯白开水可以吗？"

工作人员忙应着去了，吴鑫介绍道："这是我太太，叶依依。"

"唐总。"叶依依千娇百媚地伸出手去跟唐泽握了握。

唐泽面上笑容依旧是温文尔雅，心里却有些对吴鑫看不上眼。一个 40 岁左右的男人，娶了一个往成熟了说也不超过 25 岁的女子，有点儿……

不过这是吴鑫的私事，有钱的男人就算是又老又秃，60 岁找个 18 岁的也是正常，虽不符合唐泽的道德观念但不犯法。

寒暄完毕，还不待唐泽开口说外面那件金花钿是非卖品，吴鑫先道："唐总，其实我不是来买金花钿的。"

"嗯？"唐泽愣了愣，"那吴总是看上了别的东西吗？"

吴鑫摇了摇头，打开始终抱在怀里的公文包，从里面拿出个用报纸包的方块，打开方块里面是个盒子，打开盒子里面是一块绒布。这是个什么宝贝，要一层一层包成这样？打开绒布终于露出了里面的东西。唐泽眼睛却直了，就连一旁监控室里的林默然和华语轩的眼睛也都直了。

绒布里包着的正是一枚金花钿，和外面展柜里的那枚不一样。但是唐泽

一眼便能认出来，这一枚，正是位于额心的那一枚，是一朵盛开的菊花，下面花枝缠绕，富贵非常。最低处的一根花枝上，应该有一颗水滴形的宝石，只是上面的宝石已经脱落了，只剩下一个明显镶嵌过宝石的底托。

"这个……"吴鑫咽了咽口水道："这个金花钿，唐总您仔细看看，这是真的。"

林默然已经进了监控室，唐泽一个人看着金花钿，虽然直觉告诉他是真的，但是万万不能肯定，而且自己是开展会卖古董，吴鑫拿着同样的东西过来，是什么意思呢？

唐泽又冷静下来，将金花钿拿起来仔细打量了一下，随即道："我只是个投资者，不是文物学家，分不出真假。不过……吴总，您这是什么意思？"

"我想把这枚金花钿卖给唐总。"吴鑫倒是十分痛快，一点儿圈圈都不绕，"这枚金花钿和外面展台里的那一枚是一套的。这一套一共是5枚，如果能凑齐相信价值一定会更高。"

唐泽将金花钿拿在手上左看看右看看，平复着心里的激动，然后道："吴总，这金花钿我要找人鉴定一下。毕竟真假只是你说的，而我只是个外行看热闹而已。"

"好的，好的。"吴鑫做了个请的手势让唐泽自便，半点儿也不担心他会拿了金花钿换个赝品给他。

唐泽将金花钿重新用绒布包好送进监控室里，林默然和华语轩早就眼睛发亮地等着了。两人都后悔怎么刚才没在外面待着，这样见别人带了东西扑出去，有点儿不太好看。

监控室的门打开一条缝又关上了，唐泽重新坐回椅子上。

吴鑫爽快，他也就不扭捏了，坐下便道："这金花钿，吴总打算卖多少钱？"

吴鑫是有备而来，按理说应该心里有数才是。唐泽已经做好了准备，等他会开出一个比较高的数字。本来嘛，做买卖就是坐地起价，漫天还钱。开价只要不是太离谱，都不碍事，都可以好好商量。

可没料到吴鑫沉默了一下道："唐总，您开个价吧。"

唐泽一愣随即笑道："哪有这样的道理，吴总，我开价算是怎么回事？"

"是啊。"此时，一直静坐在一旁的叶依依也忍不住地柔声道："老公，既然是你要卖给唐总东西，自然该是你开价，让人家开人家怎么好说。"

唐泽一直没太注意这个女子，虽然叶依依长得挺漂亮，但是这个年代漂亮的女孩子太多了。只要是青春年少，五官端正，肤色白皙，不胖不瘦，打扮打扮都是美人。而她并没有什么特别之处。

不过看起来，叶依依在家里没有什么地位。她不过是温和地劝了一句，而且劝的也有道理，吴鑫却狠狠瞪了她一眼，毫不留情地呵斥道："闭嘴，没你说话的地方。叫你不要来偏要来，再多说一句就去外面等。"

夫妻两人在家里这么说话就罢了，到了外人面前总是要给彼此留面子的。吴鑫这么做即便是在唐泽一个外人眼里，也实在是有点儿过分了。

可叶依依也不知道是在家里就被训斥惯了，还是脾气太好，被吴鑫这么一说，便低下了头去不再说话。只是低下头的那一刹那，唐泽看见了她脸上委屈的表情，似乎眼睛也有些红。心里不由地叹一口气，凡事都是要付出代价的，嫁个有钱人，未必有想象的那么美好。叶依依这样的长相，年轻貌美，若找个家世相当的小伙子，定会被捧在手心里。

在单车上笑，还是在宝马上哭，每个人的选择都不一样。但是无论你做了什么选择，只要不后悔就是对的。

这边还没就价格谈出个所以然来，那边监控室的门打开了，林默然捧着盒子从里面出来了。

唐泽见林默然出来便介绍道："小林是我的助理。别看年轻却是古玩世家，不会走路的时候就在古董堆里爬了。"

"失敬，失敬。"吴鑫忙站了起来，先伸手进口袋，习惯性地掏了包烟出来，烟盒露出了一半发现不对，尴尬地笑了笑，改抽了张名片，"吴鑫，林先生多多关照。"

唐泽把他捧得太高，林默然无奈地笑笑，跟吴鑫交换了名片，客套了几句。

客套完了，林默然将盒子放回桌上，对唐泽正色道："东西没有问题。"

听林默然这么说了，吴鑫表现出一种即松了口气，又本该如此的表情，很是复杂。

不过东西既然是真的，也不必追究为什么吴鑫要卖。现在对林默然他们来说，多一件就多一分筹码，多一分胜算。

"这枚金花钿吴先生开价多少？"林默然在唐泽身边坐下，两手交叉搭在腿上。

说起做生意，林默然可能不如唐泽。但是说起讨价还价，唐泽就肯定不如林默然了。

吴鑫摆了摆手就是不接这个茬，"林先生是内行，您开个价吧，差不多就行。"

林默然点点头也不推诿，看了看金花钿道："5万人民币。"

"5万？"林默然此言一出，叶依依猛地抬头，睁眼瞪着他忍不住道，"这也太……"

不过她话没说完，便被吴鑫喝住了："叫你不许多话。"

叶依依咬了咬嘴唇，将剩下的话咽了下去，只是看林默然的眼神里多了点儿哀怨，这价格也太低了。

别说叶依依一个卖家觉得低，连唐泽都觉得有些匪夷所思。要知道王坤那枚金花钿，他们可花了500万啊。这个是送上门的，也许吴鑫是急着用钱急着卖，不说500万，50万总是要有的，压价也得有个谱不是。

5万，这个数字林默然是怎么说得出口的。就算是想给他省钱，再给对方一个加价的空间，也不能低到这个程度啊！

唐泽以为吴鑫会用一种看神经病一样的眼光看着林默然，然后拿起东西就走，而吴鑫并没有发作。

当然，他的表情也有些意外，不过只是愣了一下道："林先生，我能问一下，为什么吗？这个价格是怎么来的？"

"市场价。"林默然坦然道："决定古董价值的因素和决定古董价格的因素，是不同的。决定古董价格的因素，第一是朝代和稀有度，离我们越远的越值钱，存世越少的越值钱；第二是保存完整度；第三是人们的爱好，市场的热度。您这枚金花钿本身是金器，有一定的价值，但是唐朝的金器并不稀少，不是很值钱，而且保存的并不好，宝石基本脱落，又只有一枚，属于不完整中的不完整。所以，想要卖高价是很难的。"

"那，那也不至于就值 5 万吧。"吴鑫喃喃一下，觉得有些难以置信。

林默然笑了笑说："这只是我开的价，吴先生自然可以提出自己的意向价格。我开出这样的价格，是因为前阵子我也经手了几件唐朝金饰，像是耳坠戒指什么的，都是这样的小件，每件的价格也不过是三五万。"

唐泽虽然也觉得这个价格太低，但他是买家，林默然这是在给他省钱，再惊讶他也必须表现出一种确实是这样的样子来，没有拖林默然后腿的道理。钱多省点儿总不是错，后面需要用钱的地方还多。

吴鑫细细想了想林默然的话，令大家都很意外的是，他并没有反驳，而是点了点头，长长地叹了口气道："好，5 万就 5 万，交易吧。5 万现金唐先生应该有现成的吧。"

虽然今天没有买东西的计划，但唐泽还是备了点现金在这里，没想到真的用上了。而且更匪夷所思的是，5 万块钱又买了一枚金花钿。

虽然十分高兴，但唐泽表面还是波澜不惊、风度翩翩的样子，跟吴鑫确认了一下金额，当下起身从监控室的保险柜里取了 5 万块钱出来。

可这次 5 扎红彤彤的钱放在一起，看上去却是那么单薄。

"每捆 1 万，一共 5 万，您点一下。"唐泽伸手示意了一下，还贴心地拎了台验钞机过来。虽然大额交易大部分人会选择刷卡或者支票作为交易方式，但是用现金的也有，没法子以这个为理由拒收。

"不必点，不必点。"吴鑫看也不看验钞机一眼，将几捆钞票胡乱地塞进包里起身道，"唐总我信得过，我还有事先告辞了。"

说起来，吴鑫的一举一动都很诡异，这么便宜地把金花钿卖了，又这么自来熟地和唐泽套近乎，而且从进来到离开那么急切，好像有人拿着鞭子在旁边抽赶一样。不管林默然开的价格是否合理，讨价还价是买卖人基本的素质，但他连多说一句的想法都没有。

吴鑫起身，他夫人叶依依也就跟着起了身，被呵斥了两次没敢再说话。只是虽然低着头，但是也能看见她咬着嘴唇，脸色非常的差，一副我见犹怜的样子。

这若是放在平时，唐泽看见个漂亮的小姑娘这么柔弱可怜的样子，说不定还会心生不忍安慰几句。但是现在感觉自己身上的事儿都忙不过来了，根

第十六章 意外收获

本没空管别的，何况还是个有夫之妇，是属于最不能招惹的那种。

让工作人员送吴鑫离开之后，唐泽关上办公室的门，华语轩也从监控室里出来，3个人围着桌子看着放在上面的金花钿。

半晌，唐泽道："我有种做梦的感觉，找着买的时候，几年也没找见一件。摆着卖的时候，反倒是一件一件地送上门来了。感觉有点儿不真实，好像假的一样。"

现在，从王坤手里买了一枚，唐泽父亲拿来一枚，吴鑫又送来一枚，一套金花钿他们竟然凑出了一大半。

倒是华语轩年纪大见识多也淡定，推了推鼻子上的眼镜道："这就证明事情正往好的方向发展，这是天助我也啊。"

"可是，难道你们不觉得吴鑫的行为很诡异？"唐泽忍不住道："还有，默然，你这价压得也太狠了，王坤手里那枚金花钿我们花了500万。这个你只出5万，你是怎么想的？"

唐泽对林默然越来越熟悉，如今颇有些称兄道弟的感觉。称呼从林老板到小林到默然，转变得十分自然。

林默然斜睨他一眼道："唐三少，你以为这东西值多少钱？5万算是不错了。你问问华老，要是有人拿着这么个金花钿去给他估价，他会估到多少？"

"嗯……"华语轩摸了摸下巴道，"5～10万吧。做工虽然精巧，但是东西太小，而且又不是一套，属于残缺品，保存的也不好，也就差不多这个价了。"

林默然笑眯眯地又道："华老，以您对盛伯伯的了解，这东西要是盛伯伯在，会开价多少？"

"最多3万。"华语轩毫不犹豫地道："那家伙做买卖的时候心毒着呢，金饰又没有什么市场，再要是有人上赶着卖的，能给3万就是老盛那天心情好了。爱卖不卖，不卖别家去。"

唐泽张着嘴半天没说出话来，良久才吐出口气道："那王坤那枚金花钿，我不是往水里扔了495万？"

"那倒不能这么说。"林默然想了想安慰道："今天是走运，威廉姆斯不在，要不然别说500万，1000万恐怕也得出。所谓千金难买心头好，东西能找到你就该偷笑，别想那么多了。"

唐泽无奈地叹口气。不过想想王峰的病，就觉得哪怕这 500 万多了些，能救人一命也就不算冤枉了，就当是做了件好事吧。一条人命可比一枚金花钿要值钱的多。

说话间，已经到了闭馆的时间。今天的收获实在是丰盛，威廉姆斯按计划出现了不说，竟然还平白地捡了枚金花钿。众人都有些兴奋，看看时间还早便打算一起去吃个饭。

乍一看华语轩是个斯文的学者，如今相处久了，发现他其实是个很热情开朗的老头，而且爱憎分明，和林默然、唐泽这两个年轻人也能聊到一起去。

这展馆所在的会所在西边一处热闹的商业区，旁边酒店林立，也不用走远。唐泽和林默然比是有钱人，和华语轩比是晚辈，请客是当仁不让。虽然大家的兴致都很高，但都没有喝酒，只点了些好菜，爽快地吃了一顿。

他们可还有重任在身，威廉姆斯随时会回来，那感觉好像是在战场，面对着随时可能卷土重来的敌人。虽然已经取得了一个阶段性的胜利，但是却半点儿也不能掉以轻心。

吃过饭，唐泽接到一个本地朋友的电话，说看见他的会展广告了，人既然来了，说什么也得出来聚聚，再忙也得抽两个小时出来。唐泽本来是想拒绝的，晚上虽然没什么事情，但是一起回去再合计合计也是好的。可是似乎想起点儿什么，又神秘兮兮地答应了，跟林默然他们交代了一声便自己过去了。

华语轩比不得年轻人能熬夜，今天又忙活了大半天，便先回去睡觉了。林默然没事，那么早也睡不着，便随意地沿着街道逛一逛，说不定能看见熟悉的人。想着昨晚见到的那个身影，他心里那种熟悉的感觉又涌了上来。

记忆中的杭州，像是一张泛黄的旧照片，黑白灰占据着主要的色彩。而如今十几年的变化，杭州已经是个繁华的大都市，街灯明亮，霓虹闪烁，穿着时尚帅气的美女俊男，车光掠影，灯红酒绿。

林默然在街上转了一圈，觉得有些疲倦了，这才缓缓地往回走，远远地看见会所门口站着一个穿着十分熟悉的女子。林默然眼睛好，稍微走近一点儿便看清楚了，那女子不是别人，正是今天来卖金花钿的房地产商吴鑫的太太叶依依。

　　他们难道也住在这家会所里？林默然觉得有些疑惑，不过没太多心。买卖已经结束，可以说是又恢复到了萍水相逢的关系。他太太再是不甘心，也不至于把东西要回去吧。钱货两清的情况下，这交易已经完成了，再要回去可就没有道理了。

　　林默然没再多想，可谁知刚走到了会所门口的时候，却见叶依依的眼睛一亮道："林先生，你总算回来了。"

　　一听叶依依有些柔软的声音，林默然只觉得心里冷飕飕地冒出两个字来——坏了。她果然是在这里等自己的。如果说，站在这里的是几个混混，大不了打一架，打不过还可以跑。如果说，站在这里的是吴鑫，可以置之不理，甚至可以报警。但是现在却偏偏是林默然最怕遇见的情况，一个女人，她要是一会儿在这里当众来个一哭二闹三上吊怎么办。对一个没怎么和女孩子打过交道的男人来说，这简直可以用"可怕"二字来形容。

　　但已经遇上了，林默然总不能转身就走吧。何况叶依依也未必是来找他的，按林默然的想法，她怎么找也应该去找唐泽吧。可能是没联系上唐泽，所以看见他才问一声的。心里纠结着，脸上已经堆了笑出来："吴太太，您找我有事吗？"

　　"是啊，是啊。"叶依依一句话把林默然的希望彻底浇灭了，"我找你好久了，只是没你的电话，前台又不愿意告诉我，所以只能在这里等你。"

　　林默然无奈地问道："吴太太，你找我有什么事？"

　　叶依依依旧是白天的装扮，上身是镂空花纹的黑色紧身衣，下面穿着迷你小短裙，长腿光滑笔直，林默然哪怕知道非礼勿视，也忍不住看了两眼。只是很奇怪，她还戴了副墨镜，墨镜大得几乎遮住了半张脸。现在是晚上9点，除非是眼疾不能见光，否则只能是为了遮挡什么了。

　　仅就外表条件而言，叶依依嫁给吴鑫还真是一朵鲜花插在了牛粪上。不过这牛粪有钱，鲜花心甘情愿，这种组合在如今社会上也不是什么新鲜事。

　　叶依依四下一看低声道："林先生，我有些事情想跟你说。你看我们能不能换个地方。大街上说话不太方便。"

　　林默然虽然深深地觉得站在大街上说话很好，又敞亮又明白。但夜风有些大，看着叶依依有些冷的样子，也不好拒绝她的要求。四下一看，正好边儿上有家星巴克，便道："我请吴太太喝杯咖啡，慢慢说吧。"

星巴克也是个敞亮的地方，而且大厅里人还挺多。林默然想得明白，有些事情是说不清楚的。有些事情男人注定是弱势群体，在这个非常时期一定要特别注意。所以，他和叶依依绝对要时刻处在一个公众的环境里，不能给人一点儿误会的机会。

这时候星巴克里人并不太多，三三两两的。林默然找了个即不热闹又不偏僻的地方，叫了两杯卡布奇诺，然后道："好了，吴太太，您有什么事，现在可以说了。"

叶依依点了点头，缓缓拿下脸上的墨镜，拨开披散的头发。林默然这下看清楚了，叶依依的眼睛有点儿红肿，想来是回去大哭了一场，即便是抹了重重的粉也无法遮掉。

"让林先生看笑话了。"叶依依有点儿尴尬。

林默然忙转开视线，故作轻松笑道："我虽然没结婚，但也知道夫妻之间有争执很正常。吴先生可能强势了一点儿，但是事业有成的男人自然会硬朗点儿。不过这也正是吸引人的地方嘛，要不然的话吴太太也不会看上吴先生不是。"

叶依依苦笑一下，知道林默然只是在说客套话，不过在旁人的眼中就是如此。吴鑫长得不帅，年纪大，脾气又不好，要不是看上他的钱，就只有脑子不好了。叶依依被人这么理解也不是一回两回了，只是绝大部分人都不会当面说出来而已。如今听林默然也这么含蓄地安慰自己，不知道为什么突然有种想要解释的冲动。

"其实我跟吴鑫并不是像别人想的那样。"叶依依犹豫了一下，继续道："我念书时家里很穷，母亲有尿毒症，需要很多钱。那时我实在没办法了，学也上不下去了，去办退学手续的时候，遇到了吴鑫，他正好在和校长谈资助教学楼的事。然后，他就一直匿名资助我，还捐款给我母亲看病。一直到我大学毕业，我被老师推荐进了金朝房地产公司。那时我才知道，原来一直在帮助我家里的是公司的老总，然后他就一直追求我。"

叶依依低下头去，她不是封建社会里什么都不懂的深闺女子，从没想过用婚姻来报恩。但是事情到了面前的时候，才发现很多时候根本无法拒绝。

林默然有些意外叶依依的遭遇，在心里感叹了一下，真是家家有本难念的经。看上去再是风光无限的人，骨子里的心酸苦楚也只有自己知道。

叶依依笑了笑，有些苦涩地道："跟你说这个其实没有别的意思。只是不想让你看不起我。我愿意和心爱的人白手起家，但是老天没给我这个机会。别人总觉得我是因为钱，有时候我也觉得挺委屈的，但又不能逢人就解释。"

林默然这辈子也就说到古董和与人谈生意讨价还价时可以口若悬河，此时面对一个楚楚可怜的女子，却是想了半天方才安慰一句："吴先生愿意资助学校总是个好人，虽然脾气有些大，但心肯定是好的。"

"吴鑫确实做了不少好事。"说到这一点，叶依依也很中肯地道："不光是资助学校盖楼，还有希望工程、贫困乡村扶贫计划。公司每年的收入，有很大一部分都是用来做慈善的，而且他很低调，从来不愿意接受访问，他说做好事图的是心安，不用让别人知道。"

比起叶依依的婚姻遭遇，吴鑫的为人更让林默然意外。倒不说他是个凭长相定好恶的人，但是吴鑫看上去是那种没有什么文化，脾气暴躁的暴发户，完全不像是一个低调的慈善家。

"但是最近公司出了点儿问题。"叶依依缓缓地道："我并不反对他做好事，捐款、资助那些需要的人都是应该的。但是我觉得这些都应该是在公司正常运转、资金允许的范围内进行，要是……要是把预收来的房款，把员工工资都拿来捐助就有些失去理智了。"

这何止是失去理智，简直是脑子出了问题。林默然看着叶依依脸上犹豫的神情，倒不怀疑她说的是假话，而是怀疑这个吴鑫是不是真的受了刺激。

买卖合法的基本条件，是买卖双方都是有正常民事能力的成年人。若是吴鑫真的是大脑出了问题，那这笔交易还真未必是既成事实。夫妻是财产共同所有人，作为妻子的叶依依是可以起诉取消交易的。

"不过我看吴先生今天的行为，一切都很正常。"林默然回忆了一下，"只是有些紧张，或许是因为没休息好，身体不太舒服。"

"我知道他身体很好。"叶依依道："他非常注重身体，一点儿小毛病都要去做个全身检查，身体肯定一点儿问题都没有。但是我感觉他精神上有问题，我和他说过很多次，但是他完全不听，以前他不是这样的。这一两年也不知道怎么了，就像是着了魔一样，我有次想偷偷带他去看心理医生，可是被他发现了，发了好大一通火，说我不理解他。当我想和他具体地谈一谈的时候，他又不愿意，说我是不会了解的。"

叶依依脸上的神情很苦恼，抬手又要了一杯苦咖啡，不加糖加了半杯冰块，一口气喝下大半杯。林默然看着这样的叶依依，突然觉得有些无奈，"吴太太，我觉得今晚的这些话，您还是应该找个时机跟吴先生好好谈一谈，跟我说似乎并不太合适。我就算有心也帮不上什么忙。"

不过今天才见了一面，连朋友也谈不上，即便是再能理解，那又能做什么呢。如果林默然跑去劝吴鑫要善待自己的妻子，要好好经营公司，他一定以为自己疯了，要么就是对他太太有不轨企图。

叶依依把苦咖啡咽了下去，轻轻地吐出口气道："也许我只是觉得太苦了，所以想找人说一说，倾诉一下。"

林默然点点头没说话。这他倒是理解，在适合的时候，也愿意开导帮助别人。但是现在显然并不是适合的时候，叶依依也不是适合的人。似乎也意识到了这一点，叶依依拿纸巾小心地擦了擦眼角，调整了一下表情道："林先生，其实我今天晚上来找你，是想求你一件事情。"

林默然直觉不是什么好事，不过还是应道："吴太太有什么事请说，能帮的地方我一定会帮的。但……我不过也是个打工的，只怕是未必能帮上忙。"

林默然不得不给叶依依打个预防针，他觉得这个女人不简单。

"林先生一定可以帮上忙。"叶依依道："今天我先生卖给唐总的金花钿，他当宝贝一样藏了这么多年，我知道不止这个钱，这个价钱低了，甚至可以说太低了。"

说到金花钿的价格，林默然冷静下来，有种终于回到了他的主场的感觉。跟柔弱的女性打交道，真的不是他擅长的事情，但是谈生意似乎要好一些。

"交易是在双方自愿的情况下完成的。"林默然淡淡地道："很显然吴先生觉得这个价格是适中的。如果吴太太觉得低，那应该和吴先生商量，而不是和买家……吴太太家里也是做生意的，应该明白我的意思。"

"是，我明白，我来找你确实有些不合时宜，但是我只能来找你了。"叶依依急道，"现在吴鑫的公司已经有些运转不下去了，所以当时他要来卖金花钿，我是同意的，以为多少能够解决一些问题。可我怎么也没想到，他竟然只卖了 5 万块，这……这跟把东西扔了有什么区别。"

林默然抿了口咖啡，叶依依说话果然是财大气粗，从某些方面来说，跟唐泽有点儿像。花了 5 万，唐泽觉得是白捡了个金花钿；得了 5 万，叶依依觉得没有任何进账。不过话说回来，5 万对于一个房地产公司的运作，也确实是起不到任何作用，甚至 500 万也起不到什么作用。

"那吴太太觉得金花钿应该值多少钱？"林默然不动声色道。

叶依依张了张嘴，有些不确定地道："这我也不清楚，但我家没什么古董，我先生就宝贝似的收了这么一件，谁都不许动，应该是很值钱的吧。我见那些拍卖会上，动辄几千万的……"

林默然觉得这场谈话可以结束了，无奈地摇了摇头道："吴太太，我觉得你的问题根源不是金花钿，也不是 5 万或者 500 万甚至 5000 万的问题，而是吴先生的这个状态，现在这种情况哪怕给他一座金山也没用。一日夫妻百日恩，我想，你们还是心平气和地谈一谈比较好。"

见叶依依还想说什么，林默然摆了摆手道："一件东西被收藏，不仅因为它本身的价值，也许它对收藏者来说具有特殊意义。退一步说，即使吴太太对价钱方面真有什么想法，我建议，第一，请一个专业的人来谈这件事，至少能明白这件货品的价值。第二，直接和唐总协商，我只是他雇来鉴定的临时工而已，只能给出建议，其实什么权利也没有。"

对于一件在唐泽要倾家荡产也要拥有的东西，最后只花了 5 万，唐泽自然爽快。可要是一件已经被认定了只是 5 万的东西，再让他多出点儿，唐泽只怕不会那么爽快。

林默然刚说完，电话恰到好处地响了起来，是条短信，他低头一看，脸色一正，急促道："抱歉，我还有事，先走一步。"

这不是敷衍，是真的有事来了，非常重要的事。

估计叶依依也觉得从林默然这里没什么希望了，点了点头还没说话，她的电话也响了起来。接通之后，刚听那边说了一句，她脸色便猛地变了。

第十七章 失踪

"什么？"叶依依的脸色一下变得特别难看，声音也有些颤抖，"你说吴先生怎么了？"

林默然本来是马上要走的，但是这种情况，也不好丢下一个突遭变故的女人，只得按捺着性子站着等了一下。通话结束，叶依依惊恐地道："我先生失踪了。"

对于刚刚经历过绑架和杀手事件，身上某些地方还隐隐作痛的林默然来说，现在最怕听到的就是"失踪"两个字。

"报警……"叶依依有些慌了，一把抓起手机，可刚按了个"1"，便被林默然制止了。

"冷静，冷静。"林默然慎重地道："谁给你打的电话，告诉你吴先生失踪了？我下午才见过吴先生，距离现在才四五个小时，不超过24小时，警察是不会受理的。先弄清楚到底发生了什么事情。"

"是酒店前台打的电话。"叶依依道："说我先生匆匆忙忙地跑了出去，上了一辆出租。前台心里怀疑怕出了什么事，就给他打电话但是没人接。"

"这不算失踪吧。"林默然皱起眉头，心想现在的酒店可真是谨慎，这样的细节也会重视，"吴先生肯定有什么急事，电话打不通或许是没听到也说不定。"

虽然事情确实是很奇怪，但是这种情况真的不能算失踪。

"先回酒店看看吧。"林默然道："一边走一边打电话，看看吴先生有没有在房间留下什么消息。还有，给和吴先生关系好的朋友打电话问问，看有没有线索。"

"对对……"叶依依连声应着，忙不迭地一手抓了小包，一边打着电话一边往外走去。

林默然犹豫了一下，还是跟了上去。这是个烫手的山芋，但是现在没法完全不管。吴鑫神神叨叨地也不知道做了什么，万一叶依依回去再来个失踪或者出了什么意外，他可成了最后一个和她接触的人，到时候这一身嫌疑跳进黄河也洗不清了。至少，要把叶依依安然送到酒店，交给酒店的安保人员才能全身而退。

想了想，林默然给华语轩发了条消息，让他接一下盛国强让人送回来的东西，自己还有些事情要过一会儿才到。给华语轩发了消息之后，林默然便匆匆跟在了叶依依身后。

好在他们住的宾馆也不远，只隔着一条街，跑两步就到了。这是一家五星级的宾馆，所以服务特别周到细致，此时已经有人在大堂里等着叶依依了，一见她回来忙迎了上来。

"吴太太。"迎上来的是个服务部副主管，"您可算回来了。"

"刚才到底发生了什么事情？"叶依依道。

服务部主管道："刚才吴先生打内线电话点宵夜，客房服务就送过去了，可刚敲开门就看见他急急忙忙地往外冲，一句话都不说，喊也喊不住。我们担心有他有什么事情，所以才给您打电话。"

叶依依虽然一路打电话都没打通，但这会儿稍微冷静下来了，也明白自己说失踪有些太严重了。只不过是因为吴鑫这段时间太诡异，所以才会乱了心神。

叫了宵夜就证明短期没有外出的计划，而是临时起了变化。可到底起了什么变化，和吴鑫没有半点儿交集的林默然就根本无从猜测了。

林默然将人送回了酒店，见帮不上什么忙便告辞了，并告诉叶依依如果实在联系不上还是要报警，说清楚这段时间吴鑫的异样，警察应该还是会重视的。

叶依依本来心里还想着那枚金花钿，希望能多得些钱，可这下吴鑫去向不明，一时也没心情再管旁的。见林默然告辞，也只是胡乱点了点头，便径自匆匆回了房间。

林默然也无心管吴鑫的事情，出了宾馆便往会所赶。当他踏进会所大门的时候，看见华语轩正往电梯里走，手中提了个硕大的箱子。这箱子看起来挺沉的，不过华老拎着并不显得吃力，让林默然不得不相信他年轻时肯定是员猛将。

"华老。"林默然忙跟了上去。

"回来了？"华语轩回头见是林默然，提了提手里的箱子笑道："回来的正好。"

身体再好也不能让老人家拎东西，林默然忙接了箱子，和华语轩并排站在电梯里。隔墙有耳，电梯里两人都没说话，一直进了房间关了门，才有些迫不及待地打开箱子。

说是手提箱其实跟个小保险柜似的，方方正正沉甸甸的。林默然掏出手机，里面有盛国强发过来的 18 位密码，转了几圈之后，啪的一声箱子打开了。

里面装着一大块方方正正的木头，木头呈暗黄色，有些发黑，但在灯光下隐约地透出些金色来。那金色给人一种很神奇的感觉，乍一看似乎是表面上被抹了一层金粉，但是细细地看却好像那金粉是融入木头中去的，虽然能看见流光溢彩，却找不到任何规律。

这是楠木中非常稀少的一个品种，叫做金丝楠。木头表面上，没有寻常树木一般的纹理，而是像一盘金沙细细碎碎一片耀眼。

"真是好东西，现在这么大块，这么好成色的金丝楠木，可是不好找了。"华语轩轻轻地抚摸着木头，那温柔的表情好像是抚摸着情人的手，"小林啊，你可要稳着点儿啊，弄坏了糟蹋东西不说，可没处再寻这么一块木头来啊。"

"确实是好东西。"林默然顿时觉得压力有点儿大，"这么一大块金丝楠木，还是千年的沉阴木，民间说，纵有珠宝一箱，不如乌木一方，这块木头怕是能等价黄金了吧。盛伯伯的这个朋友没话说，够大方啊。"

"可不是该大方？"华语轩道，"这家人是老盛下放那个村子里的，家里两个大人都有病，做不了重体力活。还带着3个孩子，一天吃不上一顿饱饭，在那时候就是等死了。老盛看着实在可怜，不断地周济他们不说，回城稳定下来后，还三天两头地给他们寄钱、寄吃穿。后来更把人接来，出钱给他们治病，病治好了又帮他们做生意。现如今这家人算是发家了，日子过得好了，这好日子都是老盛帮助的，别说找他拿一块木头，就算是一箱金子，说一句不舍得那也是没良心。"

林默然笑了笑道："那天我听盛伯伯打电话时，很认真地说要给钱的，不过想来人家也不能要。"

"是的。"华语轩也笑道："那家的老爷子也是有趣的性子，挂了电话之后，还口述让儿子发了个电子邮件过来，狠说了老盛一顿。说他要再敢跟自己提给钱，就亲自过来把木头在酒店门口烧了，也不卖给他。"

似乎很平常的一段往事，林默然听得心里有些热热的。这世上的事情有时候便是这样，无心插柳柳成荫，你曾经什么也不计较地去帮助一个人，那么可能有一天，这个人也会什么都不计较地来回报你。

金丝楠木是我国特有的珍贵木材，在封建社会都是皇室和寺庙专用的，民间如有人擅自使用，会因逾越礼制而获罪。因为它本身就珍稀，又被人为大肆采伐，在明朝末期就已经濒临灭绝，到了现代更是少之又少。

在金丝楠木中，最顶级的便是千年沉阴木。这种料是木头被埋入地下，经过数千年的碳化形成，所谓"泥潭不损铮铮骨，一入华堂光照衣"。千年沉阴木经千年不腐，夏不热冬不凉，幽香不散，可谓是木头中的钻石。

幸亏盛国强的朋友家里有这么一块老祖宗传下来的宝贝，要不然的话，这个计划也就无法实施。

华语轩本来是打算休息了的，被金丝楠这么一刺激，一时半会儿也睡不着了，索性钻进房间里忙活去了。这次时间紧任务急，他们可是各有各的分工，一点儿也闲不下来的。

唐泽回来的时候，已经是凌晨1点了，刷了房卡进来，只见华语轩的房间里灯是亮的，林默然的房间里灯也是亮的，想了想敲了敲林默然的房门。听里面嗯了一声，唐泽便开门进去。

唐泽站在门口愣了一下。

这个会所之所以极贵，就因为可以为客人量身定做完全符合要求的客房。为了方便商议，他们定了一个大套间，里面有四间卧室，一个大客厅，一个会客室。林默然的这个房间很大，说是房间不如说是一间工作室。除了隔间里的床以外，有一张大桌子，桌子上面放满了东西。

此时，桌子中间放着一块方方正正暗黄色发黑的木头，在灯光的照耀下，流光溢彩，璀璨夺目。木头的旁边半张桌子上都是各种各样的工具，有唐泽能一眼认出来的，锯子、斧子、凿子、锤子，还有唐泽怎么看也认不出来的形状各异的工具和一张张摊开来画着各种图形的图纸。

昨天，林默然让唐泽找人回自己的小店搬来了几个大箱子，哼哧哼哧地放满了一辆小轿车的后座。当时唐泽也知道里面装的是工具，但是这一敞开才发现，这些工具远比想象中的要多、要复杂。

"这就是金丝楠木？等价黄金的木头？"唐泽绕着金丝楠转了一圈，"你要用这块木头做一个鲁班盒？要怎么做？"

那天唐泽第一次从林默然口中听到鲁班盒觉得很是神奇，一个只能开启一次的盒子，这是完全没有道理的事情。正常的说，能开就能关不是吗？

"玩儿过七巧板、九连环、孔明锁吗？"林默然看了一眼唐泽，见他点头接着道："就是那样的道理，做起来虽然不易，但说起来很简单，把木头切成各种形状，不用任何外力，完全靠自身结构的连接支撑、拼凑起来。在盒子的顶部，留下 5 个片状的孔，从这 5 个孔中插入物体，就会推动盒子内部的结构，从而打开盒子。"

"就是像这图纸上的这样？"唐泽拿起一张图纸来，看了又看，然后很遗憾地抓了抓脑袋，不想承认看不懂。

"嗯，一样但是又不太一样。"林默然道："因为每块木头的具体情况不同，需要的钥匙形状不同，所以历史上没有一个鲁班盒的内部构造是相同的。要一边做一边调整，但这一刀下去就不能改，又不是电脑还能撤销，要是哪一刀错了，这整块木头就废了。"

唐泽只觉得光是听起来就已经有点儿紧张了，难怪这都 1 点了林默然还在盯着木头发呆，估计这状态他已经维持了一段时间了。

见唐泽的情绪紧张起来，林默然摆了摆手道："不碍事，你去休息吧，我想一想就行。这鲁班盒我小时候做过不少，只是这次要慎重一点儿罢了。"

林家有个不为人道的祖传技艺，那就是仿制。说的好听些叫仿制，说的难听点儿就是造假，在古董行里就是制作赝品。这不是什么光彩的手艺，但是谁都不得不承认，这绝对是个需要技术的手艺。林家这一脉也不知道从哪一辈起开始研究仿制古董，从揭画到拼磁到做旧，样样都有涉猎，只要接触过真品就能仿出个一模一样的赝品。

当然，说一模一样是夸张了，赝品与真品之间一定是有区别的，但这区别往往很奇妙，只要运用得好可能永远也不会被人发现，但是运用不好立刻露馅。比如林霍当年做出来引威廉姆斯上钩的碎瓷，和真正的碎瓷的区别就在于无法持久。假碎瓷刚做好的时候跟真品一模一样，天衣无缝。但真正的碎瓷是天然的裂纹，仿制的碎瓷却是人工敲碎再用特质的胶粘合起来，和空气接触之后只有几日就自动分崩瓦解。

而林默然做的这个鲁班盒，也只是形似而不是神似。那个真正的鲁班盒钥匙是固定的，必须用原配的 5 枚金花钿同时插入方能打开，多一枚少一枚，或者其中某一枚的重量不同都不能开启。可以说，如果钥匙丢了，那么鲁班盒就废了。但林默然做的这个鲁班盒，锁眼就是个摆设，哪怕插进 5 片手机卡也能打开。只是这一点儿威廉姆斯是绝对不会知道罢了。

唐泽看着林默然一脸严肃的表情，有心帮忙但是实在无能为力，摇着头在林默然肩上拍了拍道："辛苦你了，不过我们还有时间，也不用那么辛苦。有什么需要随时告诉我，我是最坚强的后勤保障。"

"行了。"林默然笑着在他肩上捶了捶，"快去休息吧，你明天还要卖一天笑呢，也不比我好到哪里去。对了，明天没事别来找我，我做东西的时候，最不能有人打扰。"

林默然其实一直是个挺漠然的人，和唐泽虽然身份相差悬殊，但是不知不觉地熟悉了，一点儿隔阂也没有，甚至于会无所顾忌地开些玩笑。连他自己都觉得挺意外的。

又随意说了几句，唐泽便回去休息了，睡觉前给客房服务打了电话，明天让他们定时送一日三餐进来，挑些滋补养人的。他记得自己看的那些电视电影里，大师做事情都是不眠不休的，可别把人熬垮了。林默然也就罢了，年轻身体好，华语轩可是一把年纪了，不但要定时催吃饭，也得定时催睡觉才行。

林默然一直坐在沙发上看着桌上的金丝楠木，静静地坐到4点钟，然后起身在木头上砍下了第一刀。

渐渐地，一个雏形已经形成了，他一刀一刀勾勒出一个盒子，像是林霍曾经教他的那样。

放空思维看着这块木头，只是看着这块木头，其他什么也没有。让它深深地融入你的记忆，将它放进你的脑中。然后，你就可以动手了……一刀一刀地切割、修改，直到把它变成你想要的形状。

将这个过程记下来，再重复一遍。

学习是一个极其困难的过程，林默然小时候打了无数次的退堂鼓，但是学会之后，重温就变得简单许多。

林默然的房门一直关着，直到第二天下午4点多终于被敲响。林默然刚睡下没两个小时，一夜一天高度集中的精神让他筋疲力尽，说是睡着，其实跟昏过去也没太大差别，以至于唐泽在外面把门都快要敲破了，也没能把林默然喊醒。

只是和唐泽一起来的几个警察，是无论如何也要见到林默然的，不讲半点儿情面。见唐泽敲了半天无果，不由地怀疑道："唐先生，这里面有人吗？"

"应该有。"唐泽摸了摸鼻子，"之前我还听见里面有声音的，这会儿可能睡着了。两天一夜没睡了，所以睡得比较熟。"

"两天一夜没睡？"一个警察不由地道："他在里面干什么，可别是做什么违法犯忌的事情。"

"警官您真会开玩笑。"唐泽笑笑，"他是我高薪请来的一位大师，帮我做个盒子。"

"盒子？"几个警察面面相觑，不明所以，不过还是道："不管怎么样，也要开门喊醒他问几句话，唐先生，请您配合。"

唐泽让服务员拿来备用房卡，其实林默然的门根本没锁，不过因为这家会所的档次非常高，在这里住的人非富即贵，所以警察都很客气，也怕不小心得罪了谁，给自己惹麻烦。

房间里简直像是一群人打过一架似的，满地都是木块木屑，桌上各种形状的刀，跟凶案现场一样。林默然正四仰八叉地在隔间床上睡觉，对一帮人推门而进完全没有察觉。

唐泽看着一地的东西，也不知哪个是能碰的，哪个是不能碰的，生怕谁不小心踩坏了地上的一个木块让林默然前功尽弃，不由地伸手挡在警察前面。

"几位警官。"唐泽正色道："我去喊他出来，麻烦你们在这里等一下。大师脾气都怪，这里的东西我也不知道能不能碰。"

警察也算是这世上接触工作种类最多的一类人，形形色色的人都见过，形形色色的工作都见过，自然也与考古和做古玩生意的人打过交道，知道这些东西属于乍一看不显眼，问一问吓死人的。指不定灰不溜秋的一块木头或一粒珠子，后面能带上一串的零。

他们刚才是从展会上找了唐泽过来的，见了展会的安保，觉得那真是戒备森严，一点儿不比正规军差。所以推断得出，这个唐总的东西肯定很值钱，万一不小心弄坏了，肯定会很麻烦，还是小心些好。

唐泽见几个警察没异议，便自己踮着脚尖从一地的凌乱中蹦了过去，他连给归拢到一边都没敢。万一这一地凌乱其实是有顺序的呢，大家都已经很辛苦了，还是不要制造不必要的麻烦了。

三蹦两跳地到了床边，唐泽看着林默然眼下深深的乌青，犹豫了一下，轻轻推了推他："默然……"

"嗯……"林默然无意识地应了声，不过没有丝毫要醒来的迹象。

唐泽无奈地叹了口气，起身从床头的小冰柜里拿了瓶冰啤酒出来，在林默然脸上一贴。

"啊……"林默然一下子坐了起来，两眼发直地盯着前方，半晌方才缓过口气，表情有些茫然，有些迟钝转过来看唐泽。门口几个看着的警察都差点儿忘了是他们一定要喊醒林默然的，纷纷摇头，觉得唐泽这老板狠啊，这大师也不知道拿了多少酬劳，赚钱可真不容易。

"没事吧。"唐泽有点儿担心道："这几位警官要问你几句话，清醒一下，关于吴鑫的。"

吴鑫？这两个字在林默然脑子里一闪，跟兴奋剂似的让他瞬间清醒了。林默然抓了一把凌乱的头发起了身，踩着一地的木头、工具走到门口，挡着路的一脚踢开，唐泽觉得自己刚才那蹦蹦跳跳的样子十分的滑稽。

"你好，林默然先生吗？"一名警察拿出证件来给林默然看了一下，"我姓王，想问你一些关于金朝房地产总裁吴鑫的事情。"

林默然点点头，带着几个警察走到客厅坐下："吴鑫怎么了？"

王警官道："今天早上吴鑫的妻子来警局报案，说她丈夫失踪了。我们正在记录，恰好又有人送了东西过来，说在郊外捡到一个包，打开一看正是吴鑫的，手机、钱包、身份证……都在。"

"啊？"林默然愣了愣，"那人呢？"

"人不知去哪儿了。"王警官道："目前还没有联系上，所以昨天跟吴鑫接触过的人，我们都要来问问，只是例行公事。"

"哦。"林默然点了点头，没有什么好隐瞒的，只把昨天自己和吴鑫碰面的事情说了一下。其实跟唐泽说的一样，他自己并没有单独和吴鑫见过面，只是多了一部分的叙述，是昨晚上跟叶依依见面的情形。

几个警察皱了眉头："我们也听叶依依说了，她说吴鑫最近情绪很不正常，不过还能够正常处理公司事务，应该不会严重到神智失常的地步。何况他们公司每隔一年就会体检一次，最近一次体检是在一个月前，体检报告显示，他的身体没有任何问题。"

"在发现吴鑫钱包和手机的现场，没有任何打斗挣扎的痕迹。"另一个警察插话道："那么五大三粗的男人，想要一点儿不反抗地被带走，即便是身手再好的人，恐怕也很难做到，所以现在也不能绝对地定性为绑架。"

问了一番，也没有得到新的线索。几个人眼看着林默然的眼皮又开始打架了便告辞了，让他们有了新的线索，再及时告诉他们。

一个两天一夜没睡的人，恐怕现在脑子里一团浆糊，能保持睁着眼睛就已经不错了，再让他想也想不出什么来。

梦游一般地起身送走警察，林默然摇摇晃晃地往房间里走，不待唐泽说话，先叮嘱了一句："桌上的东西别动。"然后又一头栽倒在了床上。

唐泽无奈地摇摇头，依旧踮着脚尖出去关上了门。林默然能一直踩过去，他想想还是不要了，保险一些的好。

　　林默然这一觉睡得特别熟，一直睡到了第二天清晨，睡眠中他又开始做梦了。

古玩情缘 **五枚金花钿**

第十八章 梦中真假

梦中依旧是那一片荒寂的农田，漫天飘着纸钱，阴沉浓重的夜色，两三点鬼火飘浮在荒地上。一个黑衣人背对着他坐在一个坟茔前，那坟只是一堆黄土，而黄土的表面慢慢地渗出血来。

恍惚间黑衣人的背影和前几日街口看到的身影重叠起来，那么像自己的父亲，可又差了点儿什么。林默然想要扑过去到他正面去看看，却没提防被脚下的东西绊了一下，摔倒在地上。

地面很硬，碎石凌乱。当他揉着眼睛睁开眼时，却忍不住地尖叫起来。

那绊倒他的不是别的东西，而是一个人，正是警察在找的、不知道是失踪还是被绑架了的吴鑫。

他摔下去的时候，正好和吴鑫摔了个脸对脸。只见吴鑫的脸色惨白的，毫无表情，眼睛没有光彩地睁着，像个死人一样。他的颈部被划开了一道长长的口子，血正汩汩地往外涌着。饶是林默然一向自以为是个胆子挺大的男人，可也被这一幕吓得够呛，而且一声惊叫之后，再也发不出声音来。只听见自己喉咙中发出咯咯的声音，想要离吴鑫远一点儿，可是手脚发软，连站也站不起来。

就在此时，背对着他的黑衣人唰地一下站了起来，一把纸钱从他手中洒了出去，纷纷扬扬地落了一地。有几张落在了林默然的脸上，那感觉黏腻腻的，有些湿意，不像是纸，林默然抓起来一看，手上是一张脸皮，虽然扭曲，但

173

还是能看出来是一张从人脸上活生生剥下来的脸皮，黏腻的感觉不是水是血。而那脸皮林默然有些熟悉，似乎是认识的人，可因为扭曲着所以一时又辨认不出来。

好在这只是一个梦，林默然在一身冷汗淋淋中醒了过来。看着窗外透进来的金色朝阳，看看自己还在睡下时的那个房间，他捂着胸口半晌才吐出一口气。

这梦实在是太诡异，太可怕了。虽然他在很久以前就频繁地做类似的噩梦，但是还从来没有可怕到这种程度。

林默然坐在床上好一会儿才缓过神来，实在是解释不了为什么。所谓日有所思夜有所梦，估计是因为最近发生的事情太多，昨天警察又正好问了吴鑫，所以他就自然地将这几件事结合在一起了。

绑架、刺杀、丛林、黑衣人，这都不是好素材，组合在一起自然也不会是旖旎浪漫的风景。

呼了口气，给自己的梦找了个合理的解释后，林默然这才起身洗澡换衣服，打起精神准备出去吃早饭。

昨天一直忙到下午3点，饭也没吃就这么睡了。如今睡好了，感觉饿得前心贴后背，能吞下一头猪。

他一出门便看见客房服务送来了早饭。三人份的早饭那叫一个丰盛，除了一份明显清淡些的是给华语轩的，老人家不能吃得太油腻了；另外的两份根本就不像是早饭的规格，红烧草鱼、蚝油牛肉、葱爆虾球、海鲜粥、香米饭，还有一份据说专门为熬夜的人准备的滋补药膳鸽子汤，里面鹿茸、人参数十种中药。林默然看得忍不住直咽口水。

客房服务离开之后，林默然便不管不顾地大吃起来，狼吞虎咽地两碗饭下了肚才放慢速度，缓过口气开始喝汤。

此时，也不过7点多而已，可能是听到外面的响声，唐泽和华语轩也都陆续起来了。

华语轩看着餐桌上的一片狼藉，又回头从半敞着的门缝看看屋里的一片狼藉，无奈地笑笑对林默然道："真是父子两个，你父亲当年熬了两天两夜仿了碎瓷之后，也是这样的状态，一觉睡醒恨不得把桌子都啃了。"

听华语轩提到自己的父亲，林默然也忍不住笑了笑，确实他小时候也见过林霍那样的状态。虽然非常非常少，十几年里也不过有那么两三回，但是每回醒来之后，他都会将家里所有能吃的洗劫一空。那吃相真是恨不得把桌子都啃了。

想到父亲，就难免想到那天看见街头的那个黑色背影，又难免想到昨夜的梦。林默然隐约觉得两者之间有什么联系，可刚刚睡醒的脑子里一片混沌，根本理不清楚。

看着林默然吃得香，唐泽和华语轩也都压下心里的好奇，先填饱了肚子再说。华语轩虽然没熬通宵，不过也忙到很晚。对他这个年纪来说，已经有点儿超负荷了。

汤足饭饱，众人来到林默然房里。他房里除了一地的凌乱和半桌子的工具外，最显眼的是两个形状各异的木块。这两个木块都是长20厘米，宽10厘米，一样的厚度，各有5面打磨得十分光亮，但是另外的一面却是凹凸不平，十分复杂。

唐泽低头看了一眼桌面上的照片，再看一眼桌上的两个木块，在心里想象了一下。如果忽略那奇形怪状的一面，只是将这两个木块拼合在一起的话，确实和照片上很像，不论尺寸、形状还是外观，几乎是一模一样。但是这奇形怪状的两个木块，真的可以拼凑到一起吗？唐泽摇了摇头，感觉自己的脑子有些不够用了。古人的智慧真是无法想象，就连仿制也不是一般智商能理解的。

华语轩倒是内行，他将两个木块拿起来细细地看了看，啧啧地称赞了几句，转身从自己房里拿过一张纸来。近了一看这并不是纸，而是一块布料，也就A4纸大小，不知道是什么材质的，卷起来也就一点点大。

"华老，这是什么？"唐泽不由地道："藏宝图吗？怎么不是纸的？"

"小唐，你知道圣旨是用什么写的吗？"华语轩科普道："在古代布是很值钱的东西，皇室贵族都喜欢用这种东西写字。唐明皇那种身份，要是给心爱的妃子写点儿什么，十有八九是用锦帛。他又没打算能传百年，自然也不用考虑是不是能存放的问题。"

"倒是也没错。"他拿起这张虽然看不出是新写的、但是字迹清晰的地图，

"从唐朝传到现在的东西，却依旧这样清晰，保存这么完好，会不会有些说不过去。"

"这就是鲁班盒的神秘所在了。"华语轩道："传说鲁班盒是一个可以隔绝外界一切气息的箱子。所以在鲁班盒中的东西，只要你是遵循规律，用钥匙打开的，放进去什么样，拿出来就是什么样。但你若是用其他方式打开，东西就会遭到破坏。"

"这也行？"唐泽觉得有些不可思议，"这都21世纪了，这样的传说也能当真。"

华语轩呵呵一笑道："威廉姆斯都会相信宝藏这个神话，为什么不会相信鲁班盒这个传说。唐帛、古墨，除了写字的人不是唐朝的，其他都没有问题。威廉姆斯又不知道李隆基的字迹是什么样子，说不定跟我也差不多呢。"

唐泽摇头无语。不过这唐帛加古墨，华语轩也是用了心思的。这个计划的最高宗旨，就是舍得不孩子套不着狼啊。不是孩子不值钱，实在是狼太凶残。

林默然将地图拿来看了看，叠成小小的方块，慎重地道："华老，这地图您跟盛伯伯确认过了吧。没问题我可放进去了，放进去以后可就拿不出来了，改也没法改了。"

林默然做的这个鲁班盒也是一次性的，而且比原版的更决然。一旦钥匙插入，盒子就直接分崩瓦解，成为大大小小的木块。到时候就算是鲁班再世，都拼不回来了。

林默然这问题一问，华语轩还没答复，唐泽先一挥手道："放心吧，绝对没问题。我跟华老昨天研究了一天，真真假假，假假真真，天衣无缝。"

"而且只要大方向没问题就行。"华语轩道："这可是唐朝地图，本身和现在就有诸多不同，何况我们现在是以实地为依据。老盛以前学过地质，弄过考古，一年中大部分时间都在野外，这方面他再熟悉不过了，不会出错的。"

林默然点点头，将那一小卷布塞进木块中间的一个凹陷处，左右手各拿半个木块道："那我可就封盒子了，落手无悔。"

哪怕林默然能再熬一天一夜再做一个鲁班盒，也没办法再找一块同样的金丝楠木，这东西现如今是真正的可遇不可求。

唐泽盯着林默然的手，看着那两个奇怪的切面渐渐靠近，然后伸出来的柱体探进另一半的镂空处，凹陷的半圆被另一个奇怪角度伸过来的圆柱形扣死，两个没有一点儿相似处的面，在啪的一声中，严丝合缝地拼了起来。甚至于仅仅凭借肉眼，都看不见上面的缝隙。

"好了。"林默然将盒子往上一抛一接，自己看来也是挺得意的，"这还是我第一次用这么贵的材料做鲁班盒，感觉就是不一样。下第一刀的时候，手还有点儿抖呢。"

一块千年沉阴金丝楠，这要是一刀刻坏了，那就前功尽弃了，所以他心里的压力不是一般的大。

唐泽接过鲁班盒看了看，再细看盛国强他们拍下的威廉姆斯手中的鲁班盒的照片，觉得两者基本没有区别。就连顶上的 5 处金花钿的缝隙，也是林默然比划着他们手中金花钿的形状来的。

"非常像，几乎跟真的一样了。"唐泽毫不吝啬地使劲夸了林默然几句，好像他见过真的一样，"真看不出来，默然是真人不露相啊。那些手艺比你好的肯定没你年轻，比你年轻的手艺肯定和你差远了。就算是天大地大，有一个跟你一样年轻，手艺一样好的，也不可能比你帅，我要是个姑娘肯定哭着喊着要嫁给你。"

林默然被唐泽夸得一身的鸡皮疙瘩，本来还挺得意的，想自己夸自己两句，被他这么一夸反倒不好意思了。

华语轩含着笑看两个小伙子吵吵闹闹的，但凡是他这个年龄的老人家，只要不是性格特别孤僻的，都喜欢看晚辈在一起热闹，看着他们就好像看到了自己的年轻时代，也好像看到了未来。这个社会正是因为年轻人而朝气蓬勃，生机满满啊。

正热闹着，唐泽的电话突然响了，拿起来一看是个陌生号码。陌生号码在唐泽的心里，不是办卡的就是卖房子的，懒洋洋地接起来"喂"了一声，就听那边一个熟悉的声音道："您好，请问是唐泽唐总吗？"

唐泽蹭地一下就坐正了，连带着一旁的林默然和华语轩也都坐正了。

这声音熟悉啊，不正是昨天陪着威廉姆斯来的薛文斌吗？看来威廉姆斯终于按捺不住了。

唐泽的脸色虽然一下子严肃起来，可是却忍不住嘴角上扬。这威廉姆斯来的真是太是时候了，坑已经挖好，就等人来跳了。

"您好，我是唐泽。"唐泽答道："您是哪位？"

唐泽这样的人也是有一定身份的，虽然不是日理万机，也是很忙的。见过一次的人记不得很正常，听不出电话里的声音就更正常了。

"我是薛文斌。"那边薛文斌的语气十足的客气，"唐总您还记得吗，前天下午我和威廉姆斯先生一起参观了您的唐朝古玩展。"

"嗯。"唐泽故意些冷淡地道："薛先生有什么事吗？如果还是为了金花钿的事，我想我已经说得很清楚了。"

唐泽深谙说话处事之道，对薛文斌这样的人一定不能把自己的姿态放低。你低了他可不觉得你是平易近人，你低了他就高了，但是你一高他自然地就低了。薛文斌如此，在他面前，唐泽不愿意少一点儿矜持。

谁主动，主动权就在对方手里。商场上便是如此，你主动就证明你着急，你需要。既然你着急别人不急，那么你付出的代价就要比别人多一些。让对手看穿底牌是最糟糕的一件事。

"是是，唐总已经说得很清楚了。"薛文斌陪着笑道："不过最后您也说了，如果威廉姆斯先生有了新的购买原因，还是可以继续和您接洽的。"

唐泽哈哈一笑道："不错，那么现在在薛先生给我打电话的意思，是不是威廉姆斯先生有了新的想法？"

"正是这样。"薛文斌道："威廉姆斯先生回去仔细地想了想，他觉得唐总说的话非常有道理。若是能从前人宝贵的遗产中，挖掘出更宝贵的东西，那才是赋予了古董更高的意义。"

唐泽对林默然和华语轩做了个搞定的手势，脸上的笑虽然已经绷不住了，不过语气依旧严肃地道："如果是这样的话，不妨约个时间，我可以再听威廉姆斯先生详细地说一说,怎样挖掘金花钿更大的价值。请你转告威廉姆斯先生，我希望这是个愉快的双赢合作。"

薛文斌在那边连声应了，又和唐泽约了见面的时间、地点，这才挂了电话。

看来威廉姆斯虽然沉默了两天，但是可比他们急多了。现在是上午9点，薛文斌和他们约的时间是中午11点。说是要在汇贤楼的包厢请唐泽吃饭，作为唐泽举办展览让他开了眼界的回报。

"看来威廉姆斯装绅士已经装习惯了，这文绉绉的。"唐泽笑道："还请我们吃饭，作为看展览的回报。他真是太客气了，我们要什么自然会自己动手的。"

众人说笑一番，唐泽和林默然换了衣服打算去赴约。因为吃得太饱，为了中午那顿还能吃得下，索性慢悠悠地晃过去。

看来无论威廉姆斯还是吴鑫，他们都是为了金花钿特意赶来的，所以住的地方都是以唐泽他们住的会所为参照。威廉姆斯请客的这家汇贤楼也在附近，穿过一条街就到了。这个距离其实很尴尬，走路稍微有点儿远，但是开车又太近。

街上的人不多，两人顺着街道慢慢地往前走。林默然突然脚步一顿，然后快走几步往前追去。

唐泽吓了一跳，不知道他发现了什么赶忙跟上，却见他一把拽住前面一个穿着黑衣的人的肩膀："喂……"

那人回过头来，是个 30 多岁的中年人，一脸的疑惑问："干什么？"

林默然愣了愣，放开手抱歉道："不好意思，认错人了，以为你是我朋友。"

好在因为要赴宴，为了在威廉姆斯面前撑面子，两人穿得都很讲究。唐泽的衣服自然不用说，休闲时候是洞洞裤洞洞衫，参加宴会的行头却都是量身定制的国际大品牌，配上领带、袖扣、腕表，加上好身材、好长相，简直是十人九慕。

林默然倒没有太贵的衣服，就一套 3000 块的报喜鸟，还是特意为了跟人谈大生意时穿的。不过他和唐泽身材差不多，这几天一直穿着唐泽的衣服，倒是也合他的气质。

那人被吓了一跳自然有些不悦，不过看看两人一身正规装扮也不像是不良青年，估计是真的认错人了，也没说什么就匆匆走了。

望着那人离去的背影，林默然的神色有些茫然，唐泽有些担心，小心翼翼地问道："怎么了？"

林默然摇了摇头半晌道："我认错人了，我以为刚才那个人是我的一个朋友。"

这事情没法说，说他以为那是他失踪了近 10 年的父亲？别说是唐泽，即便是盛国强，也一定会觉得他有些忧思成疾了。

不过让林默然意外的是，唐泽看着那人消失的背影，摸了摸下巴，道："你别说，这人跟我有个朋友也挺像的，难道现在流行这种装扮。"

黑裤子、黑鞋子、连帽的黑上衣，将整个人遮得严严实实，从后面看就是一团黑色。

林默然没想太多，怕唐泽再追问什么，匆匆收回思绪道："走吧，咱们虽然高姿态，但也别让威廉姆斯等太久了。"

姿态是要摆的，诚意也是要有的。正所谓刚"刚柔并济，松弛有度""打一巴掌给一个蜜枣"，都是很有道理的。

那个穿着黑衣服的背影已经消失在人群中，唐泽"嗯"了一声收回视线。

眼下事情太多，太重要，所以一切与此无关的话题，分不出心去考虑。

汇贤楼是家古色古香的饭店，一栋 3 层小楼，历史悠远，文化底蕴深邃。据说前清时期这地方就广迎八方来客，经历了百年风雨，几经易主却屹立不倒。现在，这地方特别适合那种既觉得自己有文化，又觉得自己有钱的客人。

林默然他们到汇贤楼的时候，薛文斌已经候在外面了，看着两人过来远远地迎了上来。

"唐总，您来了，欢迎，欢迎。"薛文斌并不老的脸笑得一脸褶子，"您没开车，早知道我过去接您了。"

唐泽跟薛文斌握了握手道："不远，顺便转转。"

"是是，不远。"薛文斌将两人往里让，"就怕您事多抽不开身，所以特地找了家离得近的。"

林默然心里直叹气，这人为了赚钱也真是不容易啊，还不如他亲戚曹续呢，虽然名声不好，但是好歹大部分时候都颐指气使、昂首挺胸的。

梅字包厢里威廉姆斯早已经在等着了，他手边的位子上放了个黑色的箱子。站在身后的还有两个非常壮硕、戴着墨镜、表情严肃的年轻男人，都不用介绍，他们俩就差没在脸上写出来：我们是保镖。

威廉姆斯还是一副英伦绅士风度，见了唐泽和林默然进来忙起了身，特别热情地迎了上来，给了唐泽一个拥抱，"唐总，很高兴再次见到您。林先生您好，也很高兴见到您。"

那感觉好像是多年不见的生死之交，热情得简直让人无法形容。

一番寒暄之后众人坐下，几句话之后便切入正题。

"我来过中国很多次，见过很多中国人，其中有很多非常出色的。"威廉姆斯用一种赞叹地语气道，"不过唐先生在我见过这些出色的人中，也是顶顶的这个。"威廉姆斯竖了竖大拇指。

他确实来过中国很多趟，也认识了很多人，而且因为他来的那些时候，中国正处于觉醒前短暂的混乱中，所以得以浑水摸鱼占了不少便宜。

唯一吃亏的可能就是林霍那一次了，只是那次跟头栽得太大。那次威廉姆斯几乎是伤及肺腑了，可最叫他咽不下这口气的是，赔了大半身家，却连是被谁坑了都不知道。明面上的人一个个都走的是合法程序，一张张合同白纸黑字是他自己签的。暗地里的人他唯一有印象的就是卖给他碎瓷的那个人，可那个人后来犹如石沉大海一般，他不是没打听过，但是一无所获。

或许那人只是幕后主使不知从哪里雇来的一个伙计，什么都不知道，将东西卖给他之后，又被送了回去。中国那么大，若根本不是古玩圈里的人，确实是无从找起。

那一次之后，威廉姆斯再也没有踏上东方这片土地。一直到最近听说有人在出售金花钿，实在压不下内心蠢蠢欲动的念头，这才忍不住重新出山。而让他隐约觉得有些不好的是，这次打交道的人，比起以前的对手要精明的多，势力也要大的多。

他从来不敢小看这些仗着父辈成功因此挥金如土的富二代，这个群体中，只会花钱的酒囊饭袋自然是有，但是也不乏精英。他们接受了最好的教育，从小受到家庭环境的熏陶，眼界比父辈开阔，头脑比父辈灵活，手上能利用的资源也比父辈丰富，是一个能量巨大不可小觑的群体。

而且现如今的中国稳定强大，不再是顶着个外国人头衔就可以为所欲为的时代了，外国人在中国犯了法一样是要坐牢的。前几日未来中国时，听了薛文斌的建议做了个冲动的决定，可不但没解决问题反倒多了一颗定时炸弹，叫威廉姆斯几个晚上都没有睡好。

此时，唐泽和林默然就坐在对面，两个正是最好年纪的年轻人，英俊帅气，腰背笔直，让威廉姆斯心中不由地生出些垂垂老矣的感觉。

"威廉姆斯先生也是我见过很特别的外国人。"唐泽道："一眼看上去，便觉得您是个睿智、博学、有风度的贵族绅士。"

第十九章 合作

　　林默然低头喝茶，牙齿泛酸地听着两人假惺惺地互相恭维，并且毫不脸红地接受夸奖，知道这是双方在释放一个友好的信号。

　　就算是两个坏人，合作也要建立在表面的互助互信的基础上，互相认可可以说是合作的第一步。

　　互相夸奖完了，威廉姆斯直入主题，"看得出来唐总是个爽快人，我就不兜圈子。贸然地问一句，唐总这次办唐朝主题古玩展，重点是不是为了推出这枚五色宝石金花钿？"

　　"不是'重点为了'，而是'就是为了'。"唐泽纠正了一下，"我还没有穷到要靠拍卖家里的古玩过日子。可如果仅仅拿一枚金花钿出来做展览，也未免有些不像话，所以其他的只是个陪衬。但是我相信我要找的人一定会明白，他一定会在一屋子的古董中，看见这枚金花钿。"

　　"是。"威廉姆斯道："唐总这个主意非常好，只是这件事情……嗯，太过隐秘了些，所以我根本没想过还有知道它的人存在。直到那日听了您的一番话，回去想了想才恍然大悟。"

　　威廉姆斯虽然是个外国人，却是个中国通。外国人研究中国历史，虽然因为文化背景的不同可能有些地方会吃些亏，但在有些地方也有优势。同样的一段文字，正统的学者可能只会从一个方向去想，但是一个外国人可能会有五花八门、千奇百怪的理解，有时虽然让人啼笑皆非，但有时却也有意外

的惊喜。

在钻进牛角尖后，换一个角度看问题，或许就是这个意思。

"那您现在相信了？"唐泽微微一笑，"大家的时间都是非常宝贵的，如果这次威廉姆斯请我来还是说些无关紧要的话题，那吃这顿饭可就没意思了。"

"自然不会浪费唐总的时间。"威廉姆斯也笑了笑，"为了表示我的诚意……"威廉姆斯摆了摆手，让身边的保镖将放在一旁的保险箱拿了过来，在输入一串复杂的密码后，啪的一声箱子开了。

箱子里是一个长方形的木盒，盒子上光滑平整连雕花也没有。这盒子看起来似乎没有什么特色，但是在灯光下细细地看却流光溢彩，仿佛有金色的液体会从中渗出来一样。

威廉姆斯什么也没说，只是将盒子展示出来，然后静静地看着唐泽。这是个试探，看看唐泽到底知道多少。威廉姆斯这几天细细地想了想，如果能找到一个有足够能力的人合作倒不是件坏事。并不是说他愿意和人分那一份宝藏，而是他越想越觉得这件事情难度太大了。

如果是在 30 年前，哪怕是在 20 年前，他也不会有半点儿与人合作的想法。没人嫌钱多，金山银山少了一半的感觉也十分不好。可现在不同，他已经没有那么多时间去等、去找了。20 年或者 10 年，甚至 5 年，岁月不饶人，他不确定自己还能有多少年充沛的精力。时间对他来说太宝贵了，不能浪费在没有头绪的寻找中，宁可舍去一部分换一条捷径。

保险箱一打开，包厢里众人的目光便都被吸引了过去。看起来除了威廉姆斯，这里还没有人见过这个盒子，哪怕是薛文斌也没有看过。

"这就是鲁班盒？"唐泽言语中难以掩饰的复杂，有惊叹，有意外，让威廉姆斯心中稍微舒服了那么一点儿。只是他不知道，其实唐泽最惊叹的是，这个盒子和林默然做出来的那个竟然是如此的相像。甚至让唐泽有种恍惚的错觉，好像这个盒子是从林默然房间里拿过来的一样。仔细一看，细节部分还是有些出入，一个经历了千百年历史的木盒，无论保存得多细致，也难免会有些细微的磨损，而这样的磨损，不对照实物，是根本无法模仿的。

不过现在这不是唐泽关心的，他仔细地看了一下鲁班盒之后道："威廉姆斯先生，我的助理想要确认一下盒子的真假，您不介意吧？"

"当然，当然。"威廉姆斯做了个请的动作，"应该的。唐总爽快的性格我喜欢。和您这样爽快的人合作，是一件最痛快的事情。"

唐泽笑了笑，转脸对林默然点了点头。林默然非常专业地从口袋里摸出副白手套戴上，又摸出副眼镜戴上，唐泽看得十分无语。林默然的视力非常好，但做鉴定的时候，偏偏喜欢戴一副平光镜，也不知道是为了显得自己更像是个学者，还是为了装酷。

林默然对鲁班盒鉴定得十分仔细，从顶到底，从 4 边到 4 角，再到上面插入金花钿的 5 处钥匙孔，一处处细细地看下来，足足看了有 40 分钟。

其实在接触到盒子的几分钟里，林默然就已经能肯定东西是真的了。他这么仔细地看，是为了能更多地记住它的特征。唐泽知道林默然的意思，一点儿也不急，云淡风轻地等着，也不说话，生怕声音会影响他的记忆。

威廉姆斯虽然有些心急，可也不好催促。古玩鉴定本来就是个细致的活儿，一个小戒指拿放大镜看一天的人都有，何况那么大的一个盒子。不过因为他坚信东西是没问题的，所以并不惧怕细致的检查，就是心里有些嘀咕。

古玩鉴赏是一门不但需要极其丰富的知识，而且还需要丰富经验来支撑的技术。一般在这方面有资质的，都是些年纪比较大的专家，至少要有个三四十年的古玩鉴赏经验。而眼前这个助理，和唐泽差不多年龄，不会超过30 岁。一个初出茅庐的毛头小子，唐泽把这么重要的东西交给他来鉴定真的放心吗？

不过事实证明，唐泽是十分放心的，40 分钟之后，林默然终于站直了身子，摘下手套对唐泽道："唐总，东西没有问题。"

私下相处的时候，林默然都是直接喊唐泽，好像还是第一次那么正经地称呼唐总，自己别扭了不说，听得唐泽也觉得一身的不自在。

不过看着林默然的眼神，唐泽什么都明白了。有时候，他和林默然有种特别的默契，一个眼神也能沟通。可惜他是个男的，要不然真是可以发展成红颜知己啊。

见林默然点了头，东西肯定没问题了。唐泽看向威廉姆斯，嘴角带着点儿笑意，"如果我没有理解错，威廉姆斯先生的意思是愿意与我合作了？"

拿出自己最大的筹码，如果是对手，那就是挑衅。如果是合作，那就是诚意。

"是的，我有意向和唐总合作。"威廉姆斯道："这是我的诚意，我相信唐总的本事，所以也没拿个假的出来试一试，那样没意思。但是我也想看看唐总的诚意。"

唐泽笑了笑，往后靠了靠，两手在身前交握道："我有3枚金花钿，在中国我有比威廉姆斯先生更方便的关系，更广阔的人脉，更多可以利用的资源。诚意这东西不是能说得清楚的，我相信合作之后，威廉姆斯先生一定会对此很满意。"

果然，威廉姆斯在听见唐泽说自己有3枚金花钿的时候眼前一亮，有些克制不住自己的激动。

"您有3枚金花钿？"威廉姆斯喃喃地道："唐总，您是说，您有3枚？"

"对。"唐泽微笑着看着威廉姆斯的失态，觉得这个人已经被抓在掌心跑不掉了。

威廉姆斯这一刻的欣喜难以掩饰，可以说，在唐泽还是少年时候，他就开始找这几枚金花钿了。十几年的时间只找到了2枚，还有3枚犹如石沉大海，茫茫无踪。虽然不久前第3枚出现，现在看来已经落在了唐泽的手里。集不齐5枚金花钿，即使他手中有鲁班盒，也起不了任何作用。

他也一度怀疑过鲁班盒的说法，想要强行将盒子打开。他拿着鲁班盒找过许多相关方面的专家，得到的答复都是想要强行打开盒子很容易，直接劈开就是了，但是想要不用钥匙，但是又按照制造者设计的程序打开，这就办不到了。

不过被咨询的人都表示怀疑，一个远古传下来的盒子，第一，里面的东西经过了那么长的时间，估计已经破烂不堪了，就算是拿出来也未必还能用。第二，一个盒子而已，不管里面有什么机关暗器，也没有道理打开就不坏，劈开就坏。何况按照威廉姆斯的说法，里面可能是一张纸，顶多弹出把小刀什么的把纸扎几个洞，影响应该不大。

威廉姆斯最终还是忍住了。中国历史悠远，文化博大精深，有很多无法想象无法理解的事物，你根本没办法想到他们是怎么做到的。但是那么多事实放在眼前，让你不得不去相信。

如今鲁班盒就在桌上，两枚金花钿在自己手中，还有3枚金花钿在唐泽手中。威廉姆斯觉得自己这么多年的寻找，终于看到了曙光，看到了希望，金山银山终于露出了一个璀璨的身影。

"是的。"唐泽有些得意地道："我手上有3枚，如果我猜得不错，威廉姆斯先生手上也有，加上这鲁班盒，我们的合作就可以变得非常美妙了。"

威廉姆斯的激动劲儿过去了一些之后，终于慢慢冷静下来，拿起桌上的茶杯，喝了一口早已经冷了的茶，舒缓了一下情绪，脸上慢慢散出微笑来，"是的，我手上有两枚。这一定是个非常美妙的合作，不过我还是想看一看唐总手上的金花钿，可以吗？"

说到底，威廉姆斯还是谨慎的，虽然心里已经相信了大半，可终究是耳听为虚眼见为实。他自觉已经把底都兜给了唐泽，不见一见唐泽的底心里不安。

"当然可以。"唐泽道："不过金花钿我没带在身上，这种宝贝也不能随身带着不是。"

"那是自然。"威廉姆斯连连点头。他把鲁班盒带来是为了给唐泽看。一来，让唐泽放心；二来，也看看唐泽的眼光，让自己放心。二者缺一不可。

但是唐泽自然不可能把金花钿随身带着。他那展会上还有那么多件古玩，其中不乏价值连城的珍品。虽然展会已经结束了，东西未必会那么快撤走，安保肯定还是很严密的。金花钿被放在那里才是最保险的。

该谈的谈完了，吃饭就轻松随意多了。

"今天中午，谢谢威廉姆斯先生……"唐泽话还没说完，薛文斌的电话突然响了起来。在和别人的交谈中接电话，这是很不礼貌的行为。威廉姆斯瞪了他一眼。

虽然骨子里是个骗子，谋财害命的事情都做得出来，但威廉姆斯已经习惯了装，特别注重礼仪。薛文斌是个小混混出身，不拘小节，对于威廉姆斯这种力求将优雅表现在方方面面的所谓绅士，觉得大家都是为了钱，何必装得那么累。

但是无奈谁出钱谁就是老大。威廉姆斯虽然光景不复从前，可资金还是相当雄厚，给出的酬劳也很丰厚。所以拿了钱的薛文斌，不得不凡事多忍耐着。他陪着笑道了声抱歉，赶忙把电话按了一下，然后低头看了一眼。

虽然薛文斌没说什么，但林默然眼尖还是一眼看出，他的脸色变了一下。即使薛文斌在竭力掩饰，却还是克制不住这条消息带来的震撼和恐慌。

唐泽只当作无事，顿了顿继续道："谢谢威廉姆斯先生中午的款待，我非常满意。今天晚上不如就由我做东，大家再聚一聚，就在西景阁如何，晚上我派人来接您。"

西景阁就是唐泽所住的会所的名字，不是西洋景色而是西湖景色的意思。从西景阁的湖景房中，可以看到完美的西湖景色。西景阁也有餐饮，不过不对外开放，只为入住的客人提供服务，价格不菲，但东西也很不错。

"好，那我就恭敬不如从命了。"威廉姆斯心情很好，"不用您来接我，到了时间我自己过去就好，几步路的事情。唐总事情也多，不耽误您的时间了。"

"也好。"唐泽也只是客气一下并不勉强，起身过来和威廉姆斯握手，"威廉姆斯先生，晚上 5 点恭候您的大驾。到时候我们就可以真正开始谈合作的事宜了，不瞒您说，我甚至有些迫不及待了呢。"

威廉姆斯哈哈一笑，和唐泽握了握手道："我也有些迫不及待了。"

这次的相谈十分愉快，威廉姆斯一直将唐泽送到酒店门口，一直到他们的背影消失在转角，嘴角还带着笑意，只是转过身的时候，看见薛文斌苦着个脸，才不由地皱起了眉。

"怎么回事？"威廉姆斯有些不悦地道："我不是说过很多次要注重礼仪。唐泽是个有身份的人，不是我们以前遇见的那些。在他面前留下不好的印象，对我们没有好处。"

薛文斌的脸色更苦了，左右看了一下，低声道："老板，出事了。"

"出什么事了？"威廉姆斯现在最怕听见"出事"这两个字。愿意和唐泽合作，让他分一杯羹，就是因为他觉得自己没有太多时间了，而任何意外都会无限期地将成功往后拖延。

薛文斌的声音压得更低了："查文兄弟出来了。"

"什么？"威廉姆斯那一瞬间没控制好自己的音量，问了一声之后也反应过来，连忙压下声音，怒视了薛文斌一眼，"回去说。"

现在他们正站在聚贤楼的大门口，虽然这里清静，没有人来人往，但也不是个说事情的地方，何况是那种绝对见不得人的事情。

薛文斌脸上苦心里更苦，见威廉姆斯已经转头往酒店走了连忙跟上。他此时后悔不迭，将自己那个同母异父的兄弟曹续骂了个狗血淋头。

要不是曹续想从中多赚一份手续费，也不会节外生枝，不会给林默然和唐泽可乘之机，让他们和王坤的关系变得如此之好，导致威廉姆斯不得不出手想要解决这件事情。可这人凶残惯了，直接想一次解决问题永不复发，却没料到唐泽他们命够硬，运气也够好，两个亡命之徒没能把他们解决，自己竟然被警察抓了。

回到酒店，进了房间，关上门，威廉姆斯才沉声道："怎么回事？"

"查文兄弟他们越狱了。"薛文斌干涩地道："刚才给我发了条消息。"

"他们怎么会越狱？"威廉姆斯觉得简直不可思议，"昨天问不是还说在昏迷中吗？怎么今天就跑了？"

"好像是装的。"薛文斌道："装病一直在医院就医，今天看守松懈了一点儿就跑了。他们两个是亡命之徒，抓到了也是死，肯定要逃的。"

威廉姆斯烦躁地在房间里转了个圈，他自己就曾经是个亡命之徒，所以最怕的就是这样的亡命之徒。这种人不跟你讲道理，不跟你讲人情，达不到他的要求，他真能做出同归于尽的事情来。

"他们给你发消息说什么？"威廉姆斯停下脚步盯着薛文斌，那表情甚至有些恶狠狠的。

"说……要钱。"薛文斌咽了咽口水，"要 1000 万，说内地待不下去了，要赶紧离开，还让我们提供方法送他们出国。"

威廉姆斯的绅士形象终于维持不下去了，骂了一句脏话，怒道："1000万，他们怎么不去抢。还要我们送他们出国，他们那两张脸现在肯定是全国通缉，怎么出国，还没到机场就被抓走了，到时候我们都得完蛋。"

买凶杀人，杀的还是唐泽这样的有钱人，到时候你想和解都不行。人家根本不稀罕你这点儿赔偿，就是要出口气。

威廉姆斯抄起桌上的烟灰缸砰的一声砸在地上，指着薛文斌道："你，你当时怎么跟我说的，这两个人是专业的，凶狠无比，从未失手，事后往边界的深山老林一钻，根本没人能找到……结果呢，人家唐三少还不是好好地站着，除了脸上有点儿伤，一点儿事都没有。事情没办成，我都没让他们把订金吐出来，他们还有脸来找我们要钱？问他们怎么不去死！"

好在房间是铺了地毯的，烟灰缸砸在上面，发出一声沉闷的响声并没有碎。

薛文斌诺诺地应着，不过他当然不敢发短信问查文兄弟怎么不去死，只能在心里想着这次也是够背的，刺杀遇上绑架，绑匪和人质还成了一伙。自己在道儿上这么久，还从未遇到过这样的事情。

要不是有那几个绑匪，单凭唐泽和林默然两个人是绝对逃不过这一劫的。不过说起来，薛文斌想想今天吃饭时候文质彬彬的唐泽和林默然，觉得他们也不是省油的灯。别看外表都斯斯文文的，把查文兄弟打成重伤，手也够黑的。

威廉姆斯暴躁了一会儿，渐渐地冷静下来，他当然知道事情不是靠骂就能解决的。那是亡命之徒，是脑袋拎在手里的。所谓狠的怕愣的，愣的怕不要命的，这事情要是解决不好麻烦可就大了。

威廉姆斯点了支烟，在沙发上坐下，脸色阴沉地道："先说好话，稳住他们。"

薛文斌有些意外，不由地道："然后呢？"

"然后？"威廉姆斯冷笑一声，"1000万，连两个手无寸铁的普通人都解决不了的杀手，也配要1000万，你觉得我的钱都是天上掉下来的吗？"

"我就怕他们这个时候坏我们的事。"薛文斌有些犹豫，"可千万不能让唐泽……"

"这是自然。"威廉姆斯打断他的话，"所以才要稳住他们，告诉他们，钱有，但是不连号的现金不够。筹钱需要时间，让他们小心躲好等几天，筹到了就联系他们。"

薛文斌依言将消息发了出去，心里也有些不痛快地道："就这么便宜了他们？"

"便宜他们？"威廉姆斯吐出一个烟圈，"没那么好的事情，1000万……我宁愿花1000万去找一队雇佣兵把他们切成块儿，也不会被他们威胁。这俩人真是不守诚信，不过话说回来，幸好找了两个饭桶，要不然的话，也没机会知道唐泽身上有 3 枚金花钿。"合作倒是能省不少事，若是地宫中真有传说中的宝藏，哪怕只有一半也足够了。

不过威廉姆斯开始说的几句话语气太阴森了，让自以为在黑道中摸爬滚打了半辈子的薛文斌也忍不住打了个冷战。

只是此时的威廉姆斯只是说气话而已，几个小时之后，他却是真真正正地恨不得将这两个人切成碎片。

晚宴设在西景阁的听风楼，包厢不大，正中一张十人桌，旁边一组沙发。屋顶美轮美奂的水晶吊灯，仿的是三潭印月，将窗外的景和屋内的形完美地融合在一起，似幻似真，如梦如镜。

约的时间是 5 点，威廉姆斯提前 10 分钟到了，唐泽也已经准时等在了包厢里。不过只有他一个人，林默然并不在。

对于那个年纪轻轻却被唐泽誉为大师的小伙子，威廉姆斯印象还挺深刻，他左右望了一眼道："咦，怎么林先生没来？"

"小林下班了。"唐泽道："他是我请来负责鉴定工作的，今天晚上没有需要他鉴定的，倒是这几样东西需要威廉姆斯先生鉴定一下。"

沙发前的茶几上，放着 3 个一模一样的盒子。唐泽见威廉姆斯进来后，也不急着请上桌吃饭，而是对着茶几的方向示意了一下，他明白要是不给威廉姆斯看看东西，这顿饭他估计吃得心里也不安稳。

茶几边还站着两个穿着黑色西装面无表情的男子。虽然一动不动，但是从他们胳膊上鼓起的肌肉就能看出绝对是一等一的好身手，这是唐泽请来的保镖。唐泽以前不觉得自己已经精贵到了需要请保镖的地步，但是这几天想了又想，跟威廉姆斯这样的人打交道还是小心为上。

威廉姆斯在看见盒子的时候，眼中就什么也看不见了，直接走了过去。唐泽微微一笑，过去将盒子一一打开，展示在威廉姆斯面前。包厢里的灯光非常明亮，盒子打开，3 枚金花钿映入眼帘。威廉姆斯此时深深地庆幸自己的心脏非常坚强，虽然他几乎能听见自己心跳的声音，却仍能控制住情绪。

"请随便看。"唐泽一抬手，"这几枚金花钿都是我这几年找到的。找大师看过了，都是真品。"

真品与否，对金花钿研究了这么多年的威廉姆斯，自然是能分辨出来的，想要糊弄他绝不可能。所幸他们也没有在这里作假的打算。

威廉姆斯自然不会客气，茶也不喝一口，坐在沙发上，从包里掏出放大镜，仔仔细细地看了起来。

第一个是真的不代表第二个也是真的。前两个都是真的，也不代表第3个是真的。威廉姆斯在这方面一点儿侥幸心理也没有，一个细节也不愿意忽视。一个小时过去，终于他放下了手中的放大镜，脸上欣喜的表情已经是无法掩饰。

鲁班盒有了，金花钿齐了，那么下一步就可以打开盒子了。无数的珍宝仿佛在不远处招手，等待着他们的到来。

唐泽一直耐心地等着，直到威廉姆斯确认无误，才挥手让人将东西装起来，并吩咐服务员上菜，"东西没有问题我们先吃饭吧，金花钿再好也填不饱肚子啊。"

威廉姆斯现在的心情不是一般的好，听唐泽这么说哈哈一笑，拉开椅子坐下，"是的，是的，让唐总久等了，请不要见怪。我找这几枚金花钿很多年了，今天实在是太激动了。"

唐泽摆了摆手示意不算什么，"我完全能理解威廉姆斯先生的心情，我也是同样的心情，恨不得今天晚上就打开鲁班盒。"

唐泽笑了笑，"既然威廉姆斯先生也找了金花钿这些年，想来鲁班盒里有什么也是明白的，我们心照不宣就不用多说了。"

虽然屋子里的都是自己人，但太张狂的话，还是不说出来的好。在巨额的财富面前，谁知道谁会起异心。

威廉姆斯给了唐泽一个明白的笑容："是的，是的，我明白，我明白。"

"那我们这就算是正式合作了？"唐泽举起酒杯，"五五分成，合作愉快。"

对威廉姆斯这种人来说，越是坦白他越是放心。唐泽这时候将五五分成这样的话说出来，也就是为了这个。你要的多，他心里会不痛快，说不定会另起坏心。你要的少，他会怀疑你另有目的。五五分成最公平。

虽然在威廉姆斯看来，他目前出的要比唐泽多一些，但是想了想还是爽快道："好，君子一言，驷马难追。就这么定了，五五分成。和唐总这样爽快的人合作，本身就是一种财富。"

即便现阶段他出的要比唐泽多一些，但这是在中国的土地上，唐泽作为一个土生土长的富二代，后期可利用的资源一定会比他多。对半分也很公平。

"如果今天晚上我们都没有喝多的话，那么吃完饭就可以打开鲁班盒了。"威廉姆斯坐下，看着桌上摆着的一瓶茅台，脸上笑意不散，"不过我实在是太高兴了，很想多喝两杯。"

何止是想多喝两杯，唐泽看威廉姆斯那样子，感觉他简直是想对月高歌一曲了。一扫之前查文兄弟带来的怒火和暴躁，威廉姆斯此时的心情简直可以用非常好来形容。当下和唐泽各坐一方，两人谈笑风生，推杯换盏。

酒过三巡，菜上了一半，突然，威廉姆斯的电话响了。

威廉姆斯顿了顿歉意道："抱歉，我接个电话。"

虽然他觉得在与人交际的时候接电话是十分不礼貌的，但是生怕有事情错过了，因此开了铃声放在兜里。

唐泽不在意地点了点头，随意看了眼手表，心里算着差不多是这个时间了。

威廉姆斯站起身来，拿出电话到了门外，不到两分钟就回来了。出去的时候红光满面，可是此时却是乌云压顶，一张脸阴沉得都可以挤出水来。

"怎么了，威廉姆斯先生？"唐泽关心地问道："出什么事了吗？我看您脸色很难看。"

"没，没什么事。"威廉姆斯虽然说着没事，但脸色一时却转不过来。

"威廉姆斯先生不用和我那么客气。"唐泽大气地说道："既然大家要合作，就都是自己人。若有什么事情是我能帮上忙的尽管开口。唐家根基虽然不在杭州，但是我在这里也有许多朋友。"

"我怎么会和唐总客气，真的没什么事。"威廉姆斯勉强答道，顿了顿又道："是一点儿私事，不用麻烦唐总。不过，我要回去解决一下，今晚的饭局要失陪了。"

唐泽露出很遗憾的表情挽留道："如果不是非常着急的话，不如吃完饭。"

"不了，谢谢唐总款待，我已经很久没有像今晚这么高兴了。"说着，威

第十九章 合作

193

廉姆斯向薛文斌招了招手，"合作的事就这么说定了，我会再和唐总联系的。"

唐泽似乎愣了一下，随即有些紧张地问道："不是关于我们的合作出了什么问题吧，我们不是说好今晚……"

"不不，不是。"威廉姆斯忙道："唐总请放心，是我个人的一点儿私事，可能要稍微耽搁一些时间。总之就在这一两日，我一定会和您联系的。"

唐泽松了口气，"即是如此那我就不强留了，期待您早些处理好手上的事情，我们也好早些开工。据我推测后续的工作量，也会非常大。"

威廉姆斯点了点头，和唐泽告别匆匆离去。啪的一声包厢的门关上，唐泽刚才还紧张的表情瞬间消散，取而代之的是一脸轻松。他让服务生把酒菜撤了重新再上一桌，一边招呼保镖兄弟不要客气随便吃，一边掏出手机给林默然打了个电话。

林默然此时正和华语轩一起等在一个地下室里。地下室门口停了一辆黑色越野，这车刚刚才从聚贤楼后的临海酒店呼啸而来，车门哗的一声打开了，里面走下两个一身黑衣的男子，怀里抱着个保险箱。

地下室大门哗的一声打开，林默然精神一振地迎上去。

"林先生。"抱着箱子的人走进来，将箱子往桌上一放，"东西来了。"

"好，辛苦了。"林默然忙应着，给两人递了根烟。

两个男人并不见外，笑了笑接了，其中一个点了火道："这到底是什么东西啊，我们能看看不，跟夺宝奇兵似的，没想到做古董还做得那么刺激啊。"

这两个男人倒是并不高大，但是非常精干，身上有种特别的气质，给人的感觉像是两只豹子。虽然这一刻是懒洋洋地趴着打哈欠，但是一旦有了危险或者看见猎物，马上可以一跃而起，亮出锋利的牙。

林默然还没说话，华语轩倒是先开口了，虽然他脸上的表情有点儿兴奋，但是还带着点儿纠结，"哎，我这辈子还没做过这样的事情呢，晚节不保，晚节不保啊！"

众人都忍不住想笑，其中一个男人安慰道："华老，您可别心理负担太重，和威廉姆斯这样的人讲道理，不是对牛弹琴吗？"

"可不是。"另一个也道："这两天我们集中调查了一下，乖乖，他以前做的坏事可不少，手里的人命恐怕也不少。对这种人你不狠狠地坑他一下，简

194

直不能平民愤。"

林默然默默地研究了一下保险箱，心里想着唐泽这次找的人实在是太给力了。据说，这是群特种兵和特警的组合，现在已经不隶属国家了，是个自由工作组，接些自己愿意做的事情。那日晚上打电话约唐泽出去聚聚的，就是他们其中的一个负责人，多少年的老关系了。本来他们打算找个安保公司来做这些事，但终究觉得差了一点儿。一见朋友送上了门，顿时眼前一亮，绝好的人选啊。

唯一的一点，他们接活儿的酬劳少不了，做什么、为什么也得说清楚，绝不容忍伤天害理。唐泽将事情原原本本的一说，果然对方一拍桌子道，要我们干什么，要人有人、要力有力，直接说话就行。这些人很极端，他们对觉得对的事情会竭尽全力，对觉得应该尊重的人会特别的尊重，但是对他们不屑的又特别的心狠。

保险箱怎么打开呢？林默然毕竟是玩古董的，他习惯了面对各种古人设置的机关，但是对现代高科技就不那么熟悉了。见林默然面有难色，其中一个黑高个儿拍了拍他的肩："我来。"

林默然回头看了他一眼，默默地退到后面。只见他从兜里掏出个奇怪的工具，捣鼓了 10 分钟之后，啪嗒一声锁开了。黑高个儿转头向他们眨眨眼，一副很得意的样子。

"唔，很厉害啊。"华老毫不吝啬地夸奖道："我家也有个这样的保险箱，说是什么先进技术，几十位密码，又是指纹识别又是红外射线，这么看 10 分钟就撬开了啊。"

被华老夸奖的小伙子谦虚了一下，"不不，这个保险箱还是不错的，您可以放心用。我这是专业的，那些小偷小摸不会有这技术的。"

保险箱被打开，林默然从里面将鲁班盒拿出来。他听着华语轩和黑高个儿的对话忍不住想笑，要是有人夸他撬保险箱厉害，他估计没法子那么得意。这虽然是门技术，但也不是太值得炫耀的技术啊。

华语轩接过林默然手中的盒子，打量了一番，掂量了掂量道："比你做的那个要轻。"

"嗯，是有点儿不一样。"林默然应了声，打开大灯。别看这屋子不大，却放得满满当当。一张大桌子几台电脑，还有些像是探头一样的东西聚在桌子上方。另外摆着不少工具，一台非常精密的电子秤。看的两个黑衣人睁大了眼睛，只觉得果然隔行如隔山，行行不简单啊。

"小伙子们没事吧。"华语轩看着两个小年轻大眼瞪小眼的，"没事来帮帮，咱们尽快结束啊，免得夜长梦多。"

这边，在林默然和华语轩带着两个前特种兵忙得热火朝天的时候，那边，威廉姆斯几乎要疯了。

第二十章　打落牙齿肚里吞

车开到酒店门口还没停稳，威廉姆斯就推开门跳了下去，60 岁的人了，看起来身体不错，动作还挺灵活。但是他现在的心情，却是非常糟糕。

酒店大堂里，灯火通明，人来人往。威廉姆斯的一个手下正焦躁不安地来回踱步，旁边不苟言笑地站着个穿着西服的人，可能是酒店的负责人。

一冲进大堂，威廉姆斯看见他的手下，一串英语便像是子弹一样地出了口，一点儿停顿也没有。

"抱歉。"酒店负责人迎了上来，不卑不亢地道："您就是威廉姆斯先生吗？我是临海酒店客房总管徐进。"

"你们酒店不是号称 70 年从未出过任何事故吗？不是号称安保绝对严格，24 小时无死角保险吗？"威廉姆斯现在除了想把查文兄弟给切了，也想把这个酒店给炸了。

现在不是动乱的年代，这里也不是穷乡僻壤。这酒店虽然不是杭州最顶级的，但也是五星级的，一个晚上好几千的房费。但就在这样一个酒店里他竟然被偷了，而且丢的正是那个装着鲁班盒的保险箱。

"发生这样的事情真的很抱歉。"徐进表情严肃地道："我们酒店的安保绝对严密，还从来没有过顾客丢失财物的现象。不过您放心，我们一定会负责到底的。无论你丢失的是什么东西，我们酒店都会给您赔偿，并且一定会努力替您将东西追回来。"

"赔偿，你赔得起吗？"威廉姆斯差一点儿吼出来，"你知道我丢的东西值多少钱吗？"

"不论多少钱，我们也不会逃避责任的。"徐进正色道，随后又带点儿疑惑地问道："不过，威廉姆斯先生，在发现客房被盗的第一时间我们就提出报警，但是你的属下制止了，说要等您回来再做决定，这个……可以冒昧地问一声，您丢失的保险箱里是什么东西吗？如果是非法的……"

"怎么会是非法的。"威廉姆斯马上厉声打断了徐进的话，"你要为你说的话负责。"

"抱歉，我不是那个意思。"徐进马上道："但是丢了东西不让报警，您可以给我一个合理的解释吗？不然的话，上面问起来我们也很难回复，而且我们也要为酒店的声誉负责。"

沉默了半晌，压下翻涌的心火，威廉姆斯缓缓地吐出一口气，努力将声音放平缓一些，"丢的东西不是很值钱，而是我的私人物品，所以不想被别人看见。这事情你们先不用处理，让我想一想。"

"好的。"徐进从善如流，但是又不忘严肃叮嘱，"威廉姆斯先生，我们尊重每一个客人的意愿，但是入室盗窃是一起严重的事件，危害的不仅仅是您一个人的安危，所以……"

"好的，我明白，我明白，刚才是我太心急了。"威廉姆斯平静下来，反倒拍了拍徐进的肩，再转身问自己手下，"你是怎么发现少了东西的？"

威廉姆斯手下想了想道："我正在房里待着，外面说有人找，我就出来看了一下。不过我出来时前台说人已经走了，是个五六岁的小孩拿着房号要找我。然后我回去，发现房间的门是虚掩的，保险箱已经不在了。前后最多5分钟，那保险箱接近50公斤，一般的人是根本搬不动的。"

背一个50公斤的人和抱一个50公斤的箱子，可不是一回事。而且箱子的体积还不大，沉甸甸地往下坠。除非是推着带轮子的车来，不然的话可不得了。

小孩什么的不用说是那人给了点儿钱或者买了点儿零食请来的幌子，五六岁的孩子找来也没意义，什么也说不清。

"我马上就找了酒店。"手下接着道，"酒店走廊上都是有监控的，但是不知道为什么，这层楼的监控恰好坏了。我们去监控室的时候，技术人员正在维修，所以这一段时间的监控是空白的，什么也没有。"

此时，薛文斌的电话响了一下，是一条短信。他慌忙拿出来看了看，然后递到了威廉姆斯眼皮底下。那一刻威廉姆斯的表情，几乎想把这个手机给生吞了。

就在众人都以为威廉姆斯要发飙的时候，谁知道他宽容大度地笑了笑，道："可能只是凑巧吧。我想这应该不是小偷行窃，而是一个朋友的恶作剧。你们也不用紧张，报警就更没有必要了。"

徐进愕然道："恶作剧？"

"是的。"威廉姆斯笑道："我这个朋友有点儿不分轻重，刚才给我发条消息，说要给我个惊喜，不过对我来说是惊吓。好在现在不用担心了，只是个玩笑罢了。"

徐进长长地松了口气，"若是那样实在是太好了。威廉姆斯先生，您一定要和您朋友确认一下才好，因为若是真的有失窃行为，我们越早报案，追回失物的可能性才越大。若是时间久了，小偷走远了就很困难了。这不仅仅是为了保障您的利益，也为了保障所有人的利益。"

从威廉姆斯火冒三丈地要追究，到酒店负责人叮嘱一定要严查，威廉姆斯好言相劝，薛文斌在边上冷汗出了一身又一身，只觉得整个人都要虚脱了。好不容易安抚了紧张的酒店工作人员，威廉姆斯一行回到房间。房间门一关上，啪的一声，他便将装饰柜上的一只花盆扫在了地上，脸色铁青。薛文斌擦了擦汗要说话，想想却没开口。这个时候说什么都是往枪口上撞。

倒是威廉姆斯的手下不知轻重道："先生，为什么不报警……"话没说完，装饰柜上的另一只花瓶便飞了过去，擦着那人的胳膊落到了他身后。

"报警，你想我们都进去吗？"威廉姆斯怒道："查文已经发消息来了，这事情就是他们做的，想逼我给钱。丢东西是可以报警，但是报警了对我们有什么好处，他们被警察抓到之后，一定会把我们供出来。到时候一查，好了，我们都不用回国了，下半辈子就都在中国的监狱里度过吧。我这个年纪估计出不来了，你们还年轻，恭喜你们到了我这个岁数，还有出来的希望。"

手下被一顿骂，顿时收声，站到了墙角装作自己不存在。威廉姆斯犹如困兽一般在屋子里转了几圈，停下脚步看向薛文斌。薛文斌打了个冷战，直觉告诉他有什么不好的事情将要发生。

"答应他们。"威廉姆斯道："给他们1000万，跟他们约个地方尽快交易。"

"哦，好好。"薛文斌连忙应着，一边发消息一边道："找个偏僻点儿的地方吧，我知道东郊有个森林公园，晚上根本没人去。"

"嗯，越偏僻越好。"威廉姆斯道："再去给我找个可靠点儿的人，把他们给我干掉。"

薛文斌的短信刚写了一半，咽了下口水，怀疑自己听错了，抬头望着威廉姆斯。

威廉姆斯蓝色的眸子中充满杀意："怎么，找不到吗？要我自己去找吗？"

威廉姆斯有些年头没有踏足中国了，虽然有钱也有势，但不是土生土长，在某些方面确实要差一些。以前他自己带几个手下，或者给当地的混混些钱就什么都能搞定，但是现在没有那么容易了。他也深深地明白这一点，所以才在几经选择中找了薛文斌。但是现在看来，这个人能力也有限，也不是那么手眼通天。说到手眼通天，威廉姆斯想到了唐泽。今天晚上吃饭的时候，站在金花钿后面的两个保镖，可不是一般的人。

像威廉姆斯这样大半辈子都在黑道上混过来的人，有些时候看人特别的准，有能耐没能耐一眼便看得出来。他觉得那两个黑衣人，虽然不说话没有动作，但是往那里一站就不是善茬，指不定都是身上背着人命的。

这若是其他事情其他人，找唐泽帮忙也就罢了。可是这两个人偏偏是请来对付唐泽的，这一帮忙可不就露馅了，到时候就不是帮忙不帮忙的问题了。唐泽那种人表面看上去文质彬彬，背地里怕是也不好惹，你要杀他，他还能让你有好果子吃？

威廉姆斯转了两圈还是道："你去找找人，要绝对信得过、手脚利落的。价钱好说。查文兄弟不是要1000万吗？谁把他们做了，把箱子拿回来，这1000万就是谁的。一手交钱一手交箱子。不过尾巴要处理干净，再有这样的事情，我连你也一起做了。"

薛文斌擦了擦汗连声应好，转身出去打电话。威廉姆斯坐在沙发上，点了根雪茄，看着烟雾袅袅，心里有些不安。

这次的事情有些地方似乎很顺利，有些地方又似乎很不顺利，让他不由地有些纠结，总觉得哪里出了问题，可是细细想想却又实在想不出哪里出了问题。

　　可能是晚上喝的酒后劲儿渐渐上来了，威廉姆斯坐在沙发上，渐渐地有些迷糊，半梦半醒中又想到了20年前最后一次来中国，那一次几乎把身家性命都丢在了这里，简直像是一场噩梦。

　　就在威廉姆斯正焦头烂额时，林默然和华语轩正忙得热火朝天。

　　盒子被高分辨率的摄像头360度地拍下输入电脑，然后自动比对、分析。好在金丝楠里面是一片一片的金光，从不同的角度或不同的光线下看都不一样，不然的话，即便是鲁班再世也模仿不了。

　　但是经过千百年的盒子，上面总是有些小的磨损。因为木头密度不同，里面放的东西不同，所以重量也会有些许不同，而这一切一切微小的区别，都可能被威廉姆斯看出来，都是不允许存在的。

　　两个特种兵看着林默然拿着个精细的小工具，一点一点地从鲁班盒顶部的小缝里往外掏木屑，以求减少两个盒子之间几克的差距，只觉得考古这活儿不是一般人能做的。

　　华语轩在一旁用赞赏的眼光看着林默然做事，越发地觉得这小伙子不一般。认真又仔细，胆大还心狠。刚才有个地方的磨损实在是不好模仿，林默然想了想，索性把鲁班盒在地上狠狠地摔了两下，弄了点儿明显的新伤出来。反正这盒子是落在了查文兄弟手里，难道还指望他们能像爱护眼珠子一样爱护它吗？有点儿新伤也是很正常的。

　　林默然忙了一夜。威廉姆斯在沙发上靠了一夜。第二天早上7点多钟，唐泽打来了第一个电话，先关心了一下他的事情办得怎么样了，又暗示了一下时间紧迫，既然大家已经决定合作了，那就没什么好拖的，越早越好。唐泽特别热情，一再问他有什么能帮得上忙的没有。

　　可是唐泽越热情，威廉姆斯就越是郁闷，而且有苦说不出。只觉得这次，真是自己给自己使了个绊，偷鸡不成蚀把米。威廉姆斯正悔得肠子都要青的时候，薛文斌终于推门进来，见他通着电话不敢说话，一个劲儿地点头做口型，找回来了，找回来了。

第二十章　打落牙齿肚里吞

201

威廉姆斯的语气顿时一轻，换了轻松点儿的声音道："既然唐总这么心急，那么我们就早些打开盒子吧。上午 10 点钟我去你那里。"

"好的。"那边唐泽忍着笑，"那我上午可哪里也不去了，等着威廉姆斯先生的光临。"

挂了电话，唐泽看着正坐在一边吃早饭的林默然，忍不住地笑："谈好了，威廉姆斯 10 点钟过来。我估计他拿到你做的鲁班盒了，开始的时候接我的电话还东扯西扯的，突然换了语气说要早些打开盒子。"

"嗯。"林默然应着，"你这几个朋友很给力，不但身手好演技还好。昨天夜里那场戏可惜你没看到，我可是在车里看了。就算薛文斌从头到尾拍下来了也找不出破绽，还以为真的把查文兄弟弄死埋了呢。对了，那 1000 万我让他们带走了，不能让人家白出力气。"

林默然自然而然地说着，说完回味了一下，觉得自己可能是跟唐泽相处久了，也开始有些财人气粗了。1000 万这样的数字从他嘴里说出来，竟然一点儿也不觉得异样。而在不久之前，看着唐泽码在柜台上的 10 万块钱，他还有些眼热心跳的感觉呢。

唐泽只是点了点头："嗯，应该给他们，后面要他们出力的地方还多。何况也不是我们出的钱，威廉姆斯身家可不少，多出点儿不碍事。"

林默然和华语轩也刚回来不久，老人家有些吃不消，睡觉去了。林默然在车上眯了两个小时，这会儿不是很困。他们送去了一个假的鲁班盒，却带回来一个真的鲁班盒。现在真盒子已经和那 100 多件古玩一起放在了守卫森严的地方.这东西怎么处理，大家还没有商量好，想着等这件事情结束了再做打算。

上午 10 点威廉姆斯准时到了，和昨天一样身边跟着薛文斌和两个黑衣手下，其中一个人手里拎着个保险箱。虽然这东西现在被证明也不是那么保险，但有总比没有让人放心。

唐泽准备了一个小会议室，虽然不大但是非常安静，关上门外面一点儿声音也听不见。关上房门，从里面锁上，保险箱打开，鲁班盒放在了桌子中间。同时，保险箱里还有两个巴掌大的小盒子，里面放着的是威廉姆斯手上的那两枚金花钿。

唐泽也将自己的3枚金花钿带来了。虽然据林默然说，现在威廉姆斯手上的这个鲁班盒，想要打开没那么复杂，用几张手机卡就可以了。

当然此时此刻，唐泽是不会将这种荒诞的想法表现出一点点的，甚至于他的表情比威廉姆斯还要严肃。当鲁班盒放在桌上的时候，他看了一眼，然后又看了一眼，皱了皱眉道："这盒子怎么感觉和昨天见的有些不一样？"

一句话说得威廉姆斯心里一跳。林默然听唐泽这么说，也赶忙凑了过来。一起凑过来的还有华语轩，威廉姆斯还没见过华语轩，对唐泽又带了个人来，觉得有些不满。

不管是什么年代，宝藏都是一个神秘的所在，知道的人越少越好。否则的话，争夺一定会越来越多的。这件事情最好是只有他一个人知道。现在逼不得已多了一个唐泽，已经是万般无奈了。林默然是唐泽的助手这也罢了，但是唐泽万万不该四处散布消息。

不过华语轩丝毫也不在意威廉姆斯的表情，将鲁班盒看了又看之后道："嗯，是真东西。"

"是。"林默然接着道："东西应该没有错，但是和我昨日看的稍微有些区别。盒子上有些划痕，似乎是新伤。"

可不是新伤怎么着，昨晚上才摔的。林默然那狠劲儿，看得华语轩都觉得心疼。幸亏摔的是林默然做的盒子，要摔的是真品，估计他得吃两颗速效救心丸了。

"我还没有介绍。"唐泽见威廉姆斯有些不悦解释道："这位是华语轩华老，华老是中国古董界的泰斗人物，特别是在唐朝历史的研究上有着非常深厚功底。不瞒您说，我之所以知道有这么一个鲁班盒的存在，都是靠华老的研究结果。"

原来是华语轩，威廉姆斯的眉头挑了挑，作为一个对中国古董了解至深的人，这样一个如雷贯耳的名字他当然听说过。只是有些不明白，为什么唐泽会跟这种人混到了一起。这可不是贬低华语轩的意思，而是理论上来说，这种人都是非常正统的，有本事但是思想非常固执。你让他考古，一切为了国家，他肯定义不容辞，说不定自己贴钱都愿意。可要是盗墓，你让他挖了往自己口袋里放，那是绝对不可能的。

虽然心里嘀咕着，不过威廉姆斯还是做出一副特别惊喜的表情来："原来这就是华老先生，久闻大名，今日能见到您真的非常非常荣幸。"

华语轩笑了笑，和威廉姆斯握了握手，"我也很高兴见到您，威廉姆斯先生，小唐和我说了您的事情，我们非常欢迎您这样有爱心、有奉献精神的人来到中国。虽然古董是有国界的，但是对历史的研究是没有国界的，这不仅仅是中国的财富，也是全世界的财富。"

估计威廉姆斯是第一次被这么一个有身份的人，这么诚心地夸奖为一个有爱心有奉献精神的人，一时之间都有些不知道该说什么了，愣了愣之后，更大力地摇着华语轩的手道："华老先生谬赞了，谬赞了，实在是不敢当啊。"

虽然唐泽跟威廉姆斯不同阵营，但是也不得不承认，这家伙的中国话说得真不错，连"谬赞"这么标准的词都说得出来。

唐泽向威廉姆斯眨了眨眼道："华老是小林的师长，他听说我们正在做民间历史遗迹的保护工作，非常赞同，因此主动提出帮忙。有了华老的帮忙，我们一定可以事半功倍。"

威廉姆斯虽然不明白唐泽在说什么，为什么寻宝活动变成了保护民间历史遗迹的工作。但是看了他的表情，自然也没有傻到当场提出疑问。而是顺着应道："那是自然，那是自然。"

再看林默然，威廉姆斯心里恍然，难怪林默然年纪轻轻的便有此见识，原来是名师出高徒。对于古玩知识虽然是可以自学成才的，但如果有高人在旁边指点一下，那自然是条捷径，要少走很多弯路。而一个重量级的师门，也会让你能够迅速融入主流圈，被人接纳认可。

林默然知道威廉姆斯是什么想法，虽然不太乐意自己父亲的功劳被人抢了，不过也没什么可说的。盛国强和华语轩都是大师级别的，愿意给自己做师长那是占便宜不是吃亏。

有了唐泽的介绍，威廉姆斯对华语轩的加入表示了极大的热情和欢迎，一番寒暄之后，众人坐下打算打开鲁班盒。

十九年的寻找，到了今日总算是有了一个结果。别说威廉姆斯，即便是华语轩他们知道这是假的，还是按捺不住，有些激动。

5个方盒在桌上依次排开，5枚金花钿承载着历史的厚重和现实的期望，虽然因为时间久远宝石脱落，金属也变了颜色，但是在他们眼中依旧是美丽动人的。

威廉姆斯的声音稍微有些克制不住的颤抖，有些迫不及待，"我们……开始吧。"

"开始吧。"唐泽状似轻松地道："威廉姆斯先生，您太紧张了，应该放松一些。虽然我不该在这个时候说丧气话，但我们也应该有这样的心理准备，万一盒子是空的，您也不能太激动，身体要紧。"

威廉姆斯明白唐泽是好心劝慰，怕万一理想和现实反差太大，他心里会承受不了，虽然连连点头，但心里却有些不以为然，都说中国人非常讲究吉利，唐泽这时候说这话确实是触霉头了一些。

威廉姆斯、薛文斌、唐泽、林默然和华语轩，5 个人一人手中拿着一枚金花钿悬在鲁班盒上方。

鲁班盒的上方有 5 道片状缝隙，这 5 道缝隙的宽度正好能放下 5 枚金花钿。

一时间大家都不由地屏住了呼吸，缓缓地将 5 枚金花钿同时推进了缝隙中。

这时的气氛太凝重，连站在一旁的几个保镖的眼睛都一眨不眨地盯着鲁班盒。

在一片寂静中，只听到鲁班盒内部，发出了噼啪的响声。

林默然一颗比旁人悬得更高的心，终于飘飘荡荡地落了下来。

第二十一章 地图宝藏

这 5 道缝隙下面，分别连着 5 处杠杆一样的木条，5 处的木条同时被压下，便会触动中心连着木块的锁扣，从而令鲁班盒解体。做一个鲁班盒，能将那些碎片拼起来不算是成功，能从锁眼处解开才算是成功。

在林默然长长地松了口气的时候，哗啦一声，原本像是铜墙铁壁一般没有一丝缝隙的盒子，瞬间分崩瓦解，在众人眼睁睁的目光中，变成了形状各异的木块木条。凌乱的木块中间，赫然夹着一张淡黄色的锦帛。威廉姆斯伸手把它拿起来，摊开在桌上，赞叹不已。

"竟然真的和新的一样，这简直太神奇了。"威廉姆斯用一种赞叹的、不可置信的态度看着面前淡黄色的丝绸。丝绸背面是金丝线绣的五爪金龙，正面画着一幅地图。

华语轩摸着下巴道："中国文化博大精深，历史悠长，劳动人民的智慧是无穷无尽的。说起来，我一直不信鲁班盒有历久如新的说法，但是真没想到居然是真的。"

林默然拿起一块木头，仔细端详了一下道："可能是盒子内部涂了特殊的动物液体或者植物液体，或者是混合的液体。我一直觉得中医很神奇，神农尝百草虽说有些夸张，但是自然界中的动植物确实有很多不为我们所知的能力。"

林默然丝毫也不怕威廉姆斯将盒子拿去化验，这盒子什么都化验不出来。

207

可什么也化验不出来，并不代表什么都没有。只能说明现代科技还不够发达，或者说古人实在是太高明啊。

如果威廉姆斯拿去做 X 光，发现盒子竟然可以透光那也好解释。可能盒子打开之后，一切效用就消失不见了，或者盒子内侧阻隔 X 光的东西，像酒精一样会挥发在空气中。

总之，如今威廉姆斯心中觉得鲁班盒是神奇的，那么无论发生了什么事情，他都能找到一个好的理由。"神奇"二字可以解释一切，根本不需要别人多说。

众人都觉得林默然的推断有道理，不过现在这不是要讨论的重点，随意说了一两句就搁在一边不提了。

鲁班盒只是一个盒子，虽然也是件宝贝，但使它值钱的是盒子中的地图。这是一张非常简单的地图，甚至严格意义上来说，这都算不上是一份地图。不过想想也是，如果这只是李隆基想要告诉杨贵妃的一个地方，又不是打算流传百世，那么根本不需要地图那么正规，一句话就行。可能是这地方比较复杂，为了保险起见才图文并茂的。

地图上用墨色勾勒着蜿蜒山脉，虽然只是非常简单的几笔，却能看出一条龙形。龙身处起点无从考证，由北向南地标着路线图。一路标出几个大家听也没听过的地方，想来那是唐朝时期的名称。

从唐至今已经走过了一千多年的历史，一千年的时间，沧海桑田，时移势迁。有些特别有名的地方或许还保留着原有的名字，但是大部分地方经过历朝历代，已经换过无数的名字。而原来的名字少部分保留了下来，大部分消散在历史的长河中，所以这些地名大家闻所未闻也在情理之中。

然而，在龙头的位置上，标着"金粟山"3 个字。但凡是对唐朝历史熟悉的人，对这 3 个字绝不会陌生。

"果然是在这个地方。"华语轩用手指虚点着地图道："我一直在想，李隆基的陵寝在金粟山，如果他想再建一个秘密陵墓，和杨贵妃夜半无人私语的话，也不会离这个地方太远。即便他是皇帝也不是什么事情都能随心所欲的，想一南一北地建两处陵寝，这基本不可能。但要是在同一个地方，在修建正规陵寝的同时，秘密指挥手下再建一个伴葬的陵却是不难。"

金粟山是李隆基的泰陵所在。史书有记载，开元十七年，唐玄宗谒桥陵至金粟山，见此山有龙盘凤息之势，谓左右曰："吾千秋后，宜葬此地。"宝应初，追述先旨而置山陵焉。

泰陵玄宫就建造在金粟山之阳的腹部。此山为五龙山之金脉，海拔716米，有碎石若金粟状。其山系自西南向东北方向伸展，诸峰罗列，山形起伏，若龙踞凤翔，气势磅礴。

"金粟山"3个字旁，又往西南方向岔出一条线来，线的终点落在一个叫做兰粟乡的地方。在整个用黑色画出的指示图上，只有这一处点了一点儿朱砂。那朱砂一点红，历久弥新，仿佛情人的眉心，愁肠百结，千年不散。

"唔，兰粟乡。"华语轩皱着眉头沉思道："金粟山有这个地方吗，我竟然从来没听过，真是活到老学到老，你们谁听过吗？"

华语轩用一副不可思议的表情看着大家。他是研究唐史的，对泰陵的相关研究自然也很透彻，所以对金粟山出现了一个自己不知道的地名，表示匪夷所思。

让华语轩心里稍微舒坦一点儿的是，大家在一阵冥思苦想之后一起摇头。

唐泽是属于那种对历史的认知仅仅来源于学校时期的历史课本的正常人，根本都懒得去想这种专业性的东西，直接打开电脑在百度、搜狐一阵搜索，依旧是一无所获。

林默然叹道："李隆基离现在已经一千多年了，或许兰粟乡现在已经改名，或者已经根本不存在了，这么纸上谈兵不是办法。"

"是的。"威廉姆斯赞同道："林先生说的话非常有道理，我觉得我们还是要去一趟，问一问当地的人，看一看当地的历史，说不定会有些特别的收获。"

虽然威廉姆斯有些年没来中国，但当年他就是这么做的。他不是坐在繁华的街道上喊着收古董的，而是在大山田野里乱转的。从那些偏僻的村子里，他也确实收获颇丰。

"那好，那我们就走一趟。"唐泽一锤定音，"我这边随时可以出发，威廉姆斯先生，您那边有没有什么要准备的？"

威廉姆斯一向是个决策者，在几十年前是这样，如今即便光景不如以前，可仍旧是个决策者，旁人只有听命的份儿，没有讨价还价的余地。如今乍一听唐泽做出了下一步的决定，一时还有些不适应，愣了愣方道："哦，哦，我没有什么要准备的，随时都可以走。"

"好的。"唐泽道："我稍微整理一下这边的东西，还要联系一些那边的朋友。我们这么多人如果贸然进山，一定会引起当地人注意的，我们需要一个诸如投资考察之类名正言顺的理由才好。"

"是的，是的，唐总考虑的周到。"威廉姆斯想了想道："不过我也研究过金粟山，那里是一个以旅游为主的地方，似乎没有什么太有特色的特产。"

"这个我会负责解决的。"唐泽道："既然金粟山是开发旅游的，那再好办不过了，有特产卖特产，没特产我们可以继续开发旅游。那些好开发的地方想来都已经游人如织了，正好我们可以往深里去，往没有人的地方去，往……"唐泽点了点照片上的红点，"这里去。"

华语轩听着两人你一言我一语说起投资什么的，没什么太大的兴趣。他本来也只对历史研究感兴趣，现在更是全部精神都被那张从鲁班盒里拿出来的地图所吸引了。此时见两人说起来没完了插话道："这些事情你们慢慢谈吧，我老人家可不懂，我要去研究研究这地图，看看还能不能找出新的线索来。"

"华老，我和您一起。"林默然忙道，"做生意我也不懂，跟您研究地图还能学点儿东西。"

一张华语轩自己画的地图有什么可研究的，但林默然觉得留在这里和威廉姆斯周旋也是件挺累的事情。这种事情还是留给应酬惯了的唐泽吧。瞧他那热情的样子，就差脸上写上"我很真诚"4个字了。

唐泽对此倒是没有意见，见华语轩要走便说了几句辛苦华老之类的话，倒是威廉姆斯听了之后，微微地皱了皱眉头，犹豫了一下道："华老先生……"

"怎么了？"华语轩一脸的期待，"威廉姆斯先生是不是突然想起了什么？"

"不，不是……"威廉姆斯竟然觉得自己略有些尴尬，顿了顿道："我是觉得这张地图是不是应该放在我身上。"

华语轩有些不高兴，不太掩饰不满地道："难道威廉姆斯先生觉得自己对它有更深刻的研究？"

"威廉姆斯先生不是这个意思。"唐泽一看要糟，忙打圆场，"威廉姆斯先生也是心急地想研究研究。华老，您别看威廉姆斯先生是个外国人，但是因为对唐朝特别感兴趣，所以他对唐史也有非常深刻的了解。兴致所在，可以理解嘛。"

一听有志同道合的爱好，华语轩点了点头，脸色稍微好了一点儿。想了想道："那东西留给你先看，我拍两张照片走吧，威廉姆斯先生这么大老远地来到中国不容易，中国是好客之邦。"

威廉姆斯连连点头称谢，自己都觉得有些奇怪。按理说，鲁班盒是他的，鲁班盒里的地图应该也是他的，可现在怎么有种找华语轩借来的感觉。

还没等威廉姆斯理出个头绪来，华语轩已经指挥林默然 360 度地给地图拍了几张照片。虽然比不上原图但绝对清楚，研究研究线路名称什么的足够了。

"那就这样，我先回去了。小林，我们走。"华语轩对今日的收获颇为满意，志得意满地向林默然招了招手。

威廉姆斯虽然心里有些别扭，但是却找不到反驳的话来。如今他和唐泽是说好了合作的，华语轩是唐泽请来的鉴定师，他没有理由不让他带走地图。而且即便他现在想反悔，不想和唐泽合作也已经迟了。

你用了人家的金花钿，得到东西了就想一拍两散？这世上可没有那么好的事情，唐泽也不是吃素的。

威廉姆斯看了看站在唐泽身后的两个男子，再瞟了一眼薛文斌，只觉得他们完全不是一个档次的，绝对没有可比性。他以前和中国的有钱人打过交道，也和中国的黑社会打过交道，但还从来没有和唐泽这种即有钱又似乎黑白通吃的人打过交道，此时，不由地感到有些无力。

不过，威廉姆斯安慰自己，华语轩没拿走地图也算是一种无言的妥协。现在大家是一条船上的，虽然他撇不下唐泽，但是唐泽也撇不了他。旁的不说，这事情只要一抖出去，唐泽不但东西找不到，而且还要把自己搭进去，说不定连唐家都会一起搭进去，这风险他必然不会冒。

何况自己如今一时无人，以前也是低估了唐泽。正好还有时间，倒是要好好地找几个可用的人手才行。昨晚上替他拿回鲁班盒的人就很不错，价钱高不要紧，只要值这个价钱就行。

威廉姆斯想了想沉默不语，不过等华语轩一出房门，就迫不及待地道：

"唐总，这位华老先生是怎么回事？他知道我们的计划吗？"

唐泽假装生怕华语轩还没走远压着声音道："知道一部分。"

"哪一部分？"威廉姆斯稍微有些担心。他们现在做的可是违法的事情，要是被抖出去，那可不得了。但是唐泽很淡定的样子，却又让他觉得这事情一定另有内情，不像自己担心的那样。

"他想要关心的那一部分。"唐泽道："华老是个学者，他一辈子倾心研究唐史，特别是对李隆基非常感兴趣。对他来说，知道有那么巨大的一个宝库就在眼皮底下却不能看，这是多么残忍的事情。所以我说服了华老，我们一起把宝藏取出来，然后献给国家。"

威廉姆斯"哦"了一声，总觉得哪里不对。献给国家？他千里迢迢出钱出力，可不是来做一个无私的国际友人的。

唐泽摆了摆手示意少安毋躁，接着道："当然，如果真的找到了宝藏，我们可以将其中的一部分献给国家。泰陵神秘陵寝不是银行保险箱，没人跟我们核对取出多少件宝贝来。交出几件，那都是我们的自由。威廉姆斯先生，如果那宝藏真如我们所想的那样，随便拿出几件来都是价值连城，你不会连那么一点儿小利益都不愿意舍弃吧？"

"不，不，我不是这个意思。"威廉姆斯摇了摇头，"只是华语轩看起来是个很精明的人，怕是没有那么好骗，而且他为什么会同意我们私下挖掘呢？"

"华老同意我们私下挖掘，是因为我给了一个很好的理由。"唐泽微微一笑，"现在有许多地方知道古墓所在但是不允许挖掘，是因为怕技术不成熟，发掘出来之后无法保护，反而会给文物带来不可逆转的损害，成为千古遗憾。但其实同样的，你怎么知道文物在地下就不会有损害，或许早一天重见天日，就能多抢救一点儿文物。华老是个开明的人，我一说他就明白了。"

"他竟然相信你的话？"威廉姆斯有些不可置信，"唐总，看来你的信誉很好，名声也很好。"

"不不不，信誉好的并不是我。"唐泽的笑容里有些狡黠，"信誉好的，是我的助手小林。只是年轻人啊，虽然学了一身的本事，但是和老一辈想的不一样了。"

唐泽和威廉姆斯在会议室里相谈甚欢，回到房间的林默然忍不住打了个喷嚏。

华语轩保持着一脸的正经回到了房间，拍拍林默然的肩道："幸亏小唐这小伙子不坏。"

华语轩这话有些没有头尾，不过林默然还是第一时间听懂了，跟着笑道："他要是做坏事，可就未必有这么好的运气了。运气这东西啊，有时候跟人品也是有关系的。"

天地有正气，做好事自然会有贵人相助，自然也就顺利。

两人说笑一番，华语轩自去和盛国强联络，继续讨论当地的布置。林默然却接到一个奇怪的电话。

打电话来的是一个陌生的号码，接通之后，一个清脆年轻的女声响了起来："林先生，你好，你还记得我吗？我是孟玉婷。"

林默然脑中一亮笑道："小孟，是你啊，这么漂亮的小姑娘谁能不记得。"

这是宿平医院那个活泼漂亮的小护士，当时在饭店里林默然匆忙去追王坤时，曾在她的手机上留下了自己的电话。虽然林默然已经到了成家的年龄，对年轻漂亮人品又好的小姑娘不可避免地会产生好感，但最近太忙，根本没空想这些事，所以接到孟玉婷的电话时还愣了一下。当然也难免得意了一下，难道自己的魅力现在有这么大，人家小姑娘对他一见钟情，按捺不住主动联系来了？

不待林默然自我陶醉，孟玉婷在那边笑了一下道："林先生，打扰你一下，给你打电话是想问问，你和王坤有联系吗？"

"王坤？"林默然一愣，"王坤怎么了，是不是王峰的病情……"

"哦，不是，不是。"孟玉婷道："王峰的病情这两天很稳定，但是王坤不见了。"

"王坤不见了？"林默然无意义地重复了一遍，"王坤不见了是什么意思？"

"就是王坤不见了啊。"孟玉婷道："今天早上，三民医院给我们打电话，问有没有王坤其他的联系方式，说他本来每天都是待在医院里照顾儿子的，但是昨天下午突然不见了。因为像王峰这样的病人，医院都会安排护工，所以开始也没在意，可是今天他还没来，电话也打不通，王峰也什么都不知道，这太不寻常了。"

"这确实太不寻常了。"林默然也道:"就算他有急事,不至于什么都不说就走啊,难道他不担心王峰吗?"

林默然突然想到了自己的父亲。不过自己当年好歹是个动手能力很强,绝对能够自力更生的健全人。可是王峰不一样,若是王坤就这么离开了,王峰很难熬下去。

林默然又想到了失踪的吴鑫,心里涌上些不祥的感觉。虽然他们之间并没有任何的联系,但是不知为什么却给人同样的感觉。

感觉到这边林默然的沉默,孟玉婷在那头跟着问了一句:"林先生,林先生你在听吗?"

"在,我在听。"林默然回过神来忙道:"但是我也只有他一个手机号码,并没有其他的联系方式。如果……如果再找不到他的话,我建议报警。"

如果失踪了一个,紧接着又失踪了一个,事情就绝不是那么简单了。而且林默然想到他们俩之间的一个共同点,那就是他们都有金花钿。

孟玉婷被林默然这句报警吓了一跳,不过想了想道:"好,我知道了,要是有了他的消息,麻烦让他赶紧跟医院联系一下。"

林默然应了声"好"挂了电话,脑子还在神游中,肩被猛地拍了下,吓得差点儿跳了起来。

唐泽不知何时回来了,看着他惊愕的表情,也被吓了一跳:"我就拍你一下,你这么紧张干什么?"

林默然摇了摇头:"没事,没有思想准备,被吓了一跳,你回来了,威廉姆斯呢?"

"送走了。"唐泽道:"大概地说了一下,一切都要等去了那边再详谈。对了,你有三民医院的电话吗?我替王坤联系好王峰出国做手术的事情了,要和他说一声。不过他的电话打不通,可能没电关机了。"

林默然眼神暗了暗道:"不是没电关机了,他失踪了。"

唐泽一口水差点儿呛出来,"你说什么?"

"他失踪了。"林默然揉了揉额头,"是不是觉得很诡异,我也觉得很诡异。吴鑫失踪了,王坤也失踪了,你说这两者之间有关系吗?虽然金花钿不像金字塔有法老的诅咒,可我总觉得在我们给威廉姆斯挖坑的同时,还有人正在布置着什么。"

林默然没有证据，但是心里却一直隐约有些不安的情绪。特别是那日看到一个很像自己父亲的人之后，那种不安就更强烈了。

唐泽跟威廉姆斯谈了一上午也有些疲了，往一旁的沙发上一坐，闭上眼睛道："说起来，我也觉得最近怪怪的，但又好像很顺利。"纠结了一下，唐泽也不知道自己在说什么，闭了闭眼睛重新坐起来，"王坤失踪了，那王峰怎么办？上次就听说他的情况稳定不了多久了。何况美国那边的医院我是找了点儿关系才联系好的，要是一拖延名额被人顶掉，后面又不知道要等到什么时候了。"

林默然毅然地给孟玉婷打了个电话，告诉她报警吧，也许王坤卷进了一桩事件当中，只是他们还不知道罢了。

虽然报警未必能找得到人，比如吴鑫，到现在依然下落不明。但是无论如何，报警总比干等强。

林默然打电话的时候，唐泽插了句话："要是没有找到王坤，我会找人送王峰过去的，让王峰放心。"

林默然有些意外地看了唐泽一眼，照原话说了，不料那边听了之后顿了顿道："还有件事情很奇怪。"

"怎么了？"林默然觉得自己的心脏最近有些超负荷，奇怪的事情一件接着一件，比过去 20 几年接触到的还多。

"今天早上要交费用，因为找不到王坤所以医生就去问了下王峰。"孟玉婷道，"王峰身上也有些钱，不过不多，是张存折。我正好在三民医院就陪他去取钱，结果你猜怎么着，他那账上有 500 多万。"

"王坤身上是应该有 500 万，是唐先生找他买了件东西……"顿了顿林默然也觉得奇怪，"为什么钱会在王峰的存折里？"

"不知道啊。"孟玉婷应了声，随即压低了声音小声道："我们让银行查了一下，钱是昨天从王坤的账号汇进来的。你猜会不会是王坤知道要发生什么事，所以把钱转到了儿子的户头上了。这是王峰做手术的费用，要是没了钱，他的病就没法治了。"

"哎，我也不知道。"林默然涌起种深深的无力感，想了想道："报警吧，这事情你也别担心了，让警察处理吧。至于王峰，你问问他，美国那边的手续已经办好了，即使王坤一时找不到人，唐先生也可以派人送他过去，帮他安排好。命是自己的，病治好了后面想做什么都行，但如果他自己都不能坚强一点儿，谁都帮不了他。"

在这件事上林默然觉得自己算是过来人了，很多事情除了自己坚强面对别无他法。虽然王峰自小身体不好，性格可能也比较软弱一些，但是现在命运强硬地张开了捕猎的网，你要么闯出去，要么落下去。别人只能伸出援手助你一臂之力，但是不能替你生活。

孟玉婷在那边沉默了一下应了"好"，答应一有新的消息，马上就通知林默然。

挂了电话两人沉默半晌，林默然突然想起件事情，"对了，你还记得刚开始你来找我说是有人介绍的事情吗？我一直很好奇，这个人是谁？"

"哦，这个人啊。"唐泽抓了抓脑袋，"你知道我是学什么专业的吗？"

"我还真不知道。"林默然皱了皱眉头，想说富二代还要学什么专业，会花钱不就好了。

估计林默然的表情太赤裸裸了，唐泽毫不犹豫地表达了一下自己的鄙视，然后道："我是计算机专业的，比如说编程之类的，所以，基本上离不开电脑。很多朋友也都是通过网络认识的。"

林默然一脸的古怪表情，"然后呢？你别告诉我你在网上认识了一个大师。"

"差不多吧。"唐泽道："是从一个古玩论坛上认识的，聊了好几年。我觉得他非常有本事，还有种莫名的亲切感。说不定是你的顾客，就是他把你介绍给我的。"

"叫什么呀？"林默然想了想，"我不怎么上网，网上就认识几个人，你说说，我可能知道。"

"真名不知道叫什么。"唐泽道："论坛上的名字叫荒村古事，挺有感觉的名字吧。其实说是他介绍的有点儿夸张，因为有阵子我觉得他神神叨叨的，有点儿好奇，所以就进他的主页看了看，虽然他设了密码，不过我还是破解了。别这么看着我，我又不是黑客，只是因为太好奇了点儿，然后我在他的主页里看到了一些关于你的消息，觉得你挺厉害的，就找去了。"

"关于我的消息？"林默然更奇怪了，"什么消息？"

"挺多的。"唐泽道："不过倒也没有什么特别的，就是你做的一些事情。比如哪天收了个什么东西，卖了个什么东西，然后哪里做得不错，哪里还要改进。说起来也挺奇怪的，你说这人不会是你对手吧，收集这些东西做什么？"

听着唐泽的话，林默然只觉得一阵寒风从心里吹过。有一个人在偷偷地关注自己，自己又不是全民偶像，又不是萌妹子，他可不觉得这是自己的粉丝。

而且那个名字，荒村……虽然现在的网名五花八门，无法解释的太多，但是这个名字，却像根针一样刺着林默然的心。那个一片荒芜只有血色的梦境，又在眼前一晃而过。

第二十一章 地图宝藏

第二十二章　荒村古事

这个人一定有问题。林默然闭了闭眼。唐泽也不是这个人介绍来的，只是他自己的一厢情愿而已。

"你现在还跟那个人联系吗？"林默然喝了口水，舒缓了一下自己有些紧张的情绪，"我想看看他都收集了我的什么内容，看看是我认识的人吗？"

"有段日子没联系了，我看看他在不在。"唐泽说着进房间拿了电脑出来，打开之后进入了一个网站，噼里啪啦地敲了一通键盘，然后遗憾地道："人不在呢，看上面显示好像有些日子没上线了。"

"你不是能进他的主页吗？"林默然怂恿道："进去看看。"

唐泽面有难色地看了看林默然道："不太好吧。"

"少来了。"林默然毫不留情道："又不是没干过这事儿，一回生二回熟，快进去看看，万一有什么线索呢？"

林默然晃一晃他的胳膊催他赶紧，这个人到底是谁，那空落落的感觉让他坐立不安。

虽然唐泽不觉得那个人跟这件事情会有什么关系，还是依言打开对方的主页，开始破译那个不对任何人开放的页面。

林默然觉得最近发生的这些事情，虽然看似并无关联，但是背后却千丝万缕地牵扯在一起。而自己心中一直深埋的谜团，也渐渐地露出了水面。虽然依旧蒙着层严实的面纱，但是风吹过时会掀起一角，让真相若隐若现。

219

唐泽在电脑前的样子非常专注，抿着嘴，眉心微皱。林默然转了两圈，索性盯住他看，越看却越觉得这人有些眼熟。但是为什么眼熟，却是想破了脑袋也想不起来。他的记性一贯很好，若是见过一面聊过几句的，没有想不起来的道理。

就在林默然还在绞尽脑汁的时候，唐泽啪的一敲回车道："大功告成。"

林默然忙凑了过去，只见屏幕还是刚才显示需要输入密码的屏幕，疑惑地看了一眼唐泽，只见唐泽在密码框中敲了6个"8"说道："他设置的密码锁定已经打开了，10分钟内恢复初始密码6个'8'，10分钟后会还原。"

说着，只听叮咚一声响，屏幕一暗，再一亮，已经进入个人主页了。

林默然没稳住自己的身体，晃了晃，一屁股坐在了唐泽身边，眼睛却直直地盯着屏幕。

主页的背景是一副他再熟悉不过的风景。一片荒寂的农村，树影婆娑，很远很远的地方，能看见稀疏的平房。荒野中一个黄土堆成的小小坟茔，坟堆上没有墓碑，只有一捧斜放着的野花。野花黄黄白白，虽不明艳芬芳，但可以看出是新摘的。

这画面和自己经常梦见的相比，唯一的区别是没有人。或者说，在这个画面里，那个人正拿着相机，置身在画面之外。

可能是林默然这一刻的脸色太过可怕，唐泽扶了他肩膀有些担心地道："你没事吧，怎么脸色一下子那么难看。"

林默然闭上眼睛，摇了摇头，直到唐泽开始想要不要打120喊急救车的时候，方才缓缓地道："这个人你有办法查到他更详细的资料吗？比如姓名、年龄之类。"

"我试过，不过论坛不是实名制的，他根本就没有留下真实资料。而且每次上线的地址也不一样，我估计也不是家庭电脑，可能是网吧之类的地方。"唐泽皱了皱眉，"这人不是你朋友，难道是你仇人？"

要是朋友，不会是这样一幅见了鬼的表情吧。仇人的话，唐泽实在无法想象，林默然这样的年纪，一是个古董店的小老板，能结下什么深仇大恨。

林默然张了张嘴，想解释一下，又发现实在是没法解释。不是仇人也不是朋友，这个人可能是我爹。有什么证据？没有证据，是做梦梦到的。

即便他现在和唐泽挺熟悉了，但要是说出这种话来也会被当作是梦话吧。

林默然冷静了一下道："我想找到这个地方。"

"这个地方？"唐泽指了指屏幕然后歪了歪脑袋道："你别说，这张背景我觉得有点儿眼熟，似乎在哪里见过。"

"你也见过？"林默然一瞬间有点儿激动，差点儿就脱口而出，你也做过那个梦。

如果两个人做同一个梦，那太诡异了。

"嗯，有点儿眼熟，似乎见过。"唐泽苦想了一会儿道："好像是哪个电影或者电视里的场景，中国的还是外国的想不起来了，应该是部很老的片子了。你等会儿啊，我来问问。"

"是个电影场景？"林默然万万也没想到，自己做了几年的梦，到了唐泽这里竟然有了这么个结论。一时没来得及阻止，唐泽已经将图片复制下来群发了出去。

"我有很多朋友都很喜欢看电影。"唐泽解释道："还有几个做后期的，但凡是能叫出点儿名字的影片都看过，放心吧，一定能查出来。"

林默然没办法放心。唐泽的朋友确实很厉害，发过去不过几分钟就有人回话了，一个吐着舌头的头像发来一句话："呦，三少文艺起来了吗？怎么喜欢这种调调了？"

随着一起发过来的还有一个网址链接。林默然握了鼠标急切地点开链接。

之后的一个半小时内，唐泽和林默然两人并肩坐在沙发上，沉默地看完了这部电影。

这是一部古老的英国电影，叫《魂断荒原》，非常老套的剧情，讲述了一对年轻的新婚夫妻，在一处农庄留宿的时候，因为露了财，妻子被歹人杀害，丈夫为了保住年幼的孩子而不得不离开妻子逃生。

18年后孩子长大了，一直心怀愤恨的丈夫开始了他的复仇之路。他用了整整10年的时间，设下一个又一个的陷阱，将曾经参与杀害自己妻子的几个仇人，一个个手刃在妻子坟前。

而他的儿子，因为单亲家庭小时候被人欺负，所以立志成为警察。他也确实成为了一个非常出色的警察，只是亲手逮捕的第一个连环杀人案的凶手，不是别人正是他的父亲。

电影最后的画面就是这样一片荒原，荒凉肃杀，一堆黄土垒成的坟。如果细细地看，还能看见地面上有未干的血迹。虽然只有 40 多岁，但是苍老的像是 60 岁的父亲正坐在坟前，他的儿子穿着警服，一手拿着枪，沉默地站在不远处。

镜头上所有的一切都渐渐地虚化了，只剩下风呼啸地吹过，坟前是父亲每日更换的野花，一枝一枝随风飘散。

电影放完了，林默然和唐泽两人许久没说话。半晌唐泽有些纠结地道："这片子……嗯，有点儿压抑，看得我堵得慌。"

确实，这部片子的整体基调让人很压抑，甚至有些痛苦。男主角对妻子的爱深厚绵长，忠贞不渝，贯穿着整部电影。可是维护这种爱的却是血腥和残忍的杀戮。但又因为那些死者都是死有余辜，所以即使在理智上不能赞同男主角做的事情，却也无法将他定义成坏人，或者只能说他是一个可怜的人。

他经历无数风霜，终于手刃仇人，垂垂老矣地坐在妻子坟前等待最终的审判。他看着高大英俊的儿子，看着坟前鲜艳的野花，想着曾经幸福的一家三口，这一刻让所有人的心都酸涩无比。

如果说，唐泽在看完这部电影的时候，只是单纯地觉得压抑、心里不痛快的话，那么对林默然来说，一切都不一样了。他能想到的太多太多，甚至不自觉地将自己想象成那个一边寻父亲一边寻凶手的儿子。

电影结束了，屏幕又回到从荒村古事的主页上复制下来的背景图。两者虽然极其相似，但还是有些细微的差别，并不是完全一样。唐泽想想，估计是仿着这个风格自己拍的。

不过林默然的情绪显然不太好。唐泽小心翼翼地想了半天，也不知道他为什么看一部电影看得这么低沉，也不知道该说什么。

不过好在林默然先说话了，他指着屏幕上的背景道："我想找到这个地方。"

唐泽吓了一跳脱口而出："去英国？"

"不，不是剧照上的地方，是这个地方。"林默然指着背景图道，"这个模仿的地方，这应该是在中国，可能是在某一处乡村。"

222

"嗯，应该是吧。"唐泽沉吟着回想，"跟荒村古事聊了好几年，确实没感觉他像个外国人。不过这种地方看起来虽然有氛围，但是在中国肯定有很多很多，想找并不容易。"

一片荒田，一堆黄土，几丛灌木，一把野花，在城市里自然是看不见的，但是往偏僻一点儿的农村走，估计在 10 个村子里能找到 8 处这样的场景。连个大概的省份也没有，这确实是无从下手。

正在他们一筹莫展的时候，房门被打开了，华语轩从外面走了进来。

在他们看电影时，华语轩从房里出来过一次，看着两人聚在一起看电影，就觉得有些难以理解。虽然这会儿没什么事情，但是在一起看电影，还看这种老掉牙的片子，这兴趣爱好真奇怪，算是种减压的方式吗？他摇了摇头出去了，年轻人的世界老人家弄不懂啊。等他从外面回来了，见两人还坐在沙发上一起盯着电脑屏幕，气氛好像比刚才看电影的时候还要沉闷了。

这下华语轩忍不住了，好奇地问道："你们这是怎么了，看什么电影伤感成这样？"

两个大男人又都不是婆婆妈妈的性格，看个电影至于那么投入、那么郁闷吗？

"哦，不是因为电影。"唐泽回了一句，"华老您看，我们想找这个照片上的地方。"

唐泽已经把背景另存为了一张照片，一张仿着《魂断荒原》的镜头拍摄的照片。

"唔，我看看啊。"华语轩凑过来看了看沉吟着道："这大概是什么地方？"

林默然和唐泽一起摇头，"不知道，只有这一张照片，其他的什么都不知道。"

摇完头唐泽补了一句："据我们推测应该是在中国。"

唐泽还以为华语轩听了这话会抽自己一下呢，没想到他"哦"了一声道："肯定在中国是吗？那就又缩小了不少范围，又好找点儿了。"

华语轩一番话让林默然和唐泽都感觉看到了希望，一起看着老头问道："华老，您是不是见过这地方？"

"所有农村都差不多啊。"华语轩道："不过我们可以把这张照片分开

223

来看。"

华语轩的话像是将一堵严实的墙敲开了一个洞，光线一下照了进来。

"首先，地上是看起来很肥沃的黄土，但颜色有点儿偏红，应该在长江以南，再看这些灌木，应该是生长在丘陵地区，再看这些花，喔……"

华语轩想了半天，"我是学历史的，花花草草我认不出来，不过你们可以问问学植物的朋友，看看这种野花在什么地方分布得比较广。"

"对。"唐泽一拍大腿，"还有每个地方的日照不同，干湿条件不同，树的长势也不同。虽然都是微小的差别，但如果能将这些差别都归拢出来，就一定能找到一个特定的地方。至少可以将范围缩得更小。"

"孺子可教啊。"华语轩欣慰地拍拍唐泽的肩膀，"就是这么回事，你们研究着，我再去跟老盛对对地图，要是找不到人我再给你们介绍几个植物学家。"

虽然对电脑和电影的了解，华语轩不会比林默然他们多。但是姜还是老的辣，华语轩认识的老学者，那种把百科全书、植物图谱都装在脑子里的人，一定比他们认识的多。

华语轩进去之后，林默然坐在一旁发呆，唐泽却忙活起来。也不知道为什么，其实在这个时候他应该有许多事情要做，可是看看林默然的表情，自觉地将这事情划作了第一要事。

虽然开始他们看着这样一张照片觉得全无头绪，但是听了华语轩的话后，事情似乎就变得容易起来。

唐泽先将照片放大，将里面的每种花草树木都标注出来，所幸照片的精密度非常高，即便是放大了，每个细节也非常清楚。再将花草树木的单张照片发送给几个学植物学的朋友。虽然他不太认识那种肚子里装着百草图鉴的老学者，但是年轻的、学植物学的人还是有的。

不过半个小时，回复便陆续来了，大部分都是常见的，偶尔有些冷门的也被查了出来，并且详细地标注出这些花草的地域。甚至有细心的朋友还就花草的微小差别给出了专业的推测。

所谓橘生淮南则为橘，生于淮北则为枳，一样的品种常年经受着不同的日光水分，也终究会有所不同。

最终，唐泽从屋里拿来张地图，用黑笔在上面画了个圈道："差不多了，只能筛到这一步了。"

林默然凑过去看了看，唐泽画出来的，是安徽、江西两省交界一带。

虽然说从那么大一个中国将范围缩小到了两个省，但这两个省可不是两个村子，还是相当大的一片地方。

唐泽见林默然不说话，以为他还在犯愁，安慰道："虽然我画出来的是两个省，但是不会有那么大的面积。我朋友说，这种环境一定是在平原而不是山区，所以又有很大一片是可以排除的。等威廉姆斯的事情忙完了我陪你去找，大不了把这张照片打印出来去网上悬赏，肯定能找得到的。"

唐泽说完，自己都觉得有些太热情了，他和林默然非亲非故，不过是雇佣关系。可也不知怎么，看着他愁眉不展就有种想要帮忙的冲动。

不过林默然只是点了点头，似乎心思并不在这上面。刚才在唐泽和朋友联系的热火朝天的时候，林默然闭着眼睛靠在沙发上，一遍又一遍地想着刚才的电影。电影里的男主角，一下子是演员本身，一下子变成了自己的父亲。一个可怕的念头，一个他自己都觉得非常荒谬的念头，慢慢地在他脑中浮现。

"你有没有想过……"林默然缓缓地道："王坤，失踪了，他曾经拥有一枚金花钿。吴鑫，失踪了，他也曾经拥有一枚金花钿。"

唐泽现在脑中一心一意地想着那张类似剧照的照片，想着到底会是什么地方，根本没料到林默然会突然提起金花钿，不由地愣了愣，没有反应过来。

林默然揉了揉额头，说出自己最不愿意看到、却很有可能的猜想，"会不会有人在针对所有拥有金花钿的人？唐泽，给你父亲打个电话。"

如果事情真的是想象的那样，那么在王坤和吴鑫之后，唐本中一定是下一个受害人。威廉姆斯可能不算在内，因为他的金花钿确实是从旁人手中买来的，而王坤和吴鑫的金花钿则有些来历不明。

唐泽被林默然严肃深沉的态度吓到了，虽然不觉得这件事情有这么严重，但是想了想还是走出去拨通了电话。

房间里只剩下林默然一个人，他安静了一下，拿出手机从孟玉婷那里找到了汪峰的电话号码，给王峰打了一个电话。

王峰正在做转院的准备，虽然开始的时候他坚持要等到父亲的消息为止，但是经过孟玉婷的一番劝说也就想明白了。王坤失踪已经是一起案件，需要由警察这样的专业人员来负责，不是一个普通人，更不是一个躺在医院病床上连剧烈运动都不能做的病人可以解决的。他无论是在国内，还是在国外，一点儿忙都帮不上。

而王坤若是已经遇险，那么他生前最后的愿望，一定是自己的儿子能够好起来。如果王坤能够安然脱困，若是看见因为自己失踪而连累儿子让他因失去了最佳抢救时间而丧命，那么可能他也觉得生不如死。

林默然很欣慰王峰能有这样的勇气，鼓励了两句之后，问起王峰对家里的金花钿有几分了解。

王峰虽然不解这件事情和父亲的失踪有什么联系，但是知道林默然和唐泽帮了自己家许多，也不隐瞒想了想道："金花钿我知道的也不多，只知道我父亲非常不愿意提起这东西。因为我的缘故我家的经济一直不好，但我父亲也从来不愿意把它拿出去卖，也不说为什么就是不许。我大哥就是因为这个和家里闹翻的。"

林默然此时方才知道，原来王坤手中开始是有两枚金花钿的，几年前被大儿子偷走卖了一枚，因此只剩下了一枚。王山用卖了那枚金花钿的钱做生意，开始的时候红红火火，最近出了问题因此又回来想要打剩下那枚的主意，谁料到主意没打成，反倒把自己搭了进去。

因为王坤对此讳莫如深，所以王峰对金花钿也没有什么了解。林默然正要挂电话，突然眼睛定在了那张照片上问道："小峰，你们家在观和渔村住了几代了？"

"没有几代呢。"王峰笑道："听说我们家原先是安徽农村的，好像是黄山那边吧，后来才搬到这边来。"

林默然心里狂跳了几下，努力让自己的声音平稳下来，"那你知道为什么要搬家吗？那地方住得不好，还是这面有亲戚？"

"唔，这我可不知道。"王峰似乎想了想，然后很抱歉地道："我是在观和渔村出生的，也没听父亲说过以前的事情。不过我估计可能是那边的生活不太好吧，要不然的话，他不可能一点儿不怀念，而且非常不愿意提起的样子。"

"好，好的，我知道了。"林默然喃喃了两声，又嘱咐了王峰几句好好保重身体才挂了电话。

仿佛分崩瓦解的鲁班盒又拼上了一个角。那个原来对林默然来说，只是一个梦境的过去渐渐地实体化了。

不知道何时唐泽已经站在了身边，林默然吓了一跳，看着他的脸色脱口而出："你父亲也失踪了？"

唐泽的脸色很不好，不过还是摇了摇头，"没，他没失踪，现在在家里。"

"哦。"林默然松了口气，"那你怎么了？"

"是不是有什么我应该知道却不知道的事？"唐泽在林默然身边坐下，表情从来没有的严肃。

"到底怎么了？"林默然不由地有些疑惑，是刚才他听见了自己的电话，还是在和唐本中的通话中得到了新的消息。

唐泽紧紧地皱起了眉道："我刚才打电话回家，问我父亲现在在哪里，让他最近一定要注意安全。他很奇怪，问我发生了什么事情，我就将王坤和吴鑫的事情都说了。然后……"

"怎么了？"林默然也跟着紧张起来，"他是什么反应？"

"他失手将茶杯摔了。"唐泽道："你不知道我父亲经过了多少大风大浪，是一个多么镇定的人。我记得几年前，有一次一个和下层经理闹矛盾的员工偷偷带着汽油瓶和刀子闯进总部，想要烧了办公大楼，和我父亲同归于尽。我父亲见到那么长的砍刀在眼前晃，一点儿惧怕的神情都没有。能让他摔了茶杯，可见他心里惊到了什么程度。"

"那你问了没？"林默然迫不及待地问道："他怎么说？"

"他什么也没说，让我什么也别问。"唐泽道："但是，他让我尽快回去一趟，要将公司的股权和家里的房产都过户给我。"

这消息甚至比刚才那个还劲爆，林默然愣了愣吸了口气道："这是交代后事吗？"

话说出来，林默然自觉不对忙道："抱歉，我不是那个意思。"

唐泽摇了摇头道："不怪你，我也有这样的感觉。虽然他说过家产都留给我，但我一直不当真，而且他还是壮年，无病无痛的，根本没有处置家产的必要。这么急着让我回去，好像真的是在……是在交代后事。"

唐泽顿了顿才很艰难地把后几个字说出来。毕竟那是他的父亲，从小看着他长大，吃的、喝的、用的都紧着他，对他比另外两个儿子要宠爱的多。而"交代后事"这话实在是太不吉利了。

唐泽不解地道："如果我父亲不知道自己将有事情发生，为什么要急着交代这些事情。可若是他知道有事情要发生，为什么要瞒着我？下雨不能预防，难道绑架还不能预防吗？"

虽然事实很残忍，但林默然还是缓缓地道："有两种可能，第一，对手很强大，你父亲觉得即使是防备，即使是报警，也不是他的对手，依然很危险，所以要早做准备。还有一种……你父亲觉得他应得的终于来了，就像是电影上那样。"

《魂断荒原》上就有这么一段，其中一个参与了当年凶杀案的凶手，在被良心谴责了数十年之后，有一天突然发现自己在街上被迷昏，醒来的时候被绑架到了那片熟悉的荒野。

在睁开眼睛看见男主角的那一瞬间，他所有的惊慌恐惧全部褪去，换上的是一种轻松和解脱。他说："从那一天起我就知道有这么一天，我日日在等着这一天，夜夜不能安眠。今天我终于可以解脱了。"

如果唐本中曾经做过自己都无法原谅自己的事情，那么此时或许就是这样的心态。

唐泽下意识地想反驳，但是张了张嘴说不出反驳的话来。林默然并不是在贬低他父亲，而是在陈述一个事实。

他不信自己父亲是个软弱的人，何况现在又是法治社会。若只是对手强大的话，大不了多雇几个保镖，报警申请24小时贴身保护，再大不了躲远点儿，出国去避一避，没有坐以待毙的道理。

除非是他一直在等待这一天。

这一刻唐泽恨不得丢下一切赶回金陵去，当面好好地问一问唐本中，到底他当年做过什么才会惹来今天这样的麻烦。

一时间房间里两人都沉默下来，半晌唐泽才道："默然，这事情和你有什么关系？"

如果说，目前为止与事情扯上关系的都是拥有金花钿的人，并且都是上一辈的人，那么林默然扮演的是什么角色？

"我也不知道。"林默然捂着脸叹息了一声，"不是瞒着你，我真的不知道。我从小就做一个梦，梦中就是这样的场景。一片荒地，一座坟，还有一个男人，但是我看不见他的脸，只是一个背影，就像是那日我们在街上看见的那样，一个一身黑衣的背影。但是我很确定，我从来没有看过这部电影，一个镜头也没有。"

林默然没有说出自己的父亲，那还是个太朦胧的猜测，说出来也无益。何况这事情也不好说，他总不能说，我觉得我爸就像那个男主角，你爸就像那个凶手吧。

两人大眼瞪小眼地瞪了片刻，唐泽终于坐不住起身道："不行，我要回去看看。"

和金花钿比起来，和宝藏比起来，家里人的安危才是最重要的。何况他们又不是现在就出发，明天还有一天的时间，金陵离杭州不过3个小时的车程，当天来回也是完全可以的。

"你去吧，这里威廉姆斯有什么事情我会处理。"林默然叹了口气，"不管怎么样，还是让你父亲小心。我看你这几个朋友很靠谱，实在不行的话，请他们去保护唐老先生。"

即便唐本中真的是罪有应得，即便像是《魂断荒原》那样，男主有一个非常正当的、任谁都会同情认可的理由，林默然也不希望有那样的事情发生。

以杀止杀，这绝对不是最好的办法。《魂断荒原》的男主角也是一样，他手刃了仇人却搭上了自己，给儿子带来了终生难以忘记的痛苦。 如果自己的父亲也是这般，他实在不知道该怎么去面对这一切。

唐泽虽然觉得不太好，不过这事情一往坏处想，便一刻也坐不住了，他向华语轩打了个招呼，什么东西也没带，便匆匆地赶回金陵去了。

林默然将电脑里那张照片打印了出来，他依然觉得这是个关键。若是能找到这个地方，一切问题就都能水落石出。至少，困扰了自己几年的问题，就可以真相大白。

将照片拿进了房间，林默然想了想，打算给叶依依打个电话。幸亏他们在发放邀请卡核对资料时，还要求对方填了个紧急联系人。要不然的话，现在还真联系不上这位吴夫人。

林默然调整了一下自己的情绪和声音，拨通了叶依依的电话。

叶依依现在的状态，怕是也不比他好到哪里去。电话响了好一会儿才接通，那头显然也没有林默然的号码，强打精神地"喂"了一声，听着林默然说了你好，半天才反应过来。

"林先生。"叶依依显然受过良好的教育，即便心情很低落，依旧维持着礼貌和客气，"您找我有什么事吗？"

林默然斟酌了一下问道："有吴先生的消息了吗？"

"没有，他就像是人间蒸发了一样。"叶依依经过了这几日，虽然心里还是沉甸甸的，但是想来已经度过了最难熬的那段时间，在心里已经接受了这个现实。

其实仔细想想，也并不是多绝望的事情。她和吴鑫没有孩子，虽然公司现在运营困难，但也不至于负债累累，最不济清盘打包卖了，也能让她下半辈子衣食无忧。

何况她和吴鑫之间的感情，或许有恩情但未必有爱情。

"我想向吴夫人打听些事情。"林默然道："现在，您方便说话吗？"

"什么事情？"叶依依有些不解。

"吴先生的事情。"林默然道："这问题我问的可能有些唐突，不过要是您方便的话，能不能回忆一下，吴先生失踪前这段时间，有没有和什么特别的人联系过。或者是，去过什么特别的地方？"

"为什么这么问？"叶依依有些警惕。林默然对她不可能那么关心，对吴鑫就更不可能有什么关心了。这些话她对警察说过，但是没有理由对林默然说。

林默然想了想半真半假道："我和唐先生前阵子也遭到了绑架，虽然我们逃脱了，但是凶手到现在还没有抓到。刚才警察打电话过来，我突然想到这两者之间会不会有什么关系。我们都是在唐朝古董展上露面的人，凶手是不是冲着这一点来的。"

"啊。"叶依依吃了一惊，"绑匪也向你们下手了，是，是什么样的人？"

"当时只顾着脱身了，具体没看清。"林默然看道："我只看见有一个五六十岁的男人，高高瘦瘦的，不说话……"

林默然只是试探着将心中的那个形象描述出来，可没想到叶依依听了，一下子激动起来，"是不是一个特别喜欢穿着黑衣服的人，声音有点儿哑……"

"是穿着一身黑衣服，还戴着黑帽子。"林默然道："但是我没听见他说话，所以不知道声音是什么样子。"

"一定是他。"叶依依斩钉截铁地道："这是个算命先生，专门给人算什么前因后果，化劫免灾。我先生就是见了他之后开始不正常的，而且还神神叨叨的，最终把自己害了。我猜他就是个骗钱的，我先生开始什么都照着他的话去做，后来可能也发现了他的不对劲，所以不愿意了，他怕我先生揭穿他，所以就下了杀手。"

"那你跟警察说了吗？"林默然语气有些急切，"你见过这人吗？"

"没有。"叶依依的声音有点儿沮丧，"我没见过，我先生和他联系的时候非常神秘，好像在做见不得人的事情一样。我也是心里好奇，偷偷地跟了一回才看见个背影。这线索我和警察说过了，不过好像还没查出什么来。"

"放心，警察一定会找到吴先生的。"林默然得到了自己想要的消息，又安慰了叶依依几句便挂了电话。

想了想，吴鑫算是个名人，当地大大小小的财经周刊八卦报纸上过不少，祖宗几代都曾经被记者挖出来过，他的来历身世一点儿也瞒不住。打开电脑，没一会儿，林默然便查到了吴鑫的履历表。他也是在改革开放初期发迹的，还曾经被作为典型宣传。他的老家在江西婺源县下面的一处吴家村，村子里的人大多姓吴，曾经一度很穷，现如今开放富足了，基本上已经搬空。

地图上，有原来唐泽用黑笔画出的安徽和江苏两片地方，他换了蓝色的笔将江西婺源圈了出来，想了想，又用绿色的笔将安徽黄山圈了起来。

如果唐本中也失踪了，那么还将会有一个地方被画出来。这3个地方的周边或者是中心，就很有可能是照片上的这一块空地。

林默然捏了捏眉心，有些疲惫地靠在椅子上。他胸前还挂着那个吊坠，因为时间太长，已经磨损的有些掉了颜色。父亲留下的纸条，也因为被看的

231

次数太多而字迹模糊。但是他一直急切的心，却在此时有了一丝畏惧。

甚至于他不自觉地想，如果真的找不到，一点儿线索也没有，那也不是一件坏事。这世上有许多失踪了一辈子都找不到的人，亲人虽然悲痛，但是死不见尸，就可以往最好的地方想。

一个美好的想象，总好过于血淋淋的现实。

林默然昨晚上熬了半夜，上午又经历了那么一场心理煎熬，疲惫至极，靠在椅子上，不知不觉地就睡着了。

窗帘不知道什么时候被拉上了，整个房间里一片昏暗。林默然也不知道睡了多久，在急促的手机铃声中醒来。电话在黑暗中闪烁着五颜六色的刺眼的光，林默然拿起电话，只见屏幕上闪着"唐泽"两个字，没来由地竟然一阵心慌。

维持着这个动作愣了几秒钟，林默然才回过神来慌忙地接通了电话。好在电话那头传来唐泽很轻松的声音。

可能是听着林默然的声音里有点儿不对劲儿，唐泽担心地问道："你没事吧，怎么了？"

"没事，刚睡醒。你到金陵了？"林默然起身，哗啦一下拉开窗帘。

窗外竟然已是暮色沉沉。林默然有些意外，自己这一觉竟然睡过了中午，直接睡到了傍晚。

"我何止是到了，事情办完了，我已经在去杭州的路上了。"唐泽笑了一声，"带了些盐水鸭、桂花鸭什么的特产给大家。"

林默然心里稍微放心了一些，唐泽还有心情去张罗这些东西，心情非常好，看来唐本中没有出事。

果然下一刻，不用他问唐泽便先道："我跟我爸详细地聊了一下，没有什么事情。是同行竞争，有家珠宝企业一直和我们抢一个外国品牌的代理，最近闹得挺厉害的，那家做事不太规矩。因为我最近在弄古董，他以为那家找人找我麻烦，所以才会那么激动。"

若是爱子心切，这么解释的话也说得过去。不过林默然觉得多少还是有些勉强。

"嗯，我还说以我爸的性格没那么容易示弱才是。"唐泽应该正在路上，那边传来高速路口收费的声音，停了停他又道："他这边挂了我的电话，那边就接洽了几家安保公司。不但自己找了几个保镖，给我们几个兄弟都找好了，搞得大哥二哥还跟着紧张了一下。"

唐泽回去的时候，心情极度的糟糕，差点儿在路上出车祸。但是现在车里还放着轻音乐，可见心情非常好。没跟林默然通话的时候，他估计是一边开车一边哼着歌的。

两人又随便说了几句便挂了电话。看着窗外阴沉的天色，林默然叹了口气，走进卫生间用冷水洗了脸，然后去餐厅吃饭。

可能这件事情因为自己太紧张，所以有些钻牛角尖了，其实自己已经找了7年了，应该并不在乎再多等上一段时间的。

如今最紧急的还是威廉姆斯，那是花了大家太多心血的事情，若因为自己的疏忽有个闪失，可是要一辈子不安心的。

唐泽回到西景阁的时候已经是晚上10点了。林默然白天睡了大半天，这会儿一点儿也不困。刚才和威廉姆斯确认了一下行程，现在正在收拾东西。

唐泽看了看自己的电脑和开着的打印机，知道林默然已经将那张照片收了起来，叹了口气道："我会帮你找的，真的，等威廉姆斯这件事情结束以后，我就陪你去找。不就是两个省嘛，全当自驾游了。我们顺着国道往里走，拿地图看一个画一个，没有找不到的道理。"

"行了，婆婆妈妈的。"林默然笑了笑，"我又不是你的小女友，用得着这么表忠心吗？收拾东西吧，这事情不急，等有空了再说。"

林默然这么一说，唐泽也有些觉得好笑，转身回房间去了。虽然他有很多朋友，酒肉之交也有，两肋插刀也有，但是对林默然，他有种特别的亲切感。若非是确定自己还喜欢身材火辣的妹子，都几乎要怀疑自己变了性向了。

一夜无话，第二日，大家都起了个大早。

第二十三章 大投资大手笔

　　杭州离陕西有 1000 多公里，开车高速也要十五六个小时，威廉姆斯和薛文斌坐了一辆车，车上还跟着两个从外国带来的保镖。唐泽还是开自己的卡宴，带着林默然和华语轩，身后还跟着辆商务车。虽然大家都知道坐飞机更舒服，但为了车上那些不可为外人知道的工具，也只有放弃了。

　　因为大家都心急，所以到了晚上谁也没说要休息的话，好在很多人都会开车，轮换着开，也并不很辛苦。

　　晚上 12 点的时候，车队驶入了陕西省渭南市。唐泽早已跟朋友联系好了，一辆路虎在收费站出口等着，见到他们的车队便闪了两下大灯，缓缓地在前面带路。

　　唐泽要投资联系的朋友必然也不是一般人，这人叫赵岩，是陕西当地一家大企业的独生子。两人是大学同学，友情相当深厚。

　　赵岩虽然对于一个家里做珠宝的，穿越半个中国千里迢迢来到陕西投资旅游感到十分的不解，但是作为哥们儿，还是对他来到自己地头表示了十分的热情，顺带着也对他带来的林默然、华语轩和威廉姆斯表示了热情的欢迎。看到这么多人，他揽过唐泽小声道："喂，你要投资也不至于带这么多人啊，钱不凑手吗？不至于吧，钱不凑手你找我啊，咱们俩合作也不至于找个外国人啊。我跟你说，现在蒲城县这一片是历史保护区域，根本不引进外资，除非这个外国人做了特别杰出的贡献，要不然的话根本不考虑。"

"我知道，我知道。"唐泽笑了笑，"就我一个，跟那人没什么关系，这事儿不是你想的那样。不过现在不好说，我以后再跟你解释。"

"真的？"赵岩将信将疑。

"比珍珠还要真。"唐泽正色发誓，"我什么时候坑过你？"

赵岩抽了抽嘴角，"这可不好说，你坑我坑的还算少吗？以前让你帮我要个学妹的电话，你总是要着要着连人都要走了。"

唐泽哈哈一笑，"那不算坑，那是怕你身边美女太多无心学业，兄弟那是为了你好啊。"

两人插科打诨了一番，威廉姆斯在一旁看着，深觉得找唐泽这样的人合作，实在是再正确不过的事情。人脉广，关系硬，资金还雄厚，若不是这样，很多事情进展起来是不会那么简单的。

当天到得太晚，众人在车上坐了一天也都累了。于是没有多说，随便吃了些东西，各自洗漱休息。

第二天早上，赵岩便开车来酒店接他们，还找了两个本地人，打算带他们去现场考察一下。

因为蒲城县有金粟山、有泰陵，所以旅游已经开发的相当到位。赵岩仔细听了唐泽的计划，看了他标出来地图上的那一片。虽然觉得未必可行，不过还是跟当地导游仔细地研究了一下，带他们过去。

按唐泽的说法，前阵子他的一个朋友来泰陵旅游，没跟团是自助游，结果在山上走着走着就迷路了。他一边求救一边自己找路，途中经过一些荒废的山村和未开发的原始山脉，觉得风景非常好，和那些已经开发出来的地方相比，别有一番风味。

正巧唐泽这阵子和家里闹了些矛盾，不想继承珠宝公司，想自己找点儿事情做，于是便过来实地考察一下。想在那些深山老林里弄个猎奇的项目，比如丛林探险或者古村寻踪之类的，吸引那些喜欢寻求刺激的年轻人。

赵岩摸了摸下巴，他觉得唐泽还和以前一样，睁着眼睛说瞎话时，表情特别认真严肃，就跟真的一样。

不过除了对唐泽特别了解的赵岩外，他请来的两个本地向导却是被糊弄得挺到位。本地人这些年尝到了旅游开发的甜头，对于外来的投资者也有着特别的热情。更何况是赵岩的熟人，更是信誉的保证。

想了想，其中的一个向导道："兰粟乡我没听说过，不过金粟山里大大小小的村子太多，有些还有人，有些已经没人了。我估计就算是再熟悉的本地人，也没法全部叫出名字来。还有许多村子有好几个名字，一般大家都是喊通用的名字，那些小名别名什么的，只有本村里的老人知道，外人就更别说了。"

一番话说得威廉姆斯等人直点头，估计着他们现在遇到的就是这样的情况。兰粟乡还不知道是哪个年代的小名，失传了也是情理之中。

旅游景点的向导对外国人自然不陌生，但是对一个交流毫无障碍，并且将中国话说得那么溜的外国人，就比较赞叹了。因此也表现出了非常的热情，拍着胸脯表示，只要这个地方存在于金粟山，就一定给他找出来。

车子一路往山里开，开始的时候，还有修得笔直的大路，转过几个弯之后就没有路了。车队停在半山腰上，向导先下车看了看道："车只能开到这里了，后面只能走路了。山上树多路窄，驴和马都不能骑，也不知道你们走得惯走不惯。两位老先生……"

看着唐泽和林默然都是年轻力壮的小青年，向导觉得没什么问题。只是华语轩年纪有点儿大，威廉姆斯看来也不年轻了，怕他们走不下来。这里面不是开发的景区，要是走累了可连个抬轿子的都找不到。

"没问题。"华语轩一挥手特别的豪迈，"别看我年纪大，说不定比这几个小青年还能爬山呢。现在的年轻人缺乏运动。"

众人一笑，华语轩确实是老当益壮。虽然不可否认他是个上年纪的人，但是半点儿老态也没有。

怕一天找不完要在村子里过夜，大家也带了简易的行李。跟着唐泽的两个保镖背着两个大包跟没分量似的，脸不红气不喘，如履平地。

两个向导对这一片是极熟悉的，按着唐泽他们含糊的解释，跋涉了3个小时的山路之后，他们遇见了第一个村子。这确实是个已经相当荒败的村子，整个村子了无生机。那些破旧的房子一眼看去便是多年没有人住的。

在村子转了一圈，总算是找了一户升着袅袅炊烟的人家。众人在一刹那几乎有种在沙漠里见到绿洲的感觉，有些迫不及待地走了过去。

可能是房间里昏暗所以门并没有关，向导上前一推便吱呀一声开了。从里面走出个满头白发的老太太。

老太太看起来70多岁了，见了自家房门外站了那么一群人，一点儿吃惊的表情也没，反倒是打量了一下他们，很自信地道："你们是来金粟山玩的吧，怎么迷路走到这个地方来了。这里没什么看的啦，你们要往前走。"

众人恍然，虽然如今旅游跟团的比较多，但是自助游的也很多，到处乱转的更不少。老太太住在这个地方，怕是三天两头能见到乱闯的、走丢的、迷路的，见多了自然不怪。

"老人家，"向导忙上去道："我们是来看看金粟山附近环境的，想投资开发旅游项目。"

"还开发啊？"老太太虽然年纪大，但是耳聪目明思维敏捷，"都已经开发了那么多了，还不够啊？哎，以前住在山里环境多好，现在都不愿意住了，都想往外跑。"

老太太念念叨叨的，林默然跟着道："老人家，您一个人住在这里吗？我们刚才转了转，都没见着人家。您一个人住会不会太辛苦了。"

"我也不住在这里，也住在外面啦。"但凡是老人家都喜欢年轻、长得好、会说话的小伙子，老太太也不例外，跟林默然说话笑容都多一点儿，"这几天是老头子的祭日，我来陪他几天，明天我儿子就来接我了。幸亏你们来的巧，要不然可一个人也碰不着喽。"

林默然"哦"了一声又道："老人家，您这个村子叫什么呀，我连个名字都没看到。"

"这村子的名字可多了。"老太太指着村子南边，"看见那块大石头没有，那石头据说开天辟地时就在了，所以这村子以前就叫南石村。后来不知道哪朝来了个文官，嫌这个名字太粗俗，说那块石头像个凤凰，改名叫了凤石村，再后来……"

老太太半天数出五六个名字，听的一帮人脑袋都有点儿大，唐泽不由地道："这个村子为什么有这么多名字，这里的村子都是这样吗？这也太不方便了。"

"哎呀，你这小伙子怎么脑子还没我老人家活络。"老太太毫不犹豫地贬低唐泽，"咱们人还有大名有小名有外号呢，就不许村子多几个名字？"

林默然把唐泽推到一边笑道："他不懂，我们从来没听过一个村子能有这么多名字呢，老人家您懂得真多。"

嘴甜又长得好的小伙子老人家就更喜欢了，往后看了看一帮人道："你们从山下过来，走了好半天了吧，来，进屋歇歇喝口茶，都是山上泉水煮的茶，外面可喝不到。"

"不能麻烦您，不能麻烦您。"林默然连声道："老人家，其实我们是想找个叫做'兰粟乡'的地方，您听说过吗？"

"兰粟乡啊。"老太太歪着脑袋想了半天一拍大腿，"哦，你们说的是南粟乡吧，那村子有点儿远，以前是咱们这儿最穷的村子，估计现在都没人了。你们顺着山路一直往南走，大概还要走上三四个小时，就能看见个石碑一样的牌子，上面有村子的名字。而且那村子好认，进村子口就有个像土地庙似的小庙，不伦不类的，据说还是哪个朝代的遗迹，重点保护起来了呢。"

老太太虽然努力用普通话在跟他们交流，但是普通话里不可避免地带着些当地口音，乍一听起来"南"和"兰"的音差不多。唐泽一副恍然大悟的表情，"说不定，南粟乡就是兰粟乡呢。"

"这倒是有可能。"华语轩念了几遍点头道："很有可能。那种像是土地庙又不是是土地庙的小庙，也很像是唐朝的一种驿站格局。我们去看看再说。"

老太太还想留他们一留，可见众人行色匆匆也就没有多说，给他们拿了点儿当地的野果，指了方向便送他们离开了。

众人一走，老太太便转身进了屋，打开里面房间的门，对着里面的人做了个ＯＫ的手势。虽然还是一笑一脸的褶子，但是明显没有先前那样的老态了。

比老太太想象的要快，林默然他们在山上走了3个小时之后，转过一处山石，终于看见了一块石碑。

这石碑倒不是古迹，6年前立的，只是写着此处有唐朝古建筑遗迹，设为保护地段而已。

牌子后面就是众人寻了千百度的南粟乡，这果然是个比南石村更加荒凉的村子，一个人都没有，只剩下凌乱破旧的几间房子。

一到了南粟乡，众人就分工忙活起来。

华语轩和林默然这样的专业人员，自然是开始从村门口那个疑似驿站疑似土地庙的建筑开始考察、辨认真伪。威廉姆斯也不知道在看什么，到处转悠。

而唐泽则拉着赵岩到了一边，真像是要开发旅游一样，嘀嘀咕咕地说起投资来。也不知道说了些什么，威廉姆斯偶尔路过的时候，见到他似乎面有难色。

虽然起了个大早，可因为路上花费的时间太多，所以想要当天走出去也不太可能。而且在林默然和华语轩确定这驿站真的是唐朝遗址，这南粟乡十有八九就是他们要找的兰粟乡后，都恨不得就驻扎在这里不走了，根本没有回去的打算。

好在他们本来就有在野外过夜的心理准备，现在又不冷不热，一群大男人也没个不方便的地方。点火烧水，吃干粮，有个向导甚至还用土法从林子里打了两只野兔烤了，吃的倒是不错。

帐篷有限，所以都是两人一顶，夜里众人都已经睡下的时候，唐泽找到了威廉姆斯。

威廉姆斯自从进了村子之后便有些说不出的感觉，有点儿兴奋，有点儿若有所思，一见了唐泽忙站起来，"唐总。"

"威廉姆斯先生，还没休息吧，打扰一下。"唐泽笑了笑，不过那笑容稍微有点儿勉强。

威廉姆斯心中隐约生出些不好的感觉道："没睡，没睡，唐总有什么事？"

"关于投资的事情。"唐泽道："我刚才跟我朋友聊了些关于在蒲城县投资的事情，他说比较麻烦。"

"为什么？他们不要钱？"威廉姆斯一顿，他虽然这些年未踏足中国，但是也知道投资是件受欢迎的事情。现在的中国是个开放的国家，用一种敞开的方式迎接八方来客，欢迎大家在这里创造财富，带动社会经济的共同发展。有人投资是一件利人利己的事情，也是当地政府的政绩，怎么可能不被欢迎。

"不，不是不要钱，而是不要小钱。"唐泽道："在我们之前，大约十几天之前，有一个文化集团看中了金粟山的资源，已经在和政府接洽投资的事情了。他们投资的范围很大，几乎把所有这儿未开发的地域都放在内，要建一个唐朝历史展示基地一类的地方。这还是内部消息，我同学打听出来的，他说我们若是想把这块地方抢下来，找找人找找关系不是不行，但是我们投入的金额，只能比他们多不能比他们少，至少要平齐。否则的话没办法操作，现在政务透明。就算是上面想偏袒，也不能偏袒得太明显。"

威廉姆斯脸色凝重，"那边投资了多少？"

"10个亿。"唐泽张口报出一个数字，丝毫也不打奔儿，"还是一期投资。启航文化传播投资公司，你听过吗？一家上市公司，据说市值有几百个亿。"

"唔……我听过。"威廉姆斯道："确实是家资金非常雄厚的企业，我在英国也经常听到这家公司的名字。"

"那我们的计划就不得不往后拖了。"唐泽道："威廉姆斯先生，既然大家合作，我也不妨坦白地说，这个钱太多了，宝林珠宝能拿出来，但是我拿不出来。本来我的预期也只在5000万以内。"

5000万投资一个小型的户外探险线路，那是绰绰有余了。

唐泽虽然是富二代，但是一代没退位前，他只是个二代，而且家里还有两个兄长，他并不能在唐家说什么算什么。他手上能够有5000万资金，已经是非常了不得了，说拿不出更多来，威廉姆斯也相信。

"确实很麻烦。"威廉姆斯喃喃道："这个钱是有些多了。启航文化他们怎么会突然对这个地方感兴趣？"

唐泽道："据我同学说，是因为他们最近连着投资了几部唐朝题材的影视剧，卖得都非常火，所以才会想开发一个唐朝主题景区。包括博物馆、外景基地，甚至还有一个体验唐朝的虚拟小型城市，如果这么算下来，10亿的投资确实不多，而且可以赚回来的。"

"是，这都没有问题。"威廉姆斯很是郁闷地道："唯一的问题是，他们不该在这个时候出现。"

唐泽苦笑了一下，"我就说我们这趟也太顺利了，原来难在这里。威廉姆斯先生，我刚才想了很久，要是一两个亿我还能想想办法，10个亿我实在是无能为力了。我建议我们等一等。因为这片山当时考古学家勘探过，确定了没有古墓的，所以等这个项目建成之后，我们可以再找一个理由进山。最近不行，这段时间启航文化一定会有人进山考察，我们若是在里面挖掘太过显眼，闹不好要出大事。"

威廉姆斯沉默着没说话。他知道唐泽这个办法很实在，很中肯，是目前最好的办法，但这样一个大型项目建起来，快则 8 年慢则 10 年，不是一朝一夕可以建好的。

10 年，20 几岁的唐泽等得起，但是 60 岁的他等不起。

威廉姆斯沉默了半晌道："让我考虑一下吧。"

"好的。"唐泽也知道这消息对威廉姆斯打击太大，点了点头便出去了。

帐篷里林默然正等着他，一见他进来便挑了挑眉，一脸询问的表情。

唐泽挑起唇角笑了笑低声道："威廉姆斯这样的人，他可能会看着那么一笔财富在眼前溜走吗？我不参与，说不定他还挺高兴呢。等明天咱们再给他一点儿动力，肯定没问题，后面的事情都不用插手了。"

是夜，威廉姆斯在帐篷里辗转反侧，说什么也睡不着。找了自己的关系给陕西能说的上话的人打电话问消息，果然和唐泽说的一样。威廉姆斯挂了电话之后，静坐了许久也没能下定决心。10 亿，这个数目对威廉姆斯来说，也是个非常大的金额，但并非拿不出来，只是这一拿出来，家底可就全掏空了。一点儿不剩不说，可能还要借点儿。即便他非常想开发这一处的宝藏，也不得不多想一想，倒没想这是个陷阱，而是想到万一什么也找不出来，那可是竹篮子打水一场空了。而且并不是这 10 亿拿出来了就万事大吉了，这只是直接的投资，后面肯定还有花钱的地方。

薛文斌和威廉姆斯合住一个帐篷，因帮不上忙也就没插嘴。

威廉姆斯在帐篷里辗转反侧了大半夜之后，实在是睡不着，透过帐篷看着外面星光点点，便钻了出去想透个气。

因为这山上毕竟是旅游景点，经常人来人往，所以也没什么大型的动物，更别提匪徒什么的，因此并不需要守夜的人。篝火也已经熄了。

威廉姆斯拿出手机看了看，凌晨 3 点。月朗星稀，除了虫鸣鸟叫，山间一片寂静。他深深吸了几口新鲜的空气，仰望着星空万里，这个中国通竟然真的生出点儿诗意来，在空地上走了几步，视线又落在了村口的小庙上。这一看竟然被威廉姆斯看出了点儿名堂。

那张从鲁班盒中拿出来的地图，威廉姆斯看了一遍又一遍，几乎能将上面的条条线线都背下来了。刚才一眼看到小庙上，只觉得那些砖瓦的花纹中，似乎隐约有些类似的图案。威廉姆斯这一刻只觉得自己心跳得特别厉害，回头看了看一片寂静的营地，轻手轻脚地走了过去。

图案是一种神奇的东西，在一片杂乱无章中，若是你不懂，可能就是无意义的花纹。可若是你懂了，就能延伸出许多深意。

威廉姆斯借着皎洁的月光，在保护的很不错的古迹中，看见了与地图上重叠的线路，不由得深深地感叹，古代的中国人真的是聪明绝顶，一幅地图两处指引，而且这地图竟然是隐藏在砖瓦的花纹中。若不是老天赐予的机缘巧合，谁又会想到。

威廉姆斯是在天色将明的时候回到帐篷的，兜里鼓鼓的不知揣着什么东西。回到了帐篷中，不顾薛文斌诧异的眼光，打了个长途电话，让家里准备好钱，要在中国投资一个大项目。

薛文斌正要问为什么，只听外面有了些动静，大家已经陆续起来了。威廉姆斯做了个禁声的动作，将兜里的东西递给了薛文斌。薛文斌接过来一看，手抖了一下，有些不敢相信自己的眼睛。

这带着泥土气息的，还有些晨露水汽的东西，竟然是个并不完整的金梳背。虽然只有一半，但还是能看出鸿雁衔枝的花纹，雕工有着典型的唐朝特色。

薛文斌和威廉姆斯一样，是个古董圈里的老行家，只要不是太冷门的，真东西假东西一眼便能看出来。

薛文斌颤颤巍巍地将东西看了一遍不敢说话，对威廉姆斯点了点头，然后又摇了摇头。这东西不但是真东西，而且是他从未见过的。

威廉姆斯和薛文斌这两个在古玩圈里混了大半辈子的人，加在一起见过的东西不可谓不丰富，若是市面上曾经流通过的，书本上曾经介绍过的，不可能不知道。更别提威廉姆斯这十几年研究唐史，更是自信不会有他没见过的唐朝古物，自然也不会想到，这其实是盛国强自家珍藏的、外人从来都没见过的古董。

帐篷外的声音已经大了起来，两人也不多说将东西收好了出去。

唐泽见了威廉姆斯点了点头，有些关心地道："想来威廉姆斯先生昨晚没睡好，脸色不太好。"

威廉姆斯勉强笑了笑，不过这勉强并不像是昨晚上的强颜欢笑，而是掩盖内心的激动。

"是的，我昨晚上想了很多。"威廉姆斯道："关于唐总说的事情我打算投资。"

唐泽一愣，"10亿？"

"是的。"威廉姆斯坦然道："虽然是多了些，但我还是能勉强拿得出来。而且昨晚经过深思熟虑，我觉得这一片的自然风光很好，如果人工圈起来有些浪费。所以我提出这样一个设想，不做大规模开发，只开发一小部分，打造的历史氛围浓厚一些，比如说，建一个博物馆，我可以捐助一部分展品。"

人家投了10个亿，你也投10个亿，未必能站得了上风。可若是能提出一个更有建设性的意见，做出更大的贡献，那么自然你才是更重要的那一方。

捐助一个博物馆，这样的大手笔不是常人能做出来的。对于一个注重历史发展的城市，自然是重中之重。

唐泽心里笑开了花，不过脸上的表情却很深邃，还带了些不悦。

如今他们是合作关系，要是一起出钱或者一起进退，这日后都可以再说。可现在这情形，威廉姆斯决定独自出资，那将他置于何地？

不过威廉姆斯是交易上的老手了，从唐泽一个脸色就可以猜到他的意思。虽然心里未必就是甘愿的，但表面上却非常爽快地道："相信我，唐总，即使您不方便参与后期的投资，我也不会让您失望的。"

唐泽似乎是做了很久的心理斗争，才让脸色稍微缓和了一些，缓缓地道："那就好，威廉姆斯先生，您尽可以放心，出多少力分多少账，唐家做生意一向规矩，不会让您为难的。"

威廉姆斯笑了笑，和唐泽握了握手。

既然唐泽没钱参与后期的投资，那么就不能要求五五分账。可是前期他是不可少的功臣，所以这个钱威廉姆斯也不能少了他的。他可不是路边的乞丐，也不是薛文斌这样的小混混，不是仨瓜俩枣可以打发的。

威廉姆斯想想可能要往唐泽户头上打的数字，稍微有点儿心疼，可是想想即将开采出来的无尽宝藏，却又觉得值得。而唐泽只要收了自己的钱，就一定会将嘴巴闭得紧紧的，这钱不仅仅是让他心里舒服，也是让自己放心。

威廉姆斯和唐泽几人心知肚明，旁的人虽然也在听，但是却听不出内里关键，也就没有多想。众人收拾收拾行李准备下山。

正收拾着，唐泽的电话响了，他拿起来一看，露出些意外的表情，随后接了电话，"大哥。"

唐泽和两个兄长毕竟是一起长大，关系肯定不错。

电话那边唐泽大哥的声音无比地焦急，"老三，你在哪里，你知道爸去哪儿了吗。"

"爸去哪儿了？"唐泽一愣，"你什么意思？"

"爸失踪了。"唐泽大哥的声音很大，显然有些控制不住自己的情绪，"他昨晚上出门到现在也没有回来，保镖没带，手机也没带。我本来是出差的，临时改了行程，要不然还发现不了。"

唐泽只觉得自己脑中懵了一下，一个糟糕的念头涌了上来。其实唐本中什么都知道，只是为了安抚自己，让自己别分心，或者是为了支开自己，才做出了这样一个假相。

唐泽接电话的时候，林默然正站在旁边，那边声音也不小，因此他听得清清楚楚。此时一见唐泽的表情不好，从他手里接了电话简单地道："唐先生您好，我是唐总的助理，我们马上赶回去。"

说完，挂了电话，拉着唐泽就往下走。

王坤、吴鑫、唐本中一个都没有少，断了的那一环，又重新地连了上去。

第二十四章 爱恨不知

本来唐泽还要在威廉姆斯面前表现出一种失望的、舍不得又不甘心的表情来，这下一切都省了。威廉姆斯看着唐泽的表情，在林默然解释了一句家里出了事之后，便不再多说半句。

虽然威廉姆斯表面上表达了一下关心，但是心里却乐开了花，能有一件旁的事情将唐泽绊住，那是再好不过了。

不过此时的唐泽分不出半点儿心思和威廉姆斯钩心斗角，只想用最快的速度下山，用最快的速度往回赶。

在回渭南市的车上，林默然将包里的地图翻出来，指着自己画出来的两个圈道："你父亲的老家是不是也是这一片的？"

唐泽定了定心神，接过地图脸色难看地道："是，虽然从来没听我爸说过，但是祖籍是瞒不住的。有段时间我妈说要回去上坟祭祖，我爸死活不愿意，说人都已经死了，在哪里祭拜都一样。那段时间闹得很凶，我才知道我家在这个地方——浙江开化下溪村。"

唐泽随手在地图上画了个圈，然后脸色更难看了，因为地图不大，所以3个颜色各异的圆圈中间的部分正好重叠在了一起。是的，就是那里。不会错的，但愿不会错。

他们坐飞机回到杭州，已是晚上6点。此时，唐泽的朋友，已经把他们需要的车送到了机场。他们没有耽搁，立刻上路。

不过汽车终究只是汽车，不是飞机，300 多公里的距离，再是心急也需要时间。林默然开着车，二人谁都不提休息，只是在服务区随便买了点儿面包填了填肚子。可即便是这样，车子驶下高速，看着地图和导航，驶进越来越荒凉的山村时，也已经是晚上 10 点了。

10 点钟，只有城镇的街道上还有路灯照明，而农村荒芜的废弃农田里只有月光时明时暗。林默然打开车窗，不时地向车外张望。三省交界的地方，他们也分辨不出到底这里该属于哪一处，但是两边的树、两边的黄土和照片上越来越像。

车子缓缓地行进着，突然林默然一脚踩下了刹车，因为他闻到空气中一阵淡淡的血腥味。

这里没有人家，没有大型野兽，怎么可能有这样的味道。

林默然在车上愣了一愣，然后熄火，飞速地跳下了车，往林子深处跑去。他的听力极好，在汽车的引擎声中，他听见了有人在说话。唐泽虽然起步迟了些，但他的体质比林默然好，三两步便追了上去，紧跟在他身边。不需要指引方向，唐泽也听见了树林里说话的声音。

这个时候，这样的地方，怎么会有说话的声音？

树林后面是一片开阔地，冲出树林的一瞬间，林默然脚步猛地停住，脸上的表情也像是被冻住一般地僵硬了。

这就是林默然无数次梦中见到的地方，树林那边是一片荒寂的农田，一片荒芜中一座黄土堆成的坟茔，那堆黄土前站着一个黑色的人影。

那黑色的人影在听到脚步声之后，缓缓地转过身来。虽然比记忆中瘦了许多，黑了许多，腰背都佝偻了，但林默然还是在他转过身时第一眼认了他。

他就是林霍，是那个在自己 18 岁的时候失踪，然后一直杳无音讯的父亲。

只是现实和记忆完全无法重叠，那时候的林霍虽然有时候也沉默、冷淡，但终究是个高大潇洒的男子。可是此时还不到 50 岁的林霍，却完全像是一个老人，岁月在他脸上留下了太多的痕迹。

林默然的喉咙动了动，一个"爸"字怎么也喊不出口。

他曾经想过无数次相逢的场景，却从来没有想过相逢这一刻会是如此。

一瞬间他有些委屈。想说你知道吗，你一个人丢下 18 岁的孩子，一声不响地就这么走了，你有没有想过我这些年是怎么过的，病的时候、累的时候、痛的时候、被人骗的时候是怎么扛过去的。

同时，他又有些为林霍委屈。7 年的时间，一个记忆中那么高大威武的男人变得如此苍老，可见这些年林霍过得有多么不好，有多么辛苦。

千言万语堵在胸口，林默然终究一句话也没说出来。

倒是林霍在感到意外后淡淡地笑了，朝林默然招了招手："来，给你妈磕个头。"

林霍指的是自己身后那座黄土堆成的坟茔，那坟茔上没有任何祭祀的酒菜，只有一捧野花。

一捧黄黄白白不知名的野花横在坟前，虽然不艳丽不芳香，却与这环境很相称。

林默然一步一步缓缓地走了过去，沉重的脚步好像不是踩在地上，而是踩在自己心上。

林默然从来没有见过自己的母亲，也极少听林霍提起他的母亲。小的时候还以为是父母感情不好，稍微长大一些，却明白是父亲怕提起来伤心。家里有一张母亲的照片，每夜自己睡着了之后，父亲都会在照片前站很久，絮絮叨叨地将今天做的事情说一遍。

偷听过几个晚上以后，林默然知道了自己绝对不会有后妈的。母亲虽然已经不在了，可她却是这辈子父亲唯一爱过的人。她走了也将林霍所有的感情都带走了，哪怕自己也不能填满那个空了的角落。

林默然觉得难过的同时，也觉得欣慰。任谁知道自己父母感情如此之好也会欣慰的吧。虽然他没怎么听林霍说起过，却还是想象着母亲是一个如何温柔的女子。

可此时他却实在不知道该用什么心情叫这一声"妈"。

坟堆旁边还坐着一个人，正是唐泽的父亲唐本中。夜色中也看不清他的神情，但是从他身上浓浓的血腥味能猜测出他一定是受了伤。

唐本中在看见林默然的时候，似乎没有太多的表情，但是在看到唐泽的时候，却是明显的一愣，"你怎么来了？"

唐泽冲过去蹲在自己父亲身边，以他的性格，是应该先把林霍制服的，这是个杀人凶手，即便他是林默然的父亲也不能原谅。

可不知道怎么了，电影里那些镜头山一样地压下来，压得他站不起身，只是扶着唐本中问道："爸，您没事吧，您……您为什么要骗我。"

"我不是有意骗你的。"唐本中伸手抚了抚唐泽的脸，"我已经立了遗嘱，以后，唐家的一切都是你的。"

唐本中这话明显是在交代后事。唐泽僵了一僵，伸手从口袋里掏手机，说："爸您别瞎说，我打电话喊救护车。"

唐本中伸手按住了唐泽的手，说："别，你听我说，这是我应得的。"

"是的，这是他应得的。"林霍的声音在一旁冷冷地响起，"能够风光地过了这十几年，已经算是老天厚爱了。"

林霍的声音冷若冰霜，没有一点儿的恐慌，反倒是充满了愤恨。

"是，是……"唐本中咳了两声，声音渐渐地低了下去。

此时，林默然才从震惊中缓过神来，他缓缓走上前去和林霍对面站着，"爸爸，我找了您 7 年，今天你总该给我一个答案。"

林霍看着林默然没有说话，那个在印象中因为考试没考好还偷偷改成绩单的少年，一眨眼已经长得比自己高了。而这些年的独自生活，也让他比同龄人多了一份成熟和沧桑。

"你是我在这世上唯一对不起的人。"林霍缓缓地转身面对黄土的坟茔，"不过我从没有后悔过，我不能让你妈妈一个人孤独冰冷地躺在地下，我不能让她死不瞑目。"

"你妈妈是这世上最温柔美丽的女人。"林霍的声音虽然有些嘶哑，但却带着几分温柔，"在她怀了你 9 个月，你还没有出生的时候，我们从江西乡下回金陵，路过这里，可没想到她却永远地留在了这里。"

听林霍说起过去的事情，就好像是在说《魂断荒原》的剧情介绍。年轻的夫妻路过一处村庄时，被同样路过的 3 个人意外地看见了他们的钱财。在那个贫穷的年代，欲望战胜了一切，他们想要谋财害命。林霍拼死抵抗，带着即将临盆的妻子慌忙逃离，可是妻子在奔跑中动了胎气，生下了一个孩子。

古玩情缘 五枚金花钿

追踪的人紧跟着赶到，为了保住新生的婴儿，林母以死相逼，让林父独自逃生，自己则留在了这个荒凉的野地。或者产后失血，或者被杀人灭口，永远地留了下来。3个凶手瓜分了他们的钱财，包括林家的一套五色金花钿。

3人自知杀人是死罪，分了财物之后不敢多做停留，连夜带着妻小离开。

那个年代通信也不发达，等林霍找到一户人家临时安顿了林默然，回去找妻子的时候，妻子早已经是香消玉殒了。

"你母亲是流干血死的。"林霍缓缓地道，"我将你送到安全的地方，回去的时候她整个人躺在血泊中，已经冰凉了，那一刻我永远都忘不了。"

林默然的心像是被人揪着一样的疼痛，听着林霍的叙述，他不知道该怎么去想象那一幕。但是他知道，父亲绝不是一个贪生怕死的人，以一对三即便是死，也会挡在妻儿面前。他之所以临阵脱逃，是为了保住刚出生的自己。

在林霍的叙述中，唐本中一句话也没说。唐泽从不可置信到震惊，他几次想打断林霍的话，想斥责他怎么能编出这样的事情，可是从唐本中的反应中，他知道一切都是真的。

即便林霍做出再过分的事情，只要你知道了这个前因后果，都会觉得那是理所当然。虽然杀人犯法，但是他问心无愧。

唐泽第一次发现，他一贯敬爱的父亲，竟然是靠这样的手段发家。一时间他的震惊不比林默然小，他甚至不敢低头，因为不知道该用什么表情去面对唐本中。

"将你母亲葬了之后，我便带着你回到了金陵。"林霍看着如今高大英俊的儿子觉得很欣慰，"除了将你养大，我剩下的人生只有一件事要做，就是替你母亲报仇。这十几年我将你母亲生前想去的地方都走了一遍，然后将他们一个个引到这里。其实我本来没有打算那么快动手的，不过，一来我发现了你的参与，我不想你被牵扯进来。二来我的身体也已经不允许再拖了。"

林霍说着捂着胸口晃了晃，习惯性地从口袋里掏出一个药瓶，可是拧开盖子却将瓶子丢开了。

"呵呵。"林霍低声地笑道："好像已经不需要了，我没有什么遗憾了。"

林默然及时冲了上去，扶住父亲摇摇欲坠的身体，还没来得及说什么，林霍已经倒了下来，身体蜷成一团，似乎在忍受着极大的痛苦。

　　"爸，爸……"林默然慌忙地喊了两声，伸手去捡那个药瓶，却发现那只是一瓶止痛药，崭新的瓶子却只剩下小半瓶的药。

　　"不，不用了……"林霍挣扎着伸手抓住林默然的手，"癌症晚期，已经来不及了。默然，我很安心，你记得要把我和你的母亲葬在一起。"

　　不知不觉中林默然已经泪流成河，他想过无数次的过程，想过无数次的结局，可是却没料到会有这样的一幕。

　　就在此时，唐本中突然一身血地扑了过来，昏暗中林默然也不知道他到底受了什么伤，只见他抓住林霍的衣服说道："等一等，有件事情我一定要告诉你。"

　　林霍用力按住剧痛的胃部，冷冷地看着唐本中。

　　他已经将王坤和吴鑫都杀死在自己妻子坟前，也打算同样对待唐本中，可是却发现这个人一直生活在悔恨中，而且早已经做好了死的准备。

　　死并不可怕，生不如死才可怕。一个人若是永远痛苦地活着，远比干脆地死去更煎熬。

　　唐本中也已经垂垂老矣了，现在更是一身的伤，活下去或者是死了，林霍已经不在意了。

　　唐本中犹豫了一下道："其实唐泽不是我的儿子，而是你的儿子，你妻子怀的是双胞胎。我是最后离开的，离开后心里非常不安，又回去了一趟。你妻子那时候还没死，而是又生下了一个孩子。"

　　即便林霍这些年看多了形形色色的事件，还是被这些话给惊呆了，林默然和唐泽更是不知道该做出何种反应。

　　唐本中终究是年纪大了又失血过多，在说了这些话之后有些体力不支，他生怕自己说不完，急促地道："真的，我不骗你，我骗你有什么意义。虽然我对不起你，但是我从没让你儿子吃半点儿苦，我以后的一切都是他的，那是他应得的，是你留给他的。"

　　唐本中说完终于支撑不住昏了过去。林霍似乎被这条消息震惊得连痛都感觉不到了，缓缓地转过头去惊愕地看着同样惊愕的唐泽，半晌微微一笑。

"真好……"林霍的声音慢慢地低下去，留下最后一个笑容，"真好……"

这样，在自己离开之后，他们就不会孤零零的，至少这世上彼此还有亲人。

第二十四章 爱恨不知

尾声

王坤死了，吴鑫死了，林霍死了，唐本中虽然没死，可是元气大伤一病不起。当年的一切就这样落下了帷幕。

处理好这一切，已经是半个月以后的事情了。林默然带着父母的骨灰又回到了聚宝街，重新开了自己的小店。

许久没住的房间里落了一层厚厚的灰。他以前总想着父亲也许有一天会突然回来，所以几年如一日地替他收拾房间，如今已经不需要了。

收拾着林霍的遗物，林默然在一堆凌乱的东西中发现了一盘录像带。

这是一盘老旧的录像带，是用旧式录放机播放的。录像带封面上的字迹已经模糊了，只留下一点儿模糊的图画。

这盘录像带正是《魂断荒原》。记得很小的时候，父亲经常会在他睡着以后，关了声音看一些电影打发时间。想来是因为那时候他太小，所以偶尔看过一两个片段，却已经都不记得，只是潜意识中还残留了一点儿印象，于是变成了一遍又一遍的梦。

林默然正拿着录像带发呆，楼下传来敲柜台的声音。"有人吗？有人吗？"

这声音……林默然愕然地下楼，却见唐泽正靠着柜台站着，侧着脸看着他。

"你怎么来了？"林默然有些意外。

虽然他和唐泽是亲兄弟，但现在却不知道该如何相处。对林默然来说，

唐本中是杀母凶手。可是对唐泽来说，唐本中是养了他20多年的养父。一瞬间，亲人变仇人，有时候想想，林默然觉得他比自己还苦。

"我来投靠你啊。"唐泽往里走了两步，从后面拎了个包往里面一放，"我已经把唐家的东西还给两个哥哥了，现在除了钱，我一无所有了。对了，威廉姆斯真的够大方，给我打了5个亿，还给蒲城县捐了博物馆。我觉得他有生之年，都要在金粟山挖石头找宝藏了。"

真是坑蒙拐骗20年，一朝败在唐皇前。

唐泽笑了笑又道："华老还给威廉姆斯做了鉴定师，跟着出主意怎么建博物馆，应该捐什么样的古董。老人家也变坏了，一副忠厚老实的样子，蒙人一蒙一个准。"

"对了，咱家的金花钿和威廉姆斯的两枚金花钿，都捐给博物馆了，真的鲁班盒华老让我带过来给你，说让你找机会捐给博物馆，当然要在威廉姆斯无法翻盘以后。"

这总算是这些天来最令人高兴的事情，林默然扯了扯嘴角，还没笑出来，却见唐泽上前两步张开双臂搂住了他，在他耳边轻轻地喊了一声"哥"。

"如今这世上，只有你我才是彼此的亲人，血脉相连无可代替。"

半晌，林默然轻轻地应了一声，抬手紧紧地搂住了唐泽的肩膀。

二楼的柜子上并肩摆着两张小小的黑白照片。照片前横着一束不知名的野花，并不明艳，却散着淡淡的香味，随着阵阵清风四处飘散。